하늘 우체국1

하늘 우체국1

ⓒ서석화, 2006

초판 1쇄 인쇄일 | 2006년 8월 25일
초판 1쇄 발행일 | 2006년 8월 30일

지은이 | 서석화
펴낸이 | 김현주
펴낸곳 | 이룸

편   집 | 이선주, 김선우
디자인 | 김선희
제   작 | 김동영 · 조명구

출판등록 | 1997년 10월 30일 제10−1502호
주소 | 121−840 서울시 마포구 서교동 395−172 상록빌딩 2층
전화 | 편집부 (02)324−2347, 영업부 (02)2648−7224
팩스 | 편집부 (02)324−2348, 영업부 (02)2654−7696
e−mail | erum9@hanmail.net
Home page | http://www.erumbooks.com

ISBN 89−5707−313−2 (03810)
      89−5707−312−4 (set)

값 9,700원

서 석 화 장편소설

하늘
우체국

1

이룸

모든 것이 너무도 명료했다.

의식과 무의식의 경계에서조차도 수평으로 늘어선 삶의 무게는 그 질량과 부피를 줄이지 못했다.

초를 다투어 식은땀이 흘렀고 빠져나간 수분만큼 내가 작아지고 있는 게 보였다.

작아진 몸집 때문이었을까?

할 줄 아는 말과 할 수 있는 말, 해야 할 말과 하고 싶은 말이 점점 사라졌다.

그림자도 보이지 않는 작아진 몸으로 참 오래 서 있었다.

잘못 가꾼 시간과 사람을 가려내 버리다 보니 그들이 빠져나간 내 영혼이 이제야 내게 말을 붙인다.

내 목소리를 내가 듣는 이 시간, 그래서 수인(囚人)처럼 외롭다고는 해도 나는 이 시간이 더 이상 버겁지는 않다.

내게 분노와 치욕과 극기의 노동을 알게 해 준 우주의 모든 것들에게 감사의 인사를 보낸다.

누군가가 소원이 뭐냐고 물어 온다면 나는 짧게 말할 것이다.

평화롭고 싶다고.

그것 또한 아주 명료한 사실이다.

이미 펴낸 시집 두 권과 산문집 두 권에 이어 다섯 번째 책을 내놓습니다.

부족한 글을 출간토록 허락해 준 출판사 이룸의 모든 식구들, 감사합니다. 그 이름처럼 지금 펴내는 이 소설로 초석이 되어 잃어버린 제 몸집을 되찾는 역사를 '이루고' 싶습니다.

그리고 자의 반 타의 반으로 오래 이어졌던 저의 은둔과 고립의 시간을 깨는 데 격려의 글로 기꺼이 망치가 되어 주고 드릴이 되어 주신 문효치 국제펜클럽 한국본부 이사장님, 장영우 교수님, 그리고 은미희 작가님 정말 고맙습니다. 그 어느 때보다도 지금 선생님들의 손 내밀어 주심은 환하고 따뜻하게 제게 오래도록 기억될 것입니다.

　더불어 엄마의 캄캄한 방에 속 깊은 묵묵함으로 늘 등불을 들고 서 있어 준 제 아들에게도 정안수처럼 정갈하고 깊은 사랑을 보냅니다. 강철과 스펀지를 양날에 지닌 엄마를 바라보느라 그 영혼에 패인 생채기 깊고 아팠을 것입니다. 그럼에도 그것을 상처가 아닌 내면의 깊이로 자신을 다스려 온 아들을 보면, 변하지 않는 순금의 심장을 보는 것 같아 늘 행복했습니다. 저로선 분에 넘치는 축복이 아닐 수 없지요. 저는 제 아들이 제 소설 속에 나오는 민재처럼 사랑은 배려라는 걸 몸과 마음에 익히는 그런 남자로 성숙하기를 바랍니다. 한 여자를 평화롭게 하면 그 평화가 자신에게는 더 따뜻하게 돌아오기 때문입니다. 자신이 사랑하는 여자에게 사랑과 존경을 받는 평화로운 인생을 제 아들이 살아 줬으면 정말 좋겠습니다. 그리고 지선우 선생처럼 세상과 사람에게 호의적인 넓은 가슴과 고마움에 대한 보은의 마음을 잊지 않는 넉넉한 영혼을 지닌 '좋은 사람'이 되길 바랍니다. 그렇게 된다면 제가 이 세상에 머물렀던 시간이 결코 헛된 게 아니겠지요.

　이 글을 쓰는 지난 2년 반 동안 저는 고장 난 시계를 고치는 수리공의 마음으로 살았습니다. 시인의 몸을 받고 나온 제가 소설이란 형식으로 이토록 긴 글을 세상에 내놓는 지금 많이 떨리고, 많이 설레며, 많이 부끄럽고, 그리고 많이 조심스럽습니다.
　더러는 제가 밀어내고 더러는 밀려나기도 한 끝에 지금 제 옆에 남아 있는 몇 안 되는 인연들에게 제가 고친 시계를 선물하고 싶습니다. 평생 고장 나지 않는 테엽을 감아서요.

2006년 8월
서석화

달이 뜬다.

슬픔도 완벽하면 어둡지 않다.

1

추풍령 휴게소.

대구에서 출발할 때 이미 심상치 않던 하늘이 기어코 눈발을 뿌린다. 습기로 뿌옇게 차오르는 차창을 보며 하란은 주차장 가장자리에 차를 주차시켰다. 꾹 참고 달려온 숨이 목젖을 위태롭게 흔들며 굴속 같은 후두를 터져 나온다. 굴속 같은, 이라는 데 생각이 미치자 하란은 정말 지금 온몸의 세포 하나하나가 시멘트로 봉인되는 순간 속에 있는 것같이 푸르게 닫히고 있음을 느낀다. 산소 공급이 차단된 밀봉된 유리병이 눈앞에 떠오른다. 하란은 백미러를 통해 잠시 자신의 얼굴을 바라보았다. 눈발은 점점 세어지고 있다. 차창에 보자기를 둘러씌운 듯 바깥의 풍경이 흐릿하게 지워진다. 어디선가 구세군 냄비의 종소리가 들려오고 있다. 두 팔로 명치끝을 싸안 듯 가슴을 좁힌다. 미역국에 말아서 억지로 몇 모금 뜨고 온 아침 식사가 소화되지 못한 채 다시 위통을 몰고 온다.

지금쯤 공사가 끝났을까? 11평짜리 어머니의 아파트를 흔들던 드릴 소리가 아직도 귓바퀴를 얼얼하게 하고 있다. 안방에서 주방으로 통하는 작은 마루를 거쳐 화장실로 이어지는 벽에다 굵은 스테인리스 봉을 붙이는 공사는 생각보다 시간이 오래 걸렸다. 안방에서부터 시작된 공사의 먼지를 피해 싱크대 앞의 마루로 업혀 나온 어머니가 담요로 몸을 감은 채 눈길로 배웅하던 모습이 거세어진 눈발 속에서 떨고 있다. 무너지는 초가 같았다, 어머니는.

눈을 몰고 오는 차갑고 습한 공기는 늘어진 어머니의 왼쪽 팔다리에 치렁치렁 감길 것이다. 핸들을 잡은 왼쪽 어깨가 어머니 생각을 하자 무거운 물건을 들고 있는 것처럼 묵진하게 저려 온다. 날이 좋지 않다고 어서 가라며 오른손을 휘젓던 어머니를 뒤로하고 나오면서 하란은 현관에 가지런히 놓여 있는 어머니의 신발들을 내려다봤다. 구두와 슬리퍼, 그리고 그 곁에 아직도 낯설기만 한 하얀색 실내화. 이제는 굽 있는 구두를 신을 수 없게 된 어머니지만 하란은 어머니의 다른 신발들을 치우지 못했다. 그 구두와 슬리퍼 속에는 어머니와 자신이 간신히 지탱해 내야 하는 꿈이 있기 때문이었다. 진도 할머니가 깨끗이 빨아 놓은 실내화 덜 말랐는지 물기에 젖어 어머니의 왼쪽 수족처럼 무겁게 보였다. 실내화는 시간이 가면 가볍게 마를 것이다. 하지만 벌써 육 년째 어머니의 젖은 반쪽은 마르지 않는다.

─어서 가. 그러고 서 있으니 엄마가 더 힘들어.

담요 밖으로 오른손을 내밀어 하란을 향해 손을 젓는 어머니의 눈이 눈물을 참느라 빨갛게 충혈되고 있었다. 눈물이 눈으로만 참아지는 것이라면 영혼까지 파열되는 슬픔이라 해도 어쩌면 한결 수월할 것이다. 어머니의 마음은 눈물을 참기에는 이미 너무 해지고 상처의 두께는 너무 두터웠다. 어머니의 뺨이 순간적으로 흘러내리던 눈물로 창백해지는 걸 하란은 못 본 체 얼른 핸드백을 어깨에 걸쳤다.

─엄마, 손잡이 공사 다 끝나면 붙잡고 걷는 연습 열심히 해야 돼요. 알았지?

─그래, 그럴게. 근데 집 모양새가 우습겠다. 가뜩이나 좁은 집인데.

어제 공사를 의뢰한 보수 센터에서 사람이 나와 길이를 재어 갈 때만 해도 힘을 잃은 자신의 왼쪽을 대신해 주리라는 기대로 상기된 눈빛이던 어머니는 오늘 요란하게 철근 부딪히는 소리와 함께 파이프를 어깨에 멘 남자가 들어서자 아이고 저걸 집에다 단다고, 하시며 놀라움과 서글픔을 숨기지 못했다.

육 년 전 어머니는 뇌졸중으로 쓰러졌다. 그동안 일곱 차례나 입원과 퇴원이 반복되었으며, 그저께 다시 한 달간의 입원 생활을 마치고 퇴원했다. 퇴원 인사를 하러 병실로 들어온 담당 의사는 어머니 동선이 닿는 집 안 곳곳에 파이프 손잡이를 설치할 것을 권했다. 위태로우나마 지팡이를 잡고 걸을 수는 있다고 해도 이미 어머니는 자신의 균형 감각에 자신을 잃었으며, 자신감의 상실은 유아기 때와 같이 맹목적인 의존 지향이 필수적으로 동반된다는 설명과 함께였다. 병원에 있을 때는 누군가가 뒤따라오며 자신을 보호하고 있다는 것만 확인되면 병실에서 10미터 정도의 거리에 있는 화장실 까지도 몇 번 쉬어 가며 혼자 걸었던 어머니였다. 그러나 집에 도착한 순간 어머니는 그동안 자신을 돌보아 준 의사와 간호사가 이제는 곁에 없다는 두려움에 방바닥에서 혼자 일어나지 못하는 건 물론이고, 부축해서 일어났다고는 하더라도 병원에서와 달리 장소마다 낮은 턱이 있는 공간을 혼자 넘는 건 불가능했다. 벽을 뚫는 드릴 소리가 머리카락 사이로 번개처럼 아프게 꽂힌다.

　─할머니, 엄마 잘 부탁드려요. 엄마, 나 갈게.

　먼지 때문에 현관문을 열어 둔 채로 돌아서는데 복도 창문으로 눈발이 흩날리고 있는 게 보였다.

　─운전 조심해. 알았지? 천천히 가고……. 이젠 내 딸 가는데 내다보지도 못하는구나.

　어머니 아파트를 천천히 빠져나오며 하란은 어머니의 눈물을 지우듯 와이퍼 스위치를 올렸다.

　눈발은 어느새 굵은 솜뭉치가 되어 하늘을 덮는다. 시동을 껐으므로 와이퍼도 멈춘 차창이 바로 앞의 풍경도 흐릿하게 한다. 자동판매기에서 커피를 뽑아 무심코 차로 돌아오려다 하란은 문득 구세군 냄비가 있는 곳으로 발걸음을 옮겼다. 북대구 톨게이트로 진입하기 전 차에 기름을 채우고 거슬러 받은 삼천 원을 코트 주머니에서 꺼내어 냄비에 넣는데 둥근 창이 있는 모자를 쓴 여자 구세군이 하얀 입김을 내뿜으며 '고맙습니다. 새해 복 많이 받으세요' 라고 인사를 한다. 그녀는 추위에 볼이 발갛게 얼어 있다. 하란은 괜히 송구스러워진다. 마음 따라 몸이 불안정하게 흔들린 탓일까, 커피가 조금 엎질러진다. 평상심을 잃고 있다는 증거다.

그날도 하란은 하루 종일 커피를 엎지르고 허둥대며 조리 있는 말을 하지 못했다. 어머니를 생활보호대상 무의탁 독거노인으로 신청하러 가던 길, 태극기와 새마을 깃발이 옥상에서 흔들리고 있던 2층짜리 흰색 페인트 동사무소 건물 앞에는 자동판매기 두 대가 수문장처럼 서 있었다. 안이 훤히 보이는 유리문 앞에서 하란은 한참을 서성거렸다. 그러고 보니 살아오면서 문 앞에서 서성였던 적이 참 많았다. 방학 때, 혹은 갑작스런 부름으로 아버지 집에 가야 했을 때도 그랬고, 꼭 필요한 돈이 부족해서 어머니 심부름으로 외사촌 진숙 언니를 찾아갈 때도 그랬다. 벨을 누르기 전 하란은 피가 거꾸로 쏟아지는 것처럼 혼미해지던 정신을 수습하기 위해 같은 자리를 몇 번이고 맴돌았다. 돌고 돌다 몸 안의 기운이 다 빠지면 상처 받은 자존심 자리엔 체념의 썩은 향기가 고였다. 하란이 벨을 누른 건 항상 그 썩은 향기에 온몸이 절은 후였다. 가슴속엔 혼자만의 말들이 차곡차곡 쌓여 갔다. 내가 오고 싶어서 아버지 집에 온 게 아니야. 내가 못나서 진숙 언니한테 돈 빌리러 온 게 아니야. 나 때문이 아니야. 아니야. 아니야!

그렇게 외쳤지만 수치감은 한 번도 어머니와 하란을 분리시켜 주지 못했다. 한심함과 안쓰러움이 동시에 묻어나는 진숙의 얼굴 앞에서 벌겋게 달아올랐던 귀밑 열기가 지금도 선연하다. 가장 사랑하는 사람한테는 열등감도 가장 빨리 오는 법이다. 진숙이 차라리 남이었다면, 남한테 돈을 빌리는 입장이었다면 어쩌면 간단하게 모멸감 정도만 느끼면 됐을 것이다. 모멸감과 열등감은 달랐다. 모멸감이 순간적인 치욕의 감정이라면 열등감은 끝나지 않는 지속적 치욕이고 떨쳐 버릴 수 없는 콤플렉스였다. 하란이 가장 따랐고 좋아했던 사촌들 앞에서 느껴야 했던 상대적 빈곤은 그렇게 하란에게 치유될 수 없는 병 하나를 남겼다.

그러나 진숙 자매에 대한 지금까지의 열등감이 반드시 어머니가 그들의 도움을 받는 입장 때문만이었을까? 그건 아니었다. 그때 그 일이 없었다면 어쩌면 돈을 빌릴 수 있는 가까운 관계라는 것에 친밀감과 고마움만 키웠을지도 모른다. 하란은 모멸감도 열등감도 뭔지 몰랐던 초등학교 6학년 때 어느 날 한꺼번에 그 두 가지를 알게 됐다.

계산동 아래채에서 큰길 건너 수동의 골목 끝 독채로 이사를 한 며칠 후였다. 셋집이었지만 집주인과 한집에 살지 않는다는 것만으로도 하란은 신이 났다. 학교에 다녀와 대문을 두드리면서도 어머니를 더 크게 불렀고, 이 방 저 방 옮겨 다닐 때는 일부러 방문을 세게 열기도 했다. 어머니는 그런 하란에게 조심성 없다고 눈을 흘기면서도 입가엔 웃음을 잃지 않았다. 일요일이었을 것이다. 숙제를 하고 있는데 어머니가 하란을 불렀다.

— 진숙이 언니가 온다는데 네가 좀 나가 볼래? 요 앞 한길에 나가면 언니가 있을 거야. 우리 이사했다고 들여다보겠대. 골목 들어와서부터 집을 설명하기가 쉽지 않네.

하란은 어머니 말이 끝나자마자 팔랑거리며 골목을 뛰어나갔다. 산타클로스보다도 진숙과 진영이 더 좋았던 시절이었다. 하이타이와 비누를 잔뜩 안고 진숙은 골목 입구에 서 있었다.

— 언니야.

하란의 목소리를 들은 진숙이 환하게 웃으며 앞으로 다가왔다.

— 이사하니까 좋아?

— 응, 우리밖에 안 사니까. 언니, 오래 놀다 가야 해.

어린 시절 하란은 집에 친척이 오면 누구라도 오래 있다 가라고 붙잡았다. 어머니밖에 없는 집은 너무 심심했기 때문이었다. 진숙과 진영이 오면 붙잡다가 그것이 안 되면 돌아갈 때 그들을 따라가 외삼촌네서 자고 오기도 했다. 언니들하고 소곤거리다 드는 잠은 꿀보다도 달콤했다. 그날도 하란은 골목을 앞장서 걸으면서 진숙이 왔다는 사실이 좋아 가슴에 꽃밭이 생긴 것처럼 향긋한 냄새가 나는 것 같았다. 진숙과 진영이란 이름만 들어도 행복해했고, 그들과 있는 걸 친구들이 보아 주었으면 하고 속으로 기도했다. 나도 이렇게 예쁜 언니들이 있다고, 우리 언니들도 내가 예뻐서 죽는다고 친구들에게 자랑하고 싶었다.

긴 골목이 꺾이면서 집으로 들어오는 작은 골목 입구에서였다. 누군가 뒤에서 진숙을 부르는 소리가 들렸다. 하란은 걸음을 멈추고 목소리의 방향을 좇아 뒤를 돌아보았다. 진숙과 비슷한 나이의 여자가 진숙을 향해 손을 흔드는 게 보였다.

—진숙이 아니니? 여기서 보다니, 오랜만이다.

그렇게 말하는 여자는 진숙처럼 멋쟁이였다. 하늘색 판탈롱 바지가 거의 땅에 닿을 듯 길었고, 머리는 스카프로 둘러져 있었던 것 같다. 진숙이 그녀를 향해 다가가는 게 보였다. 하란은 멈춰 서서 그들을 바라보았다. 하란이 보기에 반가워하는 그 여자와 달리 진숙의 표정은 전혀 반갑지 않은 듯 일그러져 보였다. 언니는 웃는 모습이 해처럼 예쁜데, 아마 저 친구가 싫은가 봐. 발로 바닥의 모래를 차며 하란은 그렇게 생각했다.

—이 동네에 웬일이야? 나 여기 오래 살아서 대충 다 아는데. 누구 친척 집에 왔어?

여자가 진숙 옆에서 새침한 표정으로 있는 하란을 보더니 말했다. 여자의 말에 진숙이 잠깐 하란을 바라보다가 여자 쪽으로 고개를 돌렸다.

—으응. 아니, 아는 집이 있어서. 네가 이 동네에 산다는 건 몰랐네.

갑자기 큰 산 하나가 가슴속으로 성큼 들어오는 것 같았다. 왜 언니는 고모 집에 오는 길이라고 말하지 않는 걸까? '고모 집'과 그냥 '아는 집'은 분명히 다른데, 언니는 왜 '아는 집'이라고 대답했을까? 여자와 헤어져 진숙과 어머니가 기다리는 집으로 들어오면서 하란은 '아는 집'이라고 말하던 진숙의 목소리가 귀에서 떠나지 않아 그날은 종일 웃지도 못했다. 밤늦게 진숙이 가자 어머니가 울 것 같은 표정으로 구석에 앉아 있는 하란에게 다가왔다.

　—그렇게 좋아하는 진숙이 언니가 왔는데, 왜 그래? 온다고 하니까 나비보다도 가볍게 팔랑거리며 마중 가더니.

　하란은 그 말을 할 수 없었다. 어린 마음에도 그 말을 하면 어머니 마음이 참 많이 아플 거라는 건 알 수 있었다. 어머니는 진숙에게 대외적으로는 그냥 아는 사람이어야 했을까? 우리가 잘살았어도 진숙은 친구에게 그렇게 말했을까? 셋집을 전전하는 어머니와 내가 진숙은 부끄러웠을까, 아니면 어머니의 삶이 한동네에 사는 친구에게 들킬지도 모른다는 사실이 미리 두려웠던 걸까? 고모 집을 아는 집이라고 말하다니, 또 어머니와 내가 그렇게 불려야 하다니. 내게 진숙 자매가 하나밖에 없는 외사촌이듯이 진숙 자매에게도 내가 하나밖에 없는 내사촌이 아닌가. 내게 어머니의 혈육이라곤 외삼촌이 다듯이 외삼촌에게도 어머니는 하늘 아래 한 점 혈육이지 않은가. 손톱 발톱 아래가 가시에 찔린 것처럼 마음이 아파 하란은 그 후로는 진숙 집안사람들 앞에서 예전처럼 티 없는 웃음을 지을 수가 없었다. 얼굴만 알면 다 통용되는 '아는'이라는 단어를 자기 고모에게까지 쓰던 진숙이 더 이상 허물없는 사촌만일 수는 없었다. 우리를 부끄러워하는구나! 우리가 뭔가 많이 부족하구나! 진숙에게 어머니와 나는 그런 사람이구나!

가장 사랑하는 사람에게 부인당해 본 사람은 알 것이다. 나는 그가 자랑스러운데 그는 나를 부끄러워한다는 그 기분을 말이다. 모멸감과 열등감을 한꺼번에 알게 된 사건이었다. 그런 기억을 숨기고 있는 하란에게 어머니의 심부름으로 진숙에게 돈을 빌리러 간다는 것은 최소한의 자존심까지도 던져야 하는 정체성의 파괴와 다르지 않았다. 또 하란이 직접 돈을 빌리러 가지는 않더라도 어머니가 진숙 집안으로부터 받는 배려나 물질적 도움을 지켜봐야 했던 것은 그들 앞에서 하란이 느낄 수밖에 없는 확연한 기울기의 재확인이었다. 하란에게 진숙 자매가 사랑하지만 편할 수는 없는 이상한 사촌 관계로 인식된 것은 그날부터였다. 그런 일은 그날 단 한 번뿐이었고 이후로 지금까지 어머니에 대한 진숙 자매의 사랑은 누구나 칭송할 만큼 큰 것이었지만 하란은 그때 일이 잊히지 않는 슬픈 삽화가 되었다. 아무한테도 말해 본 적 없는 원시의 악몽이었던 것이다. 어머니한테도 말할 수 없는 비밀이 쌓여가던 어린 시절은 캄캄하고도 외로웠다.

문 앞에서 그 문을 열기 위해 주먹이 터지도록 두드린 적도 많았다. 야간에 빈번했던 어머니의 위경련 때문이었다. 입술을 파랗게 떨며 몸을 말아 방을 뒹굴던 어머니를 데리고 자정이 넘은 시간 병원에 갈 때면 추운 겨울에도 식은땀이 흘렀다. 그런 날이 한 달이면 두 번은 족히 넘었다. 통행금지가 있던 시절이었다. 집을 나와 병원에 도착할 때까지 평균 두 번은 방범대원에게 붙들려야 했다. 어딜 가느냐고 곤봉을 흔들며 다그치는 그들에게 하란은 엄마가 아프다고 머리가 땅에 닿도록 사정했다. 엄마가 아픈데 왜 어린 네가 따라 나온 거냐고 방범대원은 앞을 막고 서서 모녀를 위아래로 훑었다.

—저밖에 아무도 없어요. 우리 엄마 빨리 병원 가야 해요. 제발 보내 주세요.

하란은 한쪽 팔로는 어머니를 부축하고 남은 한쪽 팔로는 방범대원의 소매를 흔들었다. 어른들은 아이의 호소에 약했다. 그렇게 마주친 방범대원은 곧 앞을 터 주었고 개중엔 병원까지 동행해 준 사람도 적지 않았다. 어느 날부터는 낯이 익은 탓인지 아무도 하란과 어머니를 잡지 않았다.

이리저리 휘어지며 길게 이어져 있는 골목을 나와 큰길을 이백 미터쯤 걸어가야 되는 곳에 지금도 이름이 잊히지 않는 모동의원이 있었다. 안집과 한 건물에 있어서일까? 밤중에 유일하게 문을 열어 주던 곳. 세상 모든 것이 잠든 시간 굳게 닫혀 있는 병원 문 앞에서 통증에 질린 어머니는 벽을 잡고 버둥거렸고 하란은 그 옆에서 문을 두드리고 또 두드렸다. 드디어 병원에 불이 켜지고 단잠을 깬 의사의 짜증 난 얼굴이 유리창을 통해 보일 때쯤이면 이미 하란의 얼굴은 눈물과 땀으로 범벅이 된 후였다.

—누구요?

말은 그렇게 하면서도 의사는 이미 우리가 누군지를 알고 있었다. 검은 뿔테 안경 아래 바싹 마른 입술이 곤한 잠에서 억지로 호출당한 귀찮음을 숨기지 못했다.

—죄송해요, 정말 죄송합니다. 엄마가 또 아파서…….

의사 뒤를 따라 비명을 지르는 어머니를 붙잡고 병원 안으로 들어가면서 하란은 계속 그 말만 되풀이했다. 똑같은 내용이었지만 자꾸 말해야 곤한 잠에서 불려 나온 의사의 화가 조금이라도 누그러질 것 같았다. 그런 일이 잦았던 만큼 의사는 물어보지도 않고 주사를 준비했다. 진통제였다. 실신 직전의 어머니에게 투여되던 진통제 주사. 병원 복도 의자에서 어머니가 진정되기를 기다리는 동안 병원 문을 잠그지도 못하고 두 사람을 바라보던 의사의 입에선 한숨이 계속 흘러나왔다.

—집에 아무도 없어? 만날 네가 이렇게 오니…….

하란을 바라보는 의사의 눈빛엔 어느새 짜증이 걷히고 동정이 피어올랐다.

—아픈 엄마도 엄마지만 어린 네가 고생 많구나. 지금은 어른도 자야 할 시간인데 잠도 못 자고……. 엄마는 몸이 많이 약한 분이야. 잘 모셔야 해. 알았지? 집에 가면 얼른 자. 엄마는 주사 맞아서 괜찮을 거야.

의사의 말이 돌아 나오면서도 귓가에 쟁쟁거렸다. 집에 와서 잠든 어머니를 보며 쭈그리고 앉아 있다 보면 어느새 날이 밝아 왔다. 진통제에 축 늘어진 어머니는 내일이라도 죽을 것만 같았고 하란은 세상에 혼자 남을 것 같은 두려움에 벌벌 떨었다. 어머니를 같이 지킬 형제가 하나만 있었더라면 통행금지가 시작된 밤길을 걸어 병원을 찾아가는 길도, 아침이 될 때까지 어머니 숨소리에 온 촉각을 세우는 일도 훨씬 덜 무서웠을 것이다. 학교에 가서도 집에 가면 어머니가 죽어 있지 않을까 하는 두려움은 없어지지 않았다. 그렇게 어머니랑 살아왔다. 언제라도 고아가 될 수 있다는 생각, 가파른 벼랑 위에 한 발로 서 있는 아슬아슬함은 시간이 흐른다고 약해지지 않았다. 하루하루가 두렵고 무서웠으며 그런 만큼 외로웠다.

하란은 동전을 넣고 뽑은 커피를 진정제 주사를 투입하듯 서둘러 입술 안으로 흘려 넣었다. 차갑게 얼어 있던 혀가 순간적으로 밀어낸 커피는 턱으로 손으로 흘러내렸다. 찐득한 당분이 얼룩으로 남았던 손으로 문을 열기 전 잠시 돌아보았던 하늘엔 구름 한 점 없었다.

─김연희 씨와는 어떻게 되시죠?

방금 점심 식사를 끝내고 돌아온 듯 새로 칠한 루주가 반짝이는 입술로 '이희숙'이라는 명찰을 가슴에 단 여자가 물었다. 하란은 그만 말문이 막히고 말았다. '너, 절대 딸이라고 하면 안 된다. 꼭 명심해야 돼. 아무리 네 엄마가 호적상 처녀라고 해도 낳은 자식이 있는 걸 알면 혜택 못 받는다.' 친척 아줌마는 두 번 세 번 당부했다.

─저……, 이모예요.

—김연희 씨가 이모 되신다고요?

—네.

—이분은 그럼 지금까진 어떻게 사셨죠?

—조카들이 매달 조금씩 생활비를 보내 드렸어요.

—조카들은 많나요?

미리 전화로 물어본 뒤 준비해 간 서류를 뒤적이며 어머니 주민등록증 사진을 유심히 바라보던 이희숙이 고개를 들고 하란을 빤히 바라보았다.

—몇 명 되죠.

—그런데 왜 이제는 더 이상 이모를 도와드릴 수 없나요?

—아니, 그런 게 아니라……, 이모가 얼마 전에 뇌졸중으로 쓰러져 지금 병원에 계시거든요. 그래서 앞으로 병원비도 그렇고 또 이모 입장이면 국가에서 혜택도 받을 수 있다고 해서…….

어머니를 이모로 말하고 있는 가슴이 덜덜 떨리고 있었다. 하란은 책상 위에 올려놓았던 두 손을 슬그머니 아래로 내려 무릎을 잡았다.

—이모랑 많이 닮았다는 소리 안 들었나요?

—네에?

앉아 있던 의자가 뒤로 밀리며 몸이 잠시 휘청거렸다. 하란은 얼른 의자를 끌어당겨 자세를 바로 했다. 헛기침이 나왔다. 불안하거나 불편한 상황을 맞닥뜨렸을 때 헛기침이 나오는 건 하란의 오랜 버릇이다. 침이 마른 목에서 억지로 뱉어지는 기침은 건조

했다.

—처음 듣는 소리예요?

65세 이상, 무주택, 보호자와 직계 자손이 없으며 재산이 살고 있는 집세를 포함 1,500만 원을 넘지 않을 것. 조건에 맞는 사실과 서류를 준비해 왔는데 무슨 사사로운 질문이 이리도 많으냐는 고함이 안에서 들끓고 있었다. 국가에서 혜택을 보장하는 입장임을 이렇게 속살 내보이듯 펼쳐 보이고 있는데 말단 공무원인 네가 무슨 권리로 이렇게 심문하듯 따져 묻고 있냐고 머리끄덩이라도 잡고 후려치고 싶었다. 하지만 하란은 노여워하는 자신의 표정조차 이희숙에게 전달될까 사실은 두려웠다.

—기록을 보면 지하란 씨는 김연희 씨에게 오랫동안 동거인으로 올라 있는데요, 왜 이모랑 사셨죠? 부모가 안 계신가요?

—그건……, 이모가 외롭고 또 전……, 아니 저희 집은 형제가 많아서…….

누군가가 이희숙에게 커피를 가져왔다. 서류를 들여다보고 있던 이희숙이 고맙다며 살짝 웃었고 그가 자기 자리로 가자 말없이 커피 잔을 하란 앞으로 밀었다. 하란은 허둥지둥 커피 잔을 움켜쥐었다. 한 모금 들이키는데 또 출렁하며 커피가 코트 위로 쏟아졌다.

—이것 한 장 쓰시죠.

그것이 무슨 서류였을까. 하란은 지금도 그 제목을 알 수가 없다. 이희숙이 준 볼펜으로 칸을 채워 나가다 그녀에게 무엇인가를 물었고 본인 것을 쓰라는 대답을 들었을 뿐이다. 다 쓴 서류를 건네주는데 얼음장 깨지는 소리처럼 날카로운 이희숙의 목소리가 들렸다.

—지하란 씨, 지금 김연희 씨를 엄마라고 하셨죠?

그제야 하란은 조금 전에 자신이 그녀에게 물었던 질문이 떠올랐다. 주민등록번호를 적는 칸 앞에서였다. 어머니 걸 쓰라는 건지 현재 보호자인 자신 걸 쓰라는 건지 알 수가 없었다. 요식을 설명 받았고 비고란의 안내 말도 읽었지만 내용이 하나도 들어오지 않았다.

—여긴 엄마 걸 쓰나요?

그렇게 물었던 것이다. 바보같이 정말 바보같이 그렇게 연습 또 연습했는데 그런 실수를 하다니. 어떻게 동사무소를 나왔는지, 엄마라고 부른 걸 어떻게 변명했는지 땀으로 젖은 속옷이 동사무소를 나오자 맞닥뜨린 냉기에 휘감겨 살갗이 확확거리며 아려 왔다.

마음이 가팔라서일까? 커피가 싱겁다. 눈으로 덮인 차 안이 밖에서 보면 커다란 솜 주머니 같을 거란 생각을 하자 그 안에 있는 하란은 자신이 마지막 한 닢 남은 어머니의 쌈짓돈 같다. 그러자 또 헛기침이 난다. 간신히 들어간 몇 방울의 커피가 식도를 타고 역류해 와 입 안에 쓴 물처럼 고인다. 추풍령까지 와 있음을 어머니에게 알려야 한다는 마음속 생각과는 달리 어머니의 물기 많은 목소리를 들어야 한다는 사실이 두렵다. 전세 천오백만 원짜리 어머니의 11평 아파트에 둘러지고 있을 스테인리스 봉의 섬뜩한 차가움이 핸들을 잡은 손바닥으로 그대로 전해져 오고 있다. 공사는 끝났을까? 이제 어머니는 그걸 잡고 일어나고 그것에 의지해서 아이가 걸음마를 배우듯 힘이 없는 왼쪽 다리의 근육을 키워 나가야 하리라. 시계를 보니 공사가 시작된 지 두 시간이 지나 있다. 못은 튼튼하게 박았을까? 38킬로그램 바람 같은 어머니의 가벼운 몸무게라고 해도 한쪽이 늘어진 체중을 지탱하기 위해선 굵은 콘크리트못을 깊게 박아야 할 것이다. 어머니는 이제 방으로 들어가셨을까? 오래된 재개발 서민 주공 아파트의 어긋난 창틀에서 새어 들어오는 바람은 가스보일러로 교체했다고 해서 그 맹렬한 한기가 수그러들지는 않았다. 첫 작품집을 낸 뒤 받은 인세를 가스보일러로 바꾸라며 통장으로 송금한 돈을 받고 어머니는 아이처럼 좋아했다.

　―하긴 연탄 때는 집이 몇 집 없긴 해. 우리 딸 덕분에 이제 엄마 연탄 갈지 않아도 되겠네. 이거 너무 호사하는 게 아닌지 몰라.

　어머니는 설치하기도 전에 이미 따뜻해져서 그날 몇 차례나 전화를 걸어 왔다. 양품점의 적은 수입으로 근근이 산 어머니의 첫 집이었다.

　아버지는 왜 우리를 그렇게 방치했을까? 아니 방치했다는 말은 틀릴지 모른다. 방학 때면 하란은 어머니를 따라 나무 대문과 장미 넝쿨이 아름다운 아버지 집에서 아버지의 다른 식구들과 지냈었고, 성적표엔 빠짐없이 아버지의 도장이 찍혔으며, 학교에서 보

혼자 허락을 요구하는 사항에 대해선 전화로라도 아버지의 허락을 받아 내야 했으니 딸로서 방치당했다고 말할 수는 없다.

—잘 지냈지?

아버지 집에 갈 때마다 잘 지냈음을 확신하는 듯한 아버지의 물음에 하란은 어머니의 강한 눈빛만 아니면 떨어지도록 고개를 흔들고 싶었다. 잘 지낸다는 게 뭔데, 셋방을 전전하는 자기 여자와 딸에게 그건 할 수 있는 물음이 아니었던 것이다. 이름만 대면 알 수 있는 신문사 편집국장을 지냈고 사립학교까지 갖고 있는 아버지가 아닌가. 더구나 학교 재단 이사장이라면 육영사업을 하는 최일선의 사람이다. 그런 아버지가 왜 그렇게 어머니와 나의 생활에 대해선 걱정 한번 내비치지 않았을까?

—다른 어려움은 없지?

잘 지냈지보다 더 기가 막힌 질문이 아닐 수 없다. 그쯤 되면 분노로 입술이 떨리는 하란을 떠다밀듯 방문 밖으로 내몰며 어머니는 다급하게 앞으로 나섰다.

—그럼요, 우리가 무슨 다른 어려움이 있겠어요.

어릴 때 한동안은 아버지가 많은 돈을 주셨는데 내가 크면 내 몫으로 주려고 어머니가 정기예금을 들어 놓고 지금 저렇게 고생하는지도 모른다고 생각한 적도 있었다. 그러나 그게 아니란 건 저절로 드러났다. 하란이 대학에 들어가고 말 그대로 어른이 됐어도 어머니의 입에서 예금통장 같은 보물단지는 나오지 않았다. 정말 아버지는 우리가 어떻게 사는지 돌아가실 때까지 모르셨을까?

—애들이 무슨 걱정이 있어요? 환자가 자기 몸이나 걱정하지 별 쓸데없는 데 힘 빼고 있어요?

　공연히 내 머리를 쓰다듬던 큰어머니의 손길이 지금도 생생하다.

　이사를 갈 때마다 하란은 전학을 가도 좋으니 다른 동네로 가자고 어머니를 졸랐다. 가깝게는 바로 옆 골목, 멀어 봤자 큰길 하나 건너인 곳으로의 이사는 정말 싫었다. 그리고 이해할 수 없었다. 전세에서 월세로 다시 독채 전세로 그러다가 방 두 개짜리 문간방으로 어머니가 하시는 양품점의 수입에 따라 수도 없이 바뀌었던 집들.

　—전화번호가 바뀌면 안 되니까. 전화번호가 바뀌면 아버지가 걱정하시니까 그래.

　멀리 좀 이사 가자고 조르는 하란에게 어머니는 이사할 때마다 똑같은 말씀을 하셨다. 그리고 겁주는 듯한 차가운 목소리로 아버지한테는 절대로 이사했다는 말을 하면 안 된다고 거듭 다짐받던 어머니에게 하란은 철들면서 서서히 질려 갔다. 어머니는 왜 그랬을까? 정말 왜 그래야 했을까?

　어머니가 지금의 아파트를 팔고 그 집에 전세로 앉은 건 칠 년 전이었다. 어떻게 산 집인데 다시 남의 집에 살려고 하느냐고 말리는 하란에게 어머니는 들은 척도 하지 않았다.

　—다 늙어 집이 왜 필요해? 여기저기 빚 갚고 편하게 살란다. 콩나물 한 그릇 얻어먹은 집이라도 다 찾아내어 고마웠다고 인사하고 싶어. 마음의 빚이든 물질적 빚이든 남기고 죽으면 저승 문

도 안 열어 준다는데……. 우리 진숙이한테는 어떻게 갚아야 그 공을 갚을지……, 다음 생에는 내가 조카로 태어나 열 배 백 배로 공경하면 될까?

대학을 졸업하던 해 하란은 전공과 적성도 무시한 채 은행 입행 시험을 쳤다. 전공과 적성을 고려할 여유를 찾지 못한 건 어머니를 부양해야 한다는 피할 수 없는 자각과 그에 따른 책임감 때문이었다. 필기시험에 합격하고 면접 때 지원지를 서울로 대답한 하란에게 면접관은 의외라면서 고개를 갸우뚱했다. 여자 행원들은 고향에 있길 원하는데 왜 사서 고생을 하느냐는 것이었다. 그때 하란은 떠나고 싶어서, 라고 짧게 대답했다. 그랬다. 하란은 떠나고 싶었다. 숨어서 고행하는 사람처럼 그림자만 길게 드리워진 어머니의 삶을, 아버지 식구들이 적선하듯 가끔 베풀어 주던 객쩍은 관심을, 그 모든 걸 알고 있다는 이유로 이십여 년간 받아 오던 친척들의 측은지심으로부터 하란은 정말 도망치고 싶었다. 아니 무엇보다도 하란은 어머니로부터 벗어나고 싶었다. 자신의 삶에 대한 냉철한 자각보다는 아버지라는 신기루를 붙잡고 나약하게 늙어 가는 어머니가 하란은 혈육으로서 어쩔 수 없이 커져 가던 연민만큼이나 질리도록 부담스러웠다.

친척들 앞에서도 어머니를 배경으로 서 있어야 했던 하란은 한 번도 당당할 수가 없었다. 멀거나 가난한 친척은 그렇다 쳐도 부유했던 진숙 집안사람들 앞에선 하란은 더 주눅이 들었다. 그 옛날 이사 온 집에 찾아오던 진숙이 우연히 골목에서 만난 친구에게 '아는 집'에 오는 길이라고 말하던 소리를 들은 그 순간부터 진숙의 집안은 하란에겐 더 이상 허물없는 사촌이 될 수 없었다. 별처럼 높고 남보다도 어려운 존재였던 것이다. 경제적으로 대등하지 못한 자들의 거리는 피가 통하는 관계라고 해서 좁혀지지 않았다. 그 간격은 지금까지도 건재하게 살아 있다.

진숙의 집에 갈 때마다 온 동네를 뛰어다니며 외삼촌 집에 간다고 자랑하고 다녔던 하란과 달리 마중 나간 사촌 동생이 있는 자리에서도 친구에게 아는 집에 오는 거라고 말하던 진숙에게 하란이 더 이상 허물없는 친밀감을 갖는 건 불가능했다. 때문에 정상적인 감정 표현보다는 어머니가 물질적이든 정신적이든 그들에게 많이 도움을 받는 입장이었으므로 언제나, 항상 감사한 마음을 가져야 한다는 중압감에 시달렸다. 어머니가 빌려 오라고 했던 돈을 진숙이나 외숙모에게 받아 드는 순간마다 하란은 결심했었다. 어머니 심부름으로는 이런 일을 또 할지 모르지만 살아가면서 내가, 나한테 필요한 돈을 남한테 빌리는 일은 죽어도 없을 거라고. 더욱이 친척한테는 굶어 죽는 한이 있어도 손 벌리는 일은 없을 거라고. 하란이 어머니 다음으로 세상에서 제일 사랑하고 따랐던 진숙과 진영은 어머니가 그들에게 일방적인 도움을 받고 있다는 자각이 든 순간부터 세상에서 제일 어려운 사람들이 되었다. 더 이상 그들 앞에서 천진하게 웃을 수 없었고 그들의 눈치에 예민해졌으며 마음엔 찬비가 내렸다. 그러면서 그들 앞에서 스스로도 느낄

30

만큼 표정이 부자연스러워졌다. 어쩌다 웃어도 환하지 못했고 먼저 다가갈 수도 없게 되었으며 동생으로서의 애교나 어리광은 생각할 수도 없었다. 사랑하는 관계일수록 정신적이든 물질적이든 어느 한쪽의 일방적인 부채감이나 기울기가 없어야 관계가 건강하게 지속될 수 있다는 걸 하란은 그때 배웠다.

만약에 진숙 집안에 대한 그런 열등의식을 공유할 수 있는 친형제가 하나라도 있어 서로의 마음을 다독여 줄 수 있었더라면 어쩌면 좀 나았을까? 진숙이 우리를 아는 집이라고 했듯이 우리에게도 진숙 집은 아는 집일 뿐이면 된다고 서로 위로하며 똘똘 뭉쳐 열등감을 내칠 수 있지 않았을까? 그러나 하란에겐 편이 되어 주고 힘을 합칠 형제가 없었다. 정은 없었지만 가난한 친척들 앞에선 그래도 가끔은 편하게 웃은 적도 있었다. 그들의 가난과 어머니의 배경이 어느 한쪽으로 기울지 않는 평형감각을 유지한다고 생각되었기 때문이었다. 그러나 가까운 만큼 정도 깊은 진숙 집안 사람들 앞에선 기울어지는 높이 갑절로 하란은 불편했다. 한 번도 경제적으로 대등해 보지 못한 데 대한 어쩔 수 없는 자괴감이었다. 그렇게 하란은 대구를 떠나왔다.

어머니는 그때 혹시 일 년 뒤 자신이 쓰러질 걸 아셨던 건 아닐까? 집이 없어야 생활보호대상자가 될 수 있다는 것도. 그때 집을 팔지 않았다면 어머니는 딸에 의해 생활보호대상 무의탁 독거노인으로 신청되는 일은 없었을 것이다. 그리고 친척들은 그 일을 하란에게 시킬 수도 없었을 것이다. 나는 내 어머니를 생활보호대상 무의탁 독거노인으로 신청했다. 국가로부터 고작 매달 이십만 원 안쪽의 보조금을 받아 내기 위해 이모를 걱정하는 착한 조카의 허울을 쓰고. 이희숙은 알 것이다. 내가 김연희의 조카가 아니라 딸이라는 것을. 속사정이야 어찌 됐던 어머니를 부정하는 내 입을 인두로 지지고 싶었을지도 모른다. 종이컵을 구겨서 바닥으로 던진 뒤 하란은 거칠게 시동을 켰다. 창을 덮은 눈이 잠시 몸을 떨듯 흔들리다 조용히 아래로 흘러내린다.

멀리 동서울 톨게이트가 보인다. 환하게 내리쬐는 불빛 아래로 귀착점을 향해 줄지어 있는 차들의 지붕 위엔 각자가 달려온 길만큼의 눈들이 쌓여 있다. 시계를 보니 꼬박 여섯 시간이 걸렸다. 갑자기 내린 눈으로 평소보다 두 시간이 더 걸린 셈이다. 이제 어머니는 여섯 시간 저 너머에 있다. 연속극을 좋아하는 진도 할머니에게 텔레비전 채널을 넘겨준 채 어머니의 방식으로는 도저히 이해되지 않는 젊은이들의 이기적인 애정 놀이를 고개를 저어 가며 보고 있을 것이다. 진도 할머니는 어머니가 좋아하는 뉴스 프로와 다큐멘터리를 좋아하지 않는다. 만날 그 소식이 그 소식인데 보면 뭘 하며, 다큐멘터리는 연속극보다 재미가 없다는 게 진도 할머니 생각인 것이다. 자식 하나 없이 혼자 파출부 일을 하며 살고 있던 진도 할머니는 어머니가 쓰러진 후 혜경 이모의 주선으로 어머니의 집으로 들어왔다. 어머니와 고향이 같다지만 생면부지인 사람에게 어머니를 맡겨 놓고 하란은 매월 90만 원이라는 그녀의 월급

외에도 갈 때마다 옷이며 약 등을 공물을 바치듯 날랐다.

환자 구완이 하루 종일 뼈 빠지게 일하는 것보다 더 힘들다는 그녀는 시간이 흐를수록 어머니 집에서 자신의 영토를 넓혀 나갔고 어머니는 줄어들고 있는 자신의 몸처럼 그녀의 영향력 안에서 점점 작아졌다. 하지만 하란은 모른 체했다. 어머니가 쓰러진 후 쓰고 있던 원고 외에 어린이 출판사의 일까지 닥치는 대로 맡아 고스란히 어머니의 생존을 위해 쏟아 부으면서도 다시 어머니랑 한집에서 일상을 같이한다는 것은 불가능했다. 어머니의 사랑은 어머니 자신에게는 신성한 순교였는지 몰라도 세상 사람들에겐 불행의 끝에 내몰린 것에 다르지 않았다. 그런 어머니의 삶을 바로 옆에서 지켜보는 동안 언제 그 안에 침식될지 몰라 칼끝을 딛고 서 있는 것 같았던 기억은 죽을 때까지 하란의 뒷덜미를 물어 뜯을 것이다. 어머니 딸이라는 이유만으로 어머니와 한 치의 질량 차이도 없이 불행하고 불쌍한 존재일 수밖에 없었던 그 시절로 하란은 두 번 다시 돌아가고 싶지 않았다. 어머니 아버지의 사랑이 세상의 잣대에서 어긋난 것이라고 믿는 사람들이 사는 세상에서 그 사랑의 부산물인 하란의 삶은 살아 보기도 전에 이미 불쌍한 존재로 세상에 각인될 수밖에 없었다. 병문안을 핑계 삼아 다녀간 친척들의 말은 한결같았다.

—넌 왜 남들 다 하는 결혼도 안 해? 이럴 때 남편이 있으면 얼마나 힘이 되겠어? 엄마도 평생을 그렇게 살았는데 너라도 결혼해서 정상적으로 살아야지. 결혼도 안 하고 혼자 산다면서 엄마를

네가 모시지 그러니? 뭐 하러 비싼 돈 주고 남을 써. 출근하는 직장을 가진 것도 아니고 집에서 글만 쓴다며? 엄마가 생활보호대상자로 혜택을 받게 된다고 해도 기껏해야 월 이십만 원 정도의 보조금만 나올 텐데.

하란은 그때마다 그들의 등을 떠다미는 심정으로 말없이 배웅했다. 어머니가 쓰러진 후 하란을 보는 친척들의 눈빛은 다시 연민과 동정으로 가득 차올랐다.

—어떡한다니? 세상천지에 너 하나뿐이니, 네게 지워진 이 짐을 정말 어떡하니? 너도 아직 결혼도 못하고 그렇게 살고 있는데, 정말 너네 모녀 팔자는 소설 같은 데도 없을 거야.

소설 같은 데도 없을 팔자, 라는 데 생각이 미치자 하란은 진저리를 쳤다. 늦은 시각이라 빌라의 좁은 주차장에 차를 주차시키기가 쉽지 않다. 겨우 차 뒤꽁무니만 밀어 넣고 하란은 한길가로 걸어 나와 편의점에 들러 캔 맥주와 포도 주스를 샀다. 약국엔 불이 꺼져 있다. 원룸 입구에 있는 슈퍼를 지나는데 주인 여자가 웃으며 박카스 한 통을 비닐에 넣어 달려 나온다.

"또 대구 다녀오시는 길인가 봐요. 통 안 보이던데."

고개를 끄덕이자 여자가 봉지를 하란의 손에 쥐여 주었다. 하란은 얼결에 봉지를 받으며 눈으로 왜요, 라고 물었다.

"전에 보니까 약국에서 박카스를 잘 사 들고 오더라고요. 그래서 좋아하나 보다, 하고 생각했죠. 그냥 드리는 거예요. 우리도 파는 거니까. 아유, 나도 친정엄마가 계시지만 그래 얼마나 힘들어요? 6층 덕현 엄마도 안타까워 죽겠다며 걱정하더라고요."

며칠씩 집을 비울 때마다 비상시를 대비해 같은 동에 사는 덕현 엄마에게 열쇠를 맡긴 게 화근이었다. 쓸데없는 소리를 했다며 하란이 돈을 내밀자 여자는 안 받아도 된다면서도 익숙하게 주머니에서 거스름 동전을 내준다.

"작가시라면서요? 저도 학교 때는 백일장에서 상도 타고 그랬어요."

"그래요? 그럼 지금이라도……."

안 늦었으니 해 보라는 말이 목구멍을 타고 속으로 넘어간다. 글 쓰는 일을 해 오는 동안 창작이야말로 다른 무엇과 동시에 해 나갈 수 없는, 절대의 집중과 절대의 고립을 요구하는 것임을 충분히 깨닫게 되었기 때문이다. 너무 즐거워도 너무 슬퍼도 글은 나에게 문을 열지 않았으며, 어쩌다 한 주일만 멀리하면 모르는 사람처럼 차갑게 등을 돌렸다. 늘 한결같은 몸과 마음의 상태를 원했으며 자신에게 빠져 뒤도 옆도 볼 수 없는 외곬의 사랑을 요구했다. 지금이라도, 라는 말을 자기 멋대로 해석했는지 여자가 갑자기 고개를 흔든다.

"아유, 사는 게 바빠 죽겠는데 글은 무슨. 남편 있죠, 애가 셋이나 있죠, 게다가 코딱지만 하지만 가게 봐야죠, 이런데 무슨 글이 나와요? 괜히 연애를 일찍 해 가지고 요 모양이 됐다니까요. 다른 형제들은 다 대학까지 나오고 잘사는데 말예요."

그래도 당신은 불행해 보이지 않는다고 하란은 생각한다. 아무도 거들어 주지 않는 짐을 혼자 지고 가야 하는 외로움도 당신은 모르지 않냐고, 병들어 몸져눕거나 세상으로부터 억울한 일을 당했을 때, 한밤중에도 달려와 껴안아 주고 무조건 내 편이 되어 상대를 같이 욕해 줄 형제들이 있지 않냐고, 함께 청춘을 보냈던 기억을 공유하며 함께 늙어 갈 당신 아이들의 아버지인 남편이 있지 않냐고 묻고 싶다.

현관문을 열자 저 혼자 며칠 지키고 있던 실내가 확대된 사진처럼 성큼 나타난다. 책상 위 노트북 옆엔 보다가 덮어 둔 만화 교정본과 함께 계간 〈휴양〉지에 보낼 이십 매짜리 원고 프린트가 놓여 있다. 하란은 코트도 벗지 않고 의자에 주저앉아 원고를 들춰 보다 '지선우, 동문회'라고 쓰여 있는 자신의 메모를 보았다. 그 전화를 받은 날은 이 원고를 막 끝낸, 어머니의 여덟 번째 퇴원을 이틀 앞둔 날이었다.

'피서지의 에피소드'란 주제부터 마음에 안 들었다. 계절을 당겨서 특집을 준비해야 하는 게 계간지의 특성이라고 해도 영하의 날씨에 꽃피는 봄 이야기도 아니고 피서지의 감상을 토해 놓으라니 하란은 어처구니가 없었다. 피서지라는 단어가 주는 일차적인 느낌, 이를테면 한가롭고 여유로우며 그 안에서 느끼는 자유로움 같은 시간을 가져 본 게 언제였던가.

은행원 생활 이 년을 채 못 채운 어느 날 하란은 〈여성 문학〉 장편소설 당선으로 그야말로 덜커덕 작가가 되었다. 어머니의 삶을 주제로 쓴 그 글은 여성의 지고지순한 순종과 인내를 충실히 묘사함으로써 변화되는 가치관 속에서도 여성이라는 존재를 미학적으로 숭고하게 끌어올렸다는 찬사와 함께 이듬해 영화화되는 이변을 낳았다. 하란은 그때 또 한 번 사람들의 보편적인 정서라는 게 얼마나 가학성을 동반하는 건지 깨달았다. 사람들에겐 늘 동정심을 베풀 대상이 필요한 것이다. 타인의 불행 앞에서 사람들은 관대했다. 소설 속 모녀는 읽는 사람에게 그 역할을 빼어나게 연기했다. 영화의 성공에 힘입어 단행본으로 출간된 하란의 데뷔 소설은 그해 베스트셀러가 됐으며, 사람들의 동정심을 충족시킨 대가로 하란은 또 한 번 덜커덕, 13평 빌라의 소유주가 되었다. 은행을 그만둔 것은 그때였다. 어차피 어머니와의 분리된 삶을 위해 선택된 발판에 불과했으므로 은행원으로서의 아쉬움 같은 건 조금도 없었다.

'치약 거품보다도 하얀 파도가 갈매기의 날개에 걸려 있다'로 시작된 원고는 이십대 초반 청춘들의 얄팍한 감성을 건드리기에는 충분했지만 하란은 자신이 써 놓은 달콤한 문장에 인상을 찌푸렸다. 거짓으로 쓰인 글은 표시가 난다. 냉장고에 사다 놓은 캔 맥주가 생각난 건 그때였다. 일단 이 어수선함을 알코올로 분해시킨 뒤 원고를 보내고 말고는 그때 결정하자. 전화벨이 울린 건 그녀가 맥주를 가지러 가기 위해 일어난 것과 동시였다. 입에 물고 있던 볼펜이 바닥으로 떨어졌고 하란은 깜짝 놀라 그 자리에 주저앉

왔다. 어머니가 쓰러진 후 하란의 일상은 전화벨 소리에 따라 하루에도 수차례 천국과 지옥을 왔다 갔다 했다. 평생을 혼자 살아온 어머니는 24시간 진도 할머니와 같이해야 하는 공동의 생활을 못 견뎌 했고, 진도 할머니가 잠시 집을 비울 때면 하란에게 투정 부리듯 그런 자신의 심정을 전화로 이야기하곤 했다. 어머니의 전화가 겨우 끝나면 순서처럼 하란은 공중전화에서 거는 듯한 진도 할머니의 전화를 받았다. 환자가 뭘 그렇게도 깔끔을 떠는지 해도 해도 어머니가 자신의 살림 솜씨를 못마땅해 한다는 것이었다. 하란은 그때마다 진도 할머니의 말에 무조건 동조를 해야 했다. 그러곤 거의 비는 마음으로 자신이 그녀의 수고를 너무도 잘 알고 있음을 표현하느라 진땀이 났고 세상에서 가장 다정한 목소리로 뭐 필요한 게 없느냐고 거듭해서 물었다. 그런데 이 벨 소리……, 시공을 초월해 아득히 먼 곳으로부터 들려오는 듯한. 내가 예민해져 있구나. 하란은 손을 뻗어 소파에서 쿠션 하나를 끌어 와 가슴에 안고 수화기를 들었다.

─지하란입니다.

─여보세요?

이 목소리, 누굴까? 하란은 기억을 더듬었다. 계속되는 불면증으로 부족한 잠 탓인지 온 신경이 불을 켜고 있는 것 같았다.

─팔십육 년 효명여고 졸업생 지하란 맞습니까?

순간 하란은 쿠션을 조금 더 가슴에 가깝게 끌어당겨 안았다. 화음이 엉망인 악보처럼 심장에서 누군가 뛰고 있는 것 같다.

—네.

빠르게 기억을 떠올려 봐도 선뜻 누구라는 감조차 잡히지 않았다. 하란은 전화 속의 상대에게 들릴까 봐 소리 죽여 맥주를 한 모금 들이켰다.

—맞구나, 지하란. 참, 지 작가라고 해야겠지 이젠?

—…….

—여긴 대구 효명여중 교장실이야. 나는 지선우 선생이고. 기억하겠어?

—어머, 선생님!

깜짝 놀라 일어선 하란의 가슴에서 쿠션이 바닥으로 떨어졌다. 하란은 무선전화기를 든 채로 침대가 있는 방으로 걸어 들어왔다. 바알간 촛불 하나 늘 켜져 있을 것 같던 목소리였다. 지선우 선생님. 성씨가 같아 여고 시절 내내 혹시 한집안 식구가 아니냐고 오해를 받았던 기억이 전화선을 타고 눈앞에 떠올랐다.

—놀랐니?

—네, 너무 오랜만이라……, 근데 효명여중이라면?

—아아, 교감 때 전근 왔어. 같은 재단이잖아. 교감 되면서 옮겼으니까 벌써 한 칠 년 됐나?

—네에…….

—세월이 너무 많이 흘렀지? 지구상의 강과 바다를 다 건넌 것 같구나. 네 전화번호를 손에 쥐고도 한참을 기다렸어. 그런데 참 이상하게도 담담해지지가 않더라.

―여전하시죠? 선생님을 떠올리면 늘 아주 정갈한 그릇 같았어요. 아무리 더러운 물이라도 그 안에 담기면 깨끗하게 정화되는 그런 그릇 말이에요.

―그랬어? 부끄럽다. 실은 전혀 그렇지가 못한데……. 하란이 네가 그런 그릇을 가지고 있는 마음이니까 딴 사람도 그렇게 보인 거야. 목소리 들으니까 참 보고 싶구나. 학교 다닐 때 넌 참 청초했었는데……, 지금도 그 모습 그대로겠지?

―아닐걸요? 아마 마귀처럼 보일지도 몰라요. 선생님.

―농담은. 아마 보면 알겠지. 지하란이가 마귀처럼 변했다? 그건 북한이 평화통일 주장하는 것보다 더 있을 수 없는 일이야. 그래, 용건을 말할게. 아주 큰 규모의 효명여고 동문회가 열리거든. 효명여고에서 곧 연락이 가겠지만 내가 연락을 하고 싶었어. 들리는 소식에 의하면 졸업 후로 네가 한 번도 동창회에 참석하지 않았다고도 하고, 또 네 목소리도 듣고 싶어서.

―…….

―작가가 된 걸로 알고 있는데……. 네 동기들이 가끔 학교로 찾아오는데 그 애들이 통 널 만난 적은 없다고 하더구나. 그때 문예반이었던 친구들이 와서 언젠가 영화를 봤는데 원작자가 네 이름하고 같다면서 오히려 나한테 묻지 뭐냐?

순간 가슴이 턱 막혔다. 문예반. 어머니와 살아오는 동안 어쩌면 추상적이었을지도 모르는 그때까지의 불행을 구체적으로 마주 보게 한 아이들의 이름이 있는 곳. 하란은 이마로 도드라지게 불거져 나오는 푸른 핏줄을 거울 속에서 보았다. 지선우 선생의 목소리가 들릴 듯 말 듯 서서히 멀어지고 있었다.

　입시를 앞둔 고3들에게도 소풍은 일상으로부터의 일탈이라는 설렘으로 기다림의 기쁨을 주었다. 3학년으로 올라오기 무섭게 각 반 교실 칠판엔 '결전 250일 전'이라는 구호가 형 집행일을 알리듯 하루하루 그 숫자를 덜어 가며 쓰여 있었고, 성적 순위에 관계없이 아이들의 얼굴은 한결같이 낮달처럼 헬쑥했다. 소풍 전날이었던 그날, 학교에서는 보충수업을 빼 주는 대신 중간고사 일정을 발표했다.
　―밥상 앞에서 꾸중하는 격이지, 이게 뭐야.
　모처럼 해가 떠 있는 시간에 교실을 빠져나가며 아이들은 교실 뒤편에 붙은 시험 시간표를 원망의 눈초리로 한 번씩 쥐어박았다.
　현관에서 실내화를 벗고 있는데 누군가가 하란의 허리를 가볍게 쳤다. 반사적으로 놀란 하란이 뒤를 돌아보자 연경과 민애가 서 있었다. 하란은 신발주머니에 실내화를 넣으며 말없이 바라보는 것으로 그들에게 마음속으로 물었다.
　―왜지, 또?
　1학년 때부터 문예반 활동을 하며 같이 지낸 시간이 많았던 이유로 삼총사처럼 친했던 아이들이었다. 우정이란 걸 말해도 좋겠다는 생각을 처음으로 갖게 해 준 아이들이기도 했다. 그러나 2학년 때 하란이 대구 능금축제에 학교를 대표해서 나갈 효명 퀸으로 선발되면서 그들은 하란에게서 썰물보다도 더 빠른 속도로 그동안의 정을 거둬 갔다.

능금축제에서 자신과 같은 입장으로 각 학교에서 선발되어 온 다른 여고생들이 춤과 노래로 학교의 명예를 건 장기 자랑을 펼칠 때 하란은 미리 준비해 간 자작시를 낭송했었다. 능금축제라는 취지도 있느니만큼 막 출아된 햇사과를 하루의 이른 시간에 비유한 '푸른 오전'이란 시였다. 진초록 바탕에 은박이 가늘게 수놓인 한복을 입고 어머니가 정성 들여 매만진 머리에 칠보 비녀로 쪽을 지운 하란의 모습은 다음 날 '시가 있는 능금축제'란 제목의 기사와 함께 조간과 석간의 지면을 채웠다. 행사 후 피로가 쌓여 있는 상태에서 아침 일찍 학교에 오느라 미처 신문을 볼 시간이 없었던 하란은 아무것도 모른 채 시의 마지막 부분을 의문사로 처리한 게 마음에 걸려 시작종이 울릴 때까지 시작 노트만 뒤적이고 있었다.

첫째 시간 과목은 영어였다. 전지 부도를 둘둘 말아 한쪽 허리춤에 끼고 들어온 지선우 선생의 경쾌한 목소리가 교실 안을 한 바퀴 휘돌았다. S대 영문과 출신이라고 부임 때부터 학교를 술렁이게 만들었던 지선우 선생은 미성의 노래 실력으로도 유명했다. 그가 부도를 칠판 위 못에 걸고 있는 동안 늘 해 온 대로 전날 배운 부분에 대한 스피드 테스트 준비를 하느라 교실은 적막하리만치 조용했다.

—또 초치기 공부하느라고 이렇게 조용하지?

여기저기서 웃음소리가 터져 나왔다.

—고개 들어. 오늘은 스피드 테스트 없다.

동시에 고개를 든 교실은 팽팽한 긴장이 사라진 대신 환하게 피어나는 박꽃처럼 술렁이기 시작했다. 그런 모습을 보며 지선우 선생이 교과서 사이에 끼워 온 신문을 펼쳐 들었다.

—신문 못 봤지?

—선생님, 뭐가 났어요?

—혹시 올해 예비고사가 없어진다거나 아니면 대학을 인간성 위주로 갈 수 있다거나, 뭐 그런 쇼킹한 뉴스라도…….

짧은 시간 시험에서 해제된 아이들은 수업 시간을 줄여 보겠다는 다부진 잔꾀로 술렁이는 시간을 끌고 있었다.

—어제 능금축제 많이들 관람했지? 특히 니들 반엔 효명여고 퀸도 있으니 말이야.

와이셔츠 소매 단 부분의 단추를 풀어 위로 접어 올린 지선우 선생의 두 팔이 교탁에서 허리를 숙여 아이들을 내려다보고 있는 그의 상체를 안정감 있게 받치고 있었다.

—선생님, 신문에 뭐가 났는데요? 뭐가 났는데 시험도 안 치는 은총을 베푸시는 거예요?

—자, 봐.

신문을 펼친 지선우 선생 앞으로 성질 급한 아이들이 우르르 몰려 나갔다. '푸른 기다림이 묻어 있니?' 하란은 계속 어제 시의 뒷부분이 마음에 걸려 생각이 그쪽으로만 자꾸 향해 웅성거리는 반의 풍경을 무심하게 바라보기만 했다.

─하란이다, 하란이야.

아이들의 입에서 갑자기 치솟은 높은 음으로 하란의 이름이 터져 나오는 것과 동시에 자리에 앉으라는 지선우 선생의 목소리가 두어 차례 들려왔다. 그리고 곧바로 그는 하란을 불렀다.

─지하란.

끝 음절을 조금 길게 늘어뜨리면서 살짝 위로 올리는 특유의 목소리에 하란은 엉거주춤 일어났다.

─나와서 신문 가져가서 보고 하교할 때 교무실 내 책상 위에 두고 가도록 해.

얼결에 걸어 나가 지선우 선생이 반듯하게 접어 준 신문을 받아 들고 자리로 돌아오던 하란과 연경의 시선이 부딪친 건 우연이었을까? 시선이 부딪치자 신경질적으로 소리 나게 교과서를 펼치던 연경의 손가락에 새파랗게 돋고 있던 푸른 정맥을 하란은 본 것도 같았다. 판서를 시작한 지선우 선생을 따라 필기하느라 금세 조용해진 교실에 소곤거리는 목소리가 새어 나왔다. 하란은 그 목소리의 주인공을 알고 있었다.

─얘, 첩의 딸치곤 화려한 데뷔 아니니?

입학해서 처음 문예반에서 만났을 때 '난, 헤세나 릴케보다 하이네가 좋아. 넌?' 하고 묻던 아이. 불란서 인형처럼 주근깨가 귀엽던 연경이었다. 그때 하란은 《두이노의 비가》를 쓴 릴케가 좋다고 대답했었다.

─너같이 하얗고 여리게 생긴 아이가 어떻게 그런 황량한 시를

좋아하니?

콧잔등에 난 주근깨를 조금 찡그리며 연경은 하란의 눈을 뚫어지게 바라보았다.

—난 시에서 소리가 나는 게 좋아. 바람 소리, 숨소리, 눈물 소리 같은 거.

—눈물 소리? 울음소리가 아니고?

—응, 눈에서 흐르는 눈물 소리.

—얘, 그게 바로 시다. 그치?

문예반 수업이 끝나고 각자의 반으로 돌아가기 위해 하란과 연경이 복도를 걷고 있는데 뒤에서 한 아이가 둘을 불렀다. 하란과 연경은 동시에 고개를 돌렸다. 키가 껑충하게 크고 옆머리에 새치가 몇 가닥 보이는 아이가 웃으며 서 있었다.

"릴케와 하이네, 이 두 시인을 난 다 좋아하거든? 이만하면 우리 친해져도 좋지 않겠니? 난 정민애라고 해. 아까 니들 바로 뒷자리에 앉아 있었어."

그렇게 친해진 아이들이었다.

이유를 묻는 하란의 시선을 맞받기라도 하듯 볼우물이 깊게 패며 입술을 가로로 추켜올린 민애의 새치가 아직도 남아 있는 햇살 아래서 잠시 찰랑거렸다.

—지하란, 내일 낭송할 시 써야잖어, 너.

—…….

그래서 그게 너하고 무슨 상관이냐고 하란은 묻지 않았다. 하란은 책가방을 오른쪽으로 바꿔 들며 운동장으로 시선을 돌렸다. 테니스부 아이들이 구령에 맞춰 운동장을 뛰고 있는 모습이 보였다.

　―소풍 때 시 낭송하는 학교는 우리 학교밖에 없을 거야.

　입시 스트레스로 더 진해진 연경의 주근깨를 하란은 능금축제 이후 오랜만에 바로 앞에서 바라보았다.

　―아니지, 효명여고는 전국에서 알아주는 짱짱한 문예반이 자랑이니까 그럴 수는 있지. 하지만 고정 출연이 정해져 있으니까 그게 문제지.

　―야, 여왕마마. 내일은 또 어떤 시를 어떤 우아한 복장으로 낭송할 건데?

　지나가는 다른 반 아이들이 하란을 보고 저희들끼리 소곤거리는 소리가 들렸다.

　―쟤가 신문에 난 그 지하란이야……

　―비켜!

　하란의 입에서 처음으로 그들을 향한 목소리가 낮지만 날카롭게 흘러나왔다.

　―오라, 바쁘시다? 여왕님 행차에 무수리 둘이서 웬 소란이냐고?

　민애의 목소리가 칼끝처럼 날카롭게 앞에 보이는 운동장을 함부로 주욱 긋고 있었다.

　―네가 써. 됐니?

하란은 그렇게 말하고 조금 거칠게 한쪽 팔꿈치로 그들을 밀쳐 냈다.

—애, 연경아. 지하란 애 지금 나한테 적선했니?

—그런 것 같다. 너보고 하라는데?

한 뼘이나 더 큰 민애의 그림자가 하란 앞으로 쑤욱 다가오는 것과 동시였을 것이다. 하란은 갑자기 몰려오는 위통으로 허리가 굽어지는 통증을 느꼈다. 찌푸린 하란의 인상을 빤히 바라보던 민애가 하란의 가방을 낚아채 바닥에 던지듯 놓으며 하이 톤의 음성으로 말을 뱉었다.

—이게 지금 누구를 거지 동냥해 주듯 하고 있어. 첩의 딸 주제에. 야, 지하란. 네 아버지가 청솔고등학교 이사장이라고 네가 이사장 딸이 될 줄 알았어? 넌, 넌 말이야, 옛날 같으면 과거도 볼 수 없는 서녀 출신이야. 도둑이 될 수밖에 없었던 홍길동 몰라? 네가 아무리 고 반반한 얼굴로 문학을 한다고 설쳐 대도 옛날 같으면 네 이름 석 자 어디에도 걸 수 없는 첩의 딸이란 말이야. 알아? 우리가 왜 너랑 붙어 다닌 줄 아니? 혼외에서 태어난 네가 궁금했기 때문이야. 뭔가 비정상적인 정서를 가지고 있을 것 같아 그게 궁금했다고. 너의 비밀스런 출생을 모르는 아이들에겐 네가 신비하게도 보였겠지만, 우린 네가 개화기 신소설에 나오는 비련의 주인공 같았거든.

두 다리를 휘청거리지 않고 서 있는다는 게 그때처럼 힘든 때가 있었을까? 손아귀에서 뜨끈뜨끈한 땀이 배어 나오고 있었다. 삼류 소설에도 이런 장면은 없을 것이다. 더구나 배경은 교정이 아름다운 여고 아닌가. 위에서부터 차오르기 시작한 열이 어깨를 거쳐 목과 입술을 타고 이마에까지 절절 끓어오르고 있었다. 고압 전류에라도 감전된 것처럼 피돌기가 일시에 정지됐다. 해가 지고 있었다. 운동장을 어떻게 걸어 나왔는지, 버스를 어떻게 탔는지, 집 대문은 열려 있었던가.

　—얘가 왜 이래? 하란아.

외마디 비명과도 같던 어머니의 울음 섞인 목소리. 누군가 온 것도 같았는데 눈이 떠지질 않았다. 아득하게 꺼져 가는 의식의 끝에서 몸을 떨며 하란은 의식을 잃었다.

나흘 만에 등교한 학교는 모든 것이 그대로였다. 봄 소풍은 이미 전설이 되어 있었고 보충수업으로 3학년 교실엔 밤 11시까지 불이 꺼지지 않았으며 아이들의 얼굴빛은 노랗게 탈색되어 갔다.

점심시간에 하란은 본관과 3학년 교실이 있는 건물 사이에 있는 연못가 벤치에 앉았다. 원래는 대여해 온 책을 반납하러 도서관으로 가려던 발걸음이었다. 중간고사가 끝난 뒤 빌려 온 루소의 《에밀》을 대여 기간 일주일 내에 갖다 줘야 했기 때문이었다. 3학년인데 책 볼 시간이 있냐고 물으며 대여 기록표에 날짜와 하란의 이름을 적던 사서 미스 방 언니는 하란이 쓰는 시의 첫 번째 독자이기도 했다. 하란은 시간이 날 때마다 도서관에서 미스 방 언니랑 함께 보냈다.

여고 시절 친구가 평생 친구라며 진실 게임을 하자고 해서 태어

나 처음으로 타인에게 털어놓은 자신의 가정사가 평생 친구임을
내세웠던 그 당사자들에 의해 목이 졸리는 결과를 얻게 될 줄은
정말 몰랐었다. 1학년 여름방학 때 간 문예 캠프에서 텐트에 촛불
을 켜 놓고 밤새도록 서로의 비밀을 얘기했던 청초한 소녀들은 이
제 어디에도 없었다. 하란에게 세상으로 향하는 통로는 그렇게 완
강하게 닫혔다. 타인과 진실을 공유한다는 게 연못으로 떨어지는
나뭇잎보다 허약한 믿음이었음을 깨닫지 않을 수 없는 시간이 더
디고 무겁게 흘러가고 있었다.

　―점심 안 먹고 여기서 뭐 해?

　지선우 선생이었다. 가볍게 구김이 진 연하늘색 와이셔츠 위에
짙은 청색 스트라이프 무늬의 넥타이가 바람에 살짝 흔들리고 있
었다.

　―며칠 결석했지? 어디 아팠니? 소풍 때도 보이지 않던데.

　벤치 등받이 모서리를 한 손으로 짚으며 하란에게 말을 걸고 있
는 것과는 달리 그의 시선은 연못을 향해 있었다. 벌써 녹음이 짙
어진 버드나무가 만들어 내는 그늘이 연못 지름의 반을 가리고 있
었다.

　―여기서 보니 시간 따라 드리워지는 그늘의 방향에 따라 저 작
은 연못도 물 색깔이 달라 보이네. 지금 저렇게 어두워진 부분도
그늘이 이동하면 다시 환해져 푸른 물 색깔을 볼 수 있겠지?

　―…….

　―수업 들어가야지?

하란은 자리에서 일어났다. 시간 따라 그늘이 이동한다는 지선우 선생의 말이 그때 마침 불어오던 바람을 타고 연못으로 퍼져 나가고 있었다. 쓰러져 가던 마음이 새로운 시간을 부르는 듯 한결 편안해졌다.

―들어가겠습니다.

고개를 숙여 인사를 하고 하란이 교실 쪽을 향해 돌아서는데 지선우 선생이 다시 불렀다.

―지하란, 책 가져가야지.

수업 예비종이 울리고 있었다.

―고맙습니다, 선생님.

책을 건네주며 지선우 선생은 하란의 어깨에 잠시 손을 짚었다.

―하란아, 넌 참……, 학 같구나.

수화기를 내려놓는 손이 막 마비에서 풀리려는 것처럼 얼얼했다. 하란은 오른손으로 왼손을 가만가만 주무르며 거실을 걸었다. 새벽에 고속도로를 달려올 때 서너 번은 만나게 되는 안개 다발 지역을 막 벗어난 그런 느낌. 안도와 조금은 외로운 평화 같은 마음이 한없이 나직해지고 있었다. 커피를 끓이려다 문득 좀 전에 마시다 둔 맥주가 떠올랐다. 깔깔한 입속을 훑듯이 내려가는 맥주의 쓴맛이 처음 본 맛처럼 낯설었다. 하란은 그제야 나직해지고 있다고 믿었던 자신의 마음이 사실은 허둥대고 있음을 깨달았다. 쉽게 셀 수도 없을 만큼 긴 세월을 걷며 걸려 온 한 통의 전화.

선명하게 떠오르는 기억의 비상함 속엔 두 번 다시 들춰 보고 싶지 않던 한 시절이 고스란히 퇴색되지 않은 채 아직도 하란을 물어뜯고 있었던 것이다. 하란은 들이붓듯 캔 하나를 단숨에 비워 냈다. 간신히 내쉬어지는 한숨을 따라 효명여중 교장실이라고 했던 지선우 선생의 목소리가 눈앞으로 모이고 있었다. 하란은 손가락을 하나씩 접으며 숫자를 세어 봤다. 그사이 20년이 흘러 있었다. 갑자기 모래 바람을 맞은 것처럼 온몸이 따갑게 졸아드는 것 같았다.

학원가에서 실력 있고 재미있는 강의로 유명한 영어 담당 지선우 선생이 효명여고로 부임할 거라는 소식을 하란은 입학한 그해 여름방학 때 아버지로부터 들었다. 출석부에 도장을 찍듯 방학이면 이 주씩 가 있어야 했던 아버지 집에서였다. 하란이 일곱 살 때 뇌졸중으로 쓰러진 아버지가 더 이상 하란과 어머니가 있는 집으로 오실 수 없게 된 후 누구의 배려였는지는 몰라도 하란은 방학이면 어머니와 함께 아버지 집에서 이 주씩 지내야 하는 행사가 늘 못마땅했다. 하란의 그런 속마음을 아는지 모르는지 하루 종일 누워 있는 아버지는 볼 때마다 하란의 자란 키를 대견해했고 곁에서 떼어 놓지 않으려 했다.
　―지선우 선생이라고, 영어 담당인데 2학기 때부터 효명여고로 오실 거야.
　―지선우? 친척이에요?

아버지 옆에 엎드려 방바닥에 손가락으로 장난을 치고 있던 하란은 건성으로 물었다.

―친척이냐고? 오라, 성씨가 같아서 그렇게 느껴지나 보구나. 친척은 아니야.

―그럼 잘 아는 분인가 보죠?

방바닥에는 하란이 손가락으로 쓴 '지루하다' 는 글씨가 보이지 않게 두 겹 세 겹 겹쳐지고 있었다.

―아니, 워낙 실력 있다고 소문난 선생이라 이름 정도는 알고 있지.

―저희 학교로 부임하실 거라는 건 그럼 어떻게 아세요?

건성으로 하고 있는 말이었기에 대답을 기대한 질문은 아니었다. 그래서 아버지가 대답을 미루고 있는 것도 그때 하란으로선 의식할 수 없었다. 방바닥엔 다시 '아버지 집' 이라는 글씨가 아무렇게나 쓰이고 있었다. 아버지 집. 일정에 따라 수없이 오갔지만 하란으로선 세상에 더 이상 불편한 곳이 없을 만큼 도무지 익숙해지지 않는 이국의 공간과도 같았다. 그래도 아버지가 누워 계시는 창이 넓은 이 방에서는 숨 쉬기가 한결 나았다. 노크 없이는 누구도 함부로 드나들지 않았으므로 정해진 이 주 동안 하란은 거의 모든 시간을 어쩔 수 없이 아버지 곁에서 사랑스런 딸 노릇을 하지 않을 수 없었다.

―사립학교끼리는 그 정도의 정보는 오가는 법이야.

―네?

움직이지 않는 왼팔을 오른손으로 잡아 머리 위로 올리는 운동을 하며 아버지가 말했을 때 딴생각을 하고 있던 하란은 처음엔 잘 듣지 못했다.

―그것이 사립학교의 정보망이라는 거야. 유능한 선생이니까 잘 배우렴.

―그렇게 실력 있는 선생님이라면 아버지 학교로 스카우트하시지 그랬어요?

하란은 일어나 아버지 머리맡에 있는 물병에서 컵으로 물을 따르며 아버지를 바라보았다. 늘어진 왼팔은 오른손으로 잡아당기고 있어도 가슴에서 얼굴을 지나 머리까지 올려지는 데 답답할 만큼 오래 걸리고 있었다. 정말 신경이 다 죽은 걸까? 벌써 10년째 누워 있는 아버지의 팔다리는 이미 그 굵기와 색깔부터 왼쪽과 오른쪽이 확연히 달랐다. 다리를 주무르다 보면 뼈만 잡히는 왼쪽 다리. 혹시나 기적이 일어날지도 모른다는 동화 같은 기대로 손톱자국이 날 만큼 꼬집어도 보지만 아버지의 표정은 조금도 변하지 않았다. 대신 신경이 살아 있는 오른편은 하란이 손을 대면 꼬집기도 전에 그쪽은 성하다며 오른팔로 하란의 허리를 당겨 가슴에 끌어안곤 했다.

―응? 아버지, 혹시 아버지가 이렇게 누워 계시니 청솔고등학교에서 한발 늦은 게 아니에요?

실력 있는, 아니 더 정확히 말한다면 내로라하는 일류 대학 출신 교사가 많기로는 청솔고등학교가 대구에서는 단연 수위였다.

그런데 그런 선생님을 놓치고도 저렇게 평화롭고 오히려 안도하는 얼굴빛의 아버지를 하란은 이해할 수 없었다.

—이 녀석아, 너 때문이야. 너 좋은 선생님한테 배우라고.

—피!

그리고 정말 여름방학이 끝나고 학교에 갔을 때 아버지 말씀대로 지선우 선생이 부임해 오셨다. 1학기 때 영어 담당이었던 민애경 선생이 10년간의 주말 부부 생활을 끝내고 남편이 있는 강릉으로 가기 위해 퇴직을 했으므로 공교롭게도 하란이 있는 1학년 3반은 지선우 선생의 담당이 되었다.

2학기 영어 첫 시간. 비가 내리는 날이었다. 아이들은 새 영어 선생님에 대한 기대 반 호기심 반으로 상기되어 있었고 소나기 때문에 어두워진 교실엔 일제히 형광등이 밝혀졌다.

—《위대한 개츠비》에 나오는 로버트 레드포드를 닮은 사람이었으면.

농구부 정숙이의 말에 일제히 웃음이 터졌다.

—야, 넌 그 단추나 좀 잠가. 웬 로버트 레드포드?

참견하기 좋아하는 은경이가 뒤를 보며 소리쳤다.

—이건 저절로 끌러진 거야. 도시락이 들어갔거든.

—그러게 다이어트 좀 해. 쟨 저러고 운동은 어떻게 하나 몰라.

수업 예비종이 울리고 조용해졌을 때 옆자리에 앉은 상희가 하란에게 속삭였다.

—최무룡 닮았을 거야.

하란도 속삭였다.

—최무룡? 어떻게 알아?

—내가 좋아하거든.

—너 웃긴다. 최무룡은 좀 옛날 배우잖아?

—어때? 난 최무룡이 내 이상형이야. 왜 김지미하고 나온 그 흑백영화 있잖아. 제목이 뭐더라? 비가 마구 쏟아 붓는 골목에서 마주 오는 김지미하고 마주쳤는데 그 놀라움과 반가움이 뒤섞인 표정. 들고 있던 우산을 버리고 김지미를 향해 두 팔을 벌리고 서 있던 그 표정 말이야. 난 정말 잊을 수 없어.

—그만 해라. 응? 이 신파야.

—신파의 감동을 모르다니. 지하란, 너 아직 멀었다?

—점점? 얘, 아리랑 노래 나오려고 하니까 그만 하자. 응?

시작종과 함께 짙은 군청색 싱글 양복을 입은 지선우 선생이 교실 문을 열었다.

—봐, 내 말 맞지?

상희가 책상 위에다 손가락으로 브이 자를 그리며 하란을 향해 눈을 찡긋했다. 반장이 일어났다. 반 전체의 합창으로 인사가 끝나자 지선우 선생은 보일 듯 말 듯한 미소를 띤 얼굴로 한 사람 한 사람 눈을 맞추며 교실을 찬찬히 훑어보았다. 그리고 조용히 입을 열었다.

—기쁘다. 소나기 오는 날 여러분을 만나게 돼서.

뜻하지 않은 지선우 선생의 인사말에 아이들은 일제히 함성을 질렀다. 소나기 오는 날, 하란은 가슴에서 뭔가가 금방 지나간 것 같았다. 흔히 실력을 앞세우는 선생님들의 고정적인 인상이 그 말 한마디로 와르르 무너지는 순간이었다. 다시 그의 목소리가 들렸다.

—오늘은 첫날이니까 이렇게 하자. 내가 출석을 부르면 여러분이 대답하는 형식 말고, 출석부 번호 순서대로 여러분들이 일어나서 이름을 말하는 걸로. 어때?

—좋아요.

소리치며 대답한 것과는 달리 일어나서 자기 이름을 말하는 아이들의 목소리는 작고 떨렸다. 연순이의 차례가 끝나고 하란도 일어났다.

—지하란입니다.

—지하란?

되묻는 듯한 지선우 선생의 목소리에 하란은 앉으려다가 다시 일어났다. 다시 말해야 하나, 순간적으로 판단이 서지 않아 잠시 망설이고 있는데 지선우 선생이 몇 발자국 하란 앞으로 걸어왔다.

—아, 미안. 내가 잠시 딴생각을 했어. 지하란이라고 했지?

—네.

—그만 앉아도 좋아요. 자, 다음.

자리에 앉으면서 하란은 마음 한켠의 휘장이 살짝 올려지는 듯한 묘한 기분에 사로잡혔다. 그것이 지선우 선생과의 첫 만남이었다.

샤워를 한 뒤 하란은 어머니에게 전화를 걸었다. 신호음이 가자마자 어머니의 목소리가 금방 전화선을 타고 들려온다.

"애썼지? 뉴스 보니까 눈이 많이 왔나 보던데."

"괜찮아, 엄마. 엄마 딸 베스트 드라이버잖아. 손잡이는 어때? 좀 편해?"

"한결 수월하기는 한데 집 모양새가 영 이상해. 사방에 쇠파이프가 둘러져 있으니 불을 꺼도 번쩍번쩍하는 것 같고."

충분히 풍경이 그려진다. 지나치리만큼 정돈된 것을 좋아하고 평소 행주와 걸레가 구분이 안 갈 만큼 깔끔한 어머니 성격으로는 감당이 안 되는 모양새일 것이다.

"할머니는?"

"응, 자고 있어."

환자 곁에서 벌써 자느냐는 말이 튀어나오고 있었지만 하란은 간신히 그 말을 삼킨다. 하란이 잠시 말이 없는 동안 어머니가 내쉬는 한숨 소리가 들려온다.

"엄마, 낮에 마루로 나와 있어서 감기 안 들었어?"

"아니. 근데 널 이렇게 고생시켜서 어떡하니? 이번에 보니까 얼굴이 많이 상했던데. 엄마라고 너한테 해 준 것도 없이 너무 오래 애를 먹인다, 내가."

잦아드는 어머니의 목소리엔 이미 물기가 흠뻑 배어 있다. 하란은 수화기를 든 채로 거울을 본다. 정말 많이 상했어. 늙고 있는 탓치곤 안색이 너무 나빠.

"엄만, 무슨 애를 먹인다고 그래? 암튼 이제 주무세요. 나도 잘게."

서둘러 전화를 끊는데 진도 할머니의 뒤척이는 소리와 함께 기어코 터진 어머니의 울음이 전화기 바닥에 동시에 깔리고 있다.

두 개째의 캔 맥주를 딴다. 아련한 기억 저편에서 불어오는 바람 소리 같은 걸 느낀다. 하란은 책장에서 여고 졸업 앨범을 찾아 침대에 걸터앉아 펼쳐 보았다. 느티나무가 늘어서 있는 연못이 있었고 그 연못 위에 본관과 3학년 교실 건물을 잇는 구름다리가 아치 모양으로 서 있던 아름다운 교정이었다. 보충수업까지 끝낸 늦은 시간이면 달빛을 닮은 가로등이 켜져 있는 구름다리를 걷고 싶어 일부러 본관 쪽으로 걸어 나와 집으로 돌아오던 때도 많았었다. 민애와 연경이를 마음속에서 내몰아 버린 곳도 구름다리 위에서였고 그래도 가끔은 그 아이들이 그리워 쓸쓸하게 서 있었던 곳도 그곳이었다. 가을이면 교내 축제였던 문집전과 국화 전시회로 효명여고는 온통 국화 밭이 되곤 했다. 하란은 동문회 소식을 알리던 지선우 선생의 전화에 자신이 계속 붙들려 있음을 깨달았다.

경란과의 약속 장소인 '모르핀'은 한적했다. 하란은 크라운베이 커리 맞은편에 있는 주차장에 차를 주차시켰다. 학고재 화랑 골목에 들어서서 경란이 가르쳐 준 모르핀을 찾는 동안 하란은 내내 인사동과 모르핀이라는 어울리지 않는 이미지에 대해 생각했다. 인사동에 그런 이름의 카페가 있냐고 묻는 하란에게 경란은 작가가 인사동에 대해서 그렇게 무지하냐는 핀잔과 함께 어이없다는 듯 깔깔거렸다.

—얘, 지금 우리의 만남과 모르핀은 얼마나 어울리는 이름이냐? 주인이 여고 동창들로 이루어진 사십대 후반의 여자 세 명이야. 하란아, 생각해 보면 여자들에게 여고 시절이란 영원한 모르핀인지도 몰라. 넌 독신이고 글이라는 네 일이 있어 조금 다를 수는 있겠지만 그 시절 그 추억이야말로 속절없이 지고 있는 사십대의 여자들에겐 모르핀이지. 안 그래?

—사십대?

—얘 놀라는 것 좀 봐. 그럼 아니니? 우리 지금 사십이야. 마흔 살이라고.

사십대라는 말에 하란이 놀라며 목소리가 튀어 오르자 경란은 한참이나 웃음을 그치지 못했다. 웃는 경란의 목소리가 풀기 없이 아무렇게나 말려 놓은 홑청 같다고 느낀 건 그녀가 일깨워 준 사십이란 나이 때문이었을까?

어제 경란으로부터 효명여고 재경 동창회 총무로서 무조건 만나야 한다는 전화를 받았을 때 하란은 잠시 망설였다.

—민애와 연경이 보는 게 불편해서 그러지?

대충 그때의 일을 알고 있는 경란으로서는 세월이 흘렀다고는 해도 하란에게 그 아이들의 이름을 올린다는 게 편한 일은 아니었을 것이다. 하란이 수화기를 쥔 채 대답이 없자 잠시 같이 말이 없던 경란이 다시 말을 이었다.

─오래전 일 아니니? 그리고 넌 지금 네 이름을 걸고 글을 쓰고 있는 작가가 되었고 그러니…….

─오래전 일이라고?

경란의 말을 자르며 하란은 발끈해서 소리쳤다.

─너 여고 시절이 인생의 모르핀이라며? 그게 나한테도 그럴 거라 생각해? 그래, 내가 지금 작가라고 쳐. 그럼 그때는 아무것도 아니어서 그렇게 당해야 했니?

화살이 빗나가고 있다는 걸 모르진 않았다. 하란은 식은땀이 흐르는 이마를 아무렇게나 손등으로 닦았다. 축축한 물기로 젖은 이마는 오히려 차가웠다.

─애꿎은 너한테 속내를 보여 미안해. 사실 나…….

힘들다고 말하려다 하란은 말을 끊었다. 어머니가 쓰러진 후 정말 죽을 만큼 힘들다고 누구라도 좋으니 붙잡고 말하고 싶었다. 천지에 홀로 내동댕이쳐진 것 같은 외로움과 매달 들어가는 어머니 간병비에 정말 짜부라질 것 같으니 나 좀 살려 달라고 매달리고 싶었다.

─너 무슨 일 있니? 생전 목소리 높이지 않던 넌데, 별일 있는 건 아니지?

경란의 목소리는 한결 낮아져 있었다.

─없어. 근데 왜 꼭 만나야 한다는 거야?

―참, 그 말을 한다는 걸 잊었네. 너 이번에 동문회 꼭 와야 해. 네가 와서 해 줘야 될 일이 있거든. 지선우 선생님이 말씀 안 하시디?

―…….

―안 하셨나 보구나. 너 이번에 동문회 다녀가도 금방 또 대구에 한 번 내려가야 할 거야.

동문회 참석 여부도 결정하지 않았는데 한 번 더 대구에 내려가야 한다니 하란은 경란의 말이 무슨 뜻인지 영문을 알 수가 없었다.

―왜, 우리 학교 다닐 때 문예반 담당이셨던 이영훈 선생님 있잖아? 그분이 지금 지선우 선생님과 같이 효명여중에 계시거든. 교감이시라지 아마?

―그런데, 그게 왜?

―효명여중에서 네게 특강을 부탁할 모양이야. 네가 효명여고 출신이라는 걸 알고 같은 재단이어서인지 그 학교 문예반 아이들이 네가 보고 싶다고 난리라지 뭐니?

―아유 싫다, 애. 특강은 무슨. 나 꽃 같은 애들 앉혀 놓고 할 말 없어.

―그럴 줄 알았어, 네 성격에. 손사래 치고 있는 모습이 안 봐도 보인다 지금. 하지만 피해 갈 수 없을걸?

바와 테이블이 분리된 모르핀은 천장이 조금 높다는 것 외엔 별다른 특징이 있는 카페는 아니었다. 하란은 실내를 한번 휘돌아본 뒤 아직 경란이 도착하지 않았음을 확인하곤 텅 비어 있는 바에 앉았다.

"처음 오셨죠?"

나신인 남녀가 하늘로 날아오르는 듯한 조각이 새겨져 있는 하얀 사기 컵에 생수를 따라 주며 중년 여자가 하란의 앞에 앉는다. 퀭한 눈빛을 받치고 있는 주름 진 목에 걸려 있는 앤티크 문양의 목걸이가 무거워 보인다. 대답 대신 하란은 고개를 끄덕이며 조금 웃어 보였다.

"사는 게 덧없어서 친구끼리 시작했는데 이것도 별 재미는 없네요."

"여고 동창생들이시라면서요?"

"네. 우리 나이가 되면 왜 허무하잖아요. 그래서 마침 주사가 필요하거든요. 의기투합해서 시간을 견뎌 보자 뭐 그렇게 시작은 했는데……."

허무라고? 사는 게 덧없다고? 그런 걸 느낄 여유가 있는 당신이 얼마나 복 받은 사람인 줄 아느냐는 소리가 가슴속을 뛰쳐나오려 하는 걸 하란은 꾹 참는다.

"손님은 결혼 안 하셨죠?"

한가한 탓일까 무료한 찰나에 말동무를 만난 사람처럼 계속 말을 걸어오는 여자가 하란은 성가시다. 경란은 약속 시간을 이십 분째 넘기고 있다. 하란은 대답 대신 커피를 주문한다.

"어떤 종류로 해 드릴까요?"

"혹시 되나 모르겠는데, 왜 설탕 프림 다 넣은 커피 있잖아요.

옛날 다방 커피 같은 것."

"아아, 영부인 커피요?"

처음 듣는 말이었다. 고개를 갸우뚱하는 하란을 보던 여자는 그것도 모르냐는 식으로 눈을 동그랗게 뜨며 웃는다.

"손님이 원하는 다방 커피를 영부인 커피라고들 해요. 영부인들은 대개 연세가 드신 분들이니까 커피도 옛날식으로 마신다고요. 사실 원두커피가 진짜 커피 향을 느낄 수 있는데 말이죠."

"그렇군요."

그럴듯한 짜맞추기가 아닐 수 없다. 여자가 끓여 준 커피는 진하고 달콤했다. 하란은 대학에 들어가서 처음으로 학교 앞 음악다방에서 마셨던 커피를 생각했다. 한 잔에 천이백 원이었던 커피는 졸업할 무렵엔 그 몇 배나 값이 뛰었다. 테이블마다 유티 혹은 사기로 된 프림 통과 설탕 통이 놓여 있었고 중앙엔 내부가 훤히 보이는 뮤직 박스가 있던 80년대의 다방. 노고지리의 '찻잔'과 조용필의 '창 밖의 여자', 산울림의 '창문 너머 어렴풋이 옛 생각이 나겠지요'가 쉴 새 없이 흘러나오던 그 시절, 하란에겐 상혁이 있었다.

경란은 약속 시간 사십 분이 지나서야 도착했다.

"화났니? 어, 아닌데? 눈빛이 이렇게 몽롱한 걸 보니."

늦은 데 대한 미안함을 너스레를 떠는 것으로 감추며 경란은 앉기도 전에 코트부터 벗었다. 같은 서울에 살면서도 만난 횟수를 손으로 꼽을 만큼 그동안 서로 멀어진 사이다. 고등학교 때부터 화낼 줄 모르는 아이로 통하던 경란은 대신 남의 일에는 참견하길 좋아하고 해결사 노릇도 곧잘 해내곤 해 지금의 동창회 총무 자리도 그런 이유에서 주어진 거라고 할 수 있다.

"늦어서 미안해. 막 나오려는데 아이 아빠가 회사로 뭘 좀 갖다 달라는 전화를 걸었지 뭐니. 약속 있다고 거절할 수 있니? 설친다고 설쳤는데도 이렇다."

코트를 벗으면서 큰 소리로 콜라를 주문하더니 단숨에 한 잔을 다 비운 후 경란은 그제야 늦은 이유를 설명한다. 하란은 경란이 대고 있는 이유를 듣자 대낮에 컴컴한 카페에 앉아 그녀를 기다리고 있었던 자신에게 화가 난다.

"넌 선약이 뭔지도 모르니? 친구랑 약속이 있어 지금 나가 봐야 한다는 말을 왜 못한다는 거야?"

누구는 시간이 남아돌아서 사십 분씩이나 기다리고 있는 줄 아느냐는 소리가 목구멍에 걸려 있지만 그 말은 꾹 참는다. 그때 경란이 갑자기 언니 같은 푸근한 웃음을 지으며 하란의 어깨를 두드렸다.

"하란이 넌 결혼을 하지 않아서 우리 같은 주부의 입장을 몰라. 어쩌겠니? 밥 먹여 주는 사람인데. 그럼 집에서 그런 심부름도 못 해 주니? 다 그렇게들 살아."

"넌 뭐 놀고 밥만 얻어먹니?"

"사실 그렇잖아. 내가 너처럼 내 일이 있는 것도 아니고, 몸이 허약해서 바람 불면 쓰러질 것도 아니고 말야."

"됐어, 그만 해."

더 이상 길어져 봤자 결혼한 여자와 독신의 입장 대결로밖에 더 나아갈 수 없는 대화가 이어질 건 뻔했으므로 하란은 경란의 말을 잘랐다. 테이블로 얼음을 띄운 생수를 가져다 놓는 주인 여자가 알 듯 말 듯한 웃음으로 둘을 바라본다.

"참 하란아, 지선우 선생님 뭐라시디? 굳이 너한텐 직접 연락을 하겠다고 하셔서 네 전화번호를 가르쳐 드리긴 했는데."

이미 온기를 잃은 커피는 맛이 텁텁했다.

"뭐 별로 하신 말씀은 없었어. 동문회 꼭 오라고. 근데 너, 왜 날 오늘 꼭 만나야 한다고 그 난리를 쳤니?"

고개를 갸우뚱거리며 자신을 빤히 바라보고 있는 경란의 궁금증을 끊어 버릴 요양으로 하란은 정색을 하고 용건을 묻는다.

"너한테 부탁이 있어서."

"부탁?"

"이번 동문회는 너도 들었겠지만 우리가 졸업한 지 이십 년 만에 선후배가 모두 참가하는 큰 행사잖아?"

하란은 남은 커피를 마저 마시며 다시 한 잔을 더 시킨 뒤 경란의 다음 말이 이어지기 전에 그녀의 말을 잘랐다.

"난 못 가. 아니, 안 가. 그러니 너 내게 아무것도 부탁하지 마."

"좀 들어 보고 거절하기라도 해. 기집애, 칼로 자르는 듯한 말투는 여전해."

민애와 연경의 얼굴이 빠르게 스쳐 지나간다. 하란은 목덜미에 펄펄 끓는 물주머니를 올려놓은 것 같은 화끈함을 느낀다. 이어지는 경란의 목소리가 들린다.

"그래서 오랜만에 만나는 선생님들께 반가움과 고마움의 표시로 시를 써서 네가 낭송해 줬으면 하는 게 동창들의 의견이야. 너 학교 때도 맡아 놓고 했잖아. 게다가 이젠 작가로서 성장한 너니까 더 의미가 있지 않겠어?"

어쩌면 이 아이는 내가 지금 잘난 체한다고 오해할 수도 있겠구나 싶어 하란은 입을 다문 채 계속 경란의 말을 듣는다. 그때 그 일이 다른 문제에서 불거진 것이라면 어쩌면 세월이 흐른 지금 웃으며 추억으로 돌려놓을 수도 있을 것이다. 시퍼렇게 멍이 든 상처였다. 하란은 그 일이 있은 후 내색하지는 않았지만 그런 말을 듣게 한 아버지와 어머니에게 하루에도 몇 차례나 원망의 화살을 날렸다. 그러다 정신을 차려 보면 그 화살들은 고스란히 자신의 심장에 되돌아와 박혀 있었다. 아무도 그것을 빼내어 상처를 치료해 주지 못했다. 그걸 어떻게 경란에게 친절하게 설명해 줄 수 있는가. 하란은 핸드백을 들고 자리에서 일어났다.

"경란아, 그만 가자. 써야 할 원고가 있어. 그리고 나 동문회 진짜 못 가."

"혼자 사는 애가 돈 그만 좀 벌어. 그렇게 원고만 써 대니 그 돈 다 어디에 쓰니?"

하란을 따라 엉거주춤 일어나는 시늉을 하던 경란이 기어코 한마디 쏘아붙인다. 하란은 대답 대신 경란의 코트를 집어 주며 내쉬어지는 한숨을 안으로 들이켰다. 돈이 필요해, 나는. 어머니 쓰러진 지 육 년이야. 주위엔 아무도 없어. 십 원 한 장 보태 줄 사람이 없다고. 아무도 나를 걱정해 주지 않아. 이런 나를 경란아, 네가 어찌 알겠니? 모르핀 앞에서 헤어지며 경란은 주차장으로 가기 위해 길을 건너는 하란의 뒤에 대고 다시 한 번 큰 소리로 말했다.

"얘, 지선우 선생님이 꼭 네가 하길 원하셨는데 나 어떻게 말씀드려야 하니? 다시 한 번 생각해 봐. 알았지?"

어깨를 붙잡는 듯한 경란의 말에 순간적으로 서늘한 바람 같은 게 블라우스를 헤집고 들어오는 것 같다. 하란은 뒤도 돌아보지 않고 주차장 안으로 뛰어 들어갔다.

'낮고 깊게, 그리고 조용히!' 〈아름다운 여성〉에서 청탁한 사랑에 관한 에세이는 마지막 문장을 그렇게 처리하는 것으로 끝냈다. 하란은 노트북을 덮으며 뻐근한 어깨를 돌려 크게 기지개를 켠다. 쏘는 듯 위장이 쓰리다. 창을 보니 오후 두 시의 햇살이 4월의 하늘을 거실 안으로 끌어들이고 있다. 커피 물을 가스렌지에 얹어 놓고 양치질을 하기 위해 목욕탕으로 들어간다. 집에 있는 날이면 하루 종일 목욕탕을 들락거리며 양치질을 하는 게 오랜 습관이 되었다. 이런 하란을 집에까지 서로 내왕하는 몇 안 되는 문단 동료들은 혼자 사는 여자의 강박이라고 놀려 대곤 했다. 뒤쫓아 다니며 수발들어 줘야 할 가족이 없으니까 애꿎은 제 몸을 혹사시킨다는 억지 진단과 함께 입 맞출 남자라도 어디 숨겨 놓은 게 아니냐고 짓궂은 탐색전을 펴기도 했다. 동료들의 핀잔을 들으면서도 하란은 목욕탕으로 들어가 손을 씻었고 양치질을 했다. 입 안이 싸하게 살아나는 듯한 느낌, 흐르는 물이 거품을 씻어 내릴 때 손가락과 손가락 사이에 뽀송뽀송 감기는 상쾌함. 대부분의 글을 밤에 쓰는 하란으로선 피로가 쌓인 멍한 머리와 눅진한 몸을 깨어나게 하기 위해 낮 시간은 그렇게 목욕탕에서 보내는 때가 많았다.

치약이 막 입 안에 들어갔을 뿐인데 속이 메슥거리며 노끈을 꼬듯 위가 뒤틀린다. 하란은 치약을 뱉어 내고 물로 입 안을 헹궜다. 빈속이어서 그런가. 그러고 보니 최근에 이런 증상이 잦았다는 생각이 든다. 다시 칫솔에 치약을 짜는데 차멀미가 시작될 때 같은 울렁거림과 함께 구토가 치밀어 오른다. 하란은 바닥에 천천히 주저앉았다. 철저하게 거부당한 이물질 같은 것이 목으로 울컥하고 넘어온다. 미끈거리는 감촉과 함께 뱉어진 그것은 피였다. 바싹 말라 있는 타일 바닥에 피는 둥근 점으로 찍힌다. 다시 침을 모아 뱉자 이번엔 좀 더 많은 양이 바닥으로 떨어진다. 하란은 욕실에서 나와 그대로 침대 속으로 들어갔다. 얼음 창고 같은 온몸이 사정없이 떨려 온다.

전화벨 소리에 하란은 눈을 떴다. 손을 뻗어 침대를 더듬거려 보지만 전화기가 잡히지 않는다. 그제야 방으로 들어올 때 무선전화기를 그대로 목욕탕에 두고 나왔음이 생각난다. 일어나려는데 갑자기 오싹하게 한기가 느껴진다. 땀에 젖은 속옷이 시트에서 떨어지며 그 사이를 바람이 밀고 들어오는 것 같다. 전화벨은 계속 울리고 있다. 하란은 속옷의 끈적거림을 떼어 버리기라도 하듯 벌떡 일어나 손으로 부채질을 하며 거실로 걸어 나갔다. 욕실은 불이 켜진 채 문이 열려 있었다.

"엄마야."

"응, 엄마."

대답을 하며 하란은 바닥에 떨어져 있는 피 묻은 휴지를 얼른 집어 들었다.

"뭐 다른 일 하고 있었니? 전화를 늦게 받아 외출했나 했다."

"좀 잤어. 엄마 괜찮지?"

하란은 수화기를 든 채로 컵에 물을 받아 아직도 피비린내가 남아 있는 것 같은 입 안을 헹궈 낸다.

"그냥 네가 보고 싶고 또 궁금해서 해 봤어. 진도 할머니도 없고……."

"어디 갔어요?"

"아침에 조카네 좀 다니러 간다더니 아직 소식이 없네."

가슴이 쿵, 하고 내려앉는다. 홀로 겁에 질려 있을 어머니를 생각하자 아찔해서 소리라도 지르고 싶다. 그렇다고 당장 내려갈 처지도 거리도 아니지 않은가. 살을 깎아먹듯이 밤낮 원고를 써 대도 병든 어머니 건사하기는 늘 힘에 부쳤다. 어머니가 쓰러진 후 단편 한 편도 발표하지 못하고 여기저기에 잡문만 써 왔다. 수만 갈래로 갈라진 신경으로 하루하루 벼랑을 오르내리면서도 어머니 앞에서는 돈 걱정 없는, 잘나가는 작가여야 했다.

"엄마, 그럼 종일 혼자 계신 거예요?"

"그렇지. 쇠파이프 잡고 걷기도 하다가 누워도 있다가……. 정말 이젠 그만 갔으면 좋겠다. 너 고생 덜 시키고. 목숨이 왜 이렇게도 질긴지 모르겠어."

하란은 또 말문이 막힌다. 어떻게 어머니를 달래고 안심시켜야 되는지 시간이 흐를수록 그건 점점 더 어려운 일이 되고 있다.

"곧 오실 거야. 엄마, 조금만 더 기다려 보세요."

위로가 되지 못할 줄 알면서도 달리 다른 말이 떠오르지 않아 하란은 억지로 목소리를 명랑한 체하는 것으로 대신한다. '엄마, 나도 어디 아픈 것 같애. 피를 토했어요. 무서워.' 그렇게 말하고 싶다. 사실 겁이 난다. 누구라도 좀 와 줬으면 좋겠다고 소리치고 싶다. 설핏하게 눈에 눈물이 고인다. 창밖으로 지고 있는 햇살이 길 건너 은행 건물을 서서히 덮고 있다. 통화가 끝난 수화기에서 뚜뚜 소리가 들려왔지만 하란은 오래도록 수화기를 놓지 못했다.

중앙병원 소화기내과의 진료 예약은 삼 주일 뒤로 잡혔다. 좀 빨리는 안 되느냐는 하란의 물음에 예약 담당 아가씨는 그래도 손님은 빠른 거라고, 진료받을 과에 따라선 서너 달을 넘기는 경우도 허다하다면서 그녀 뒤에 줄을 서 있던 사람에게로 시선을 옮겼다. 삼 주일 뒤. 날짜를 보니 대구에서 열리는 동문회 다음 날이다. 그것도 오전 열 시 사십오 분. '재경 효명여고 동문회'에서 보낸 안내문을 받은 건 어제였다. 서울에 사는 동창들은 동창회 당일 전세 버스를 대절해서 같이 가기로 했으니 시간 엄수하여 정해진 장소로 나오라는 통지서였다. 참석한다는 생각은 하지 않았지만 결국 못 갈 이유가 생기고 만 셈이었다.

살아오는 동안 하란은 기쁘고 행복한 순간에는 혹시 불행이 뒤따라오지 않을까 하여 반응을 최소한으로 줄였으며, 불행과 슬픔 앞에선 이미 익숙해진 당연함으로 차라리 편안했음을 기억한다. 순간순간 부딪히게 되는 모든 상황들로부터 늘 최악의 경우를 생각지 않으면 차라리 불안했다. 그것이 마치 무인도의 삶 같던 어머니를 지켜보며 세상 속에서 자신을 단련시켜 온 하란만의 방식이었다. 세상의 잣대로 보아 자신의 출생 배경은 하란으로선 이미 태어날 때부터 경험되어질 수밖에 없었던 최악이었다. 어디를 가나, 아무리 노력해서 무엇을 얻어도 그것은 벗어 버릴 수 있는 싫증 난 외투가 되지 못했다.

상혁과 헤어진 것도 그 때문이었다. 조강지처 눈에 눈물을 내게 한 첩의 딸이라고 상혁의 아버지는 말했었다. 그러나 아들이 상해가는 꼴은 볼 수 없으니 정 결혼하려면 청첩장에는 물론 식장의 혼주석에 큰오빠 내외가 앉아야 한다는 조건을 지키라고 못을 박았다. 그때 상혁은 하란에게 그렇게라도 하자고 거의 빌듯이 사정했다. 하란은 사정하고 있는 상혁의 얼굴에 경멸의 시선을 꽂고 돌아섰다. 자신의 출생 자체를 인정 못하는 세상이라면 결혼을 해서 아이를 낳은들 세상은 또 첩의 딸이 낳은 자식이라고, 절반의 절반은 외할머니의 피가 흐를 거라고 손가락질을 할 것이다. 그렇다면 세상과 타협하기 위해 내 어머니에게 고통을 주고 내 비겁함에 치를 떨 것이 아니라 내가 세상을 버리면 되는 거였다. 딸이 결혼을 하는데 그 어머니가 혼주가 될 수 없다니. 하란의 분노가 극을 향해 달려가고 있을 때 속사정을 다 알 리 없는 어머니는 그들이 뭐든 하자는 대로 하라고 하란을 달랬다.

─상혁이 부모님이 특별히 까다롭거나 나빠서가 아니야. 이 세상이 원래 그런 거란다. 그냥 그쪽이 원하는 대로 해. 결혼해서 네가 잘하면 엄마에 대한 흠은 묻힐 수도 있잖니? 결혼은 당사자가 제일 중요하니까.

뭐가 그런 것이고 뭘 원하는 대로 해 주라는 건지. 원인 제공자인 자신들은 비켜나며 그 감당을 딸에게 부탁하는 어머니 말에 하란은 대답하지 않았다. 세상이 원래 그런 거라고? 그걸 알면서도 사랑이라는 스스로의 최면에 걸려 나를 낳았냐고, 가슴을 찢으며 터져 나오는 말을 참고 있다 보면 열 손가락이 모두 다 저려 왔다. 늘 최악을 염두에 두었으므로 상혁에 대한 상실감도 날 선 분노와 치욕감에 비하면 그나마 견디기가 쉬웠다. 부정적 사고가 꼭 부정적 결과만을 초래하지는 않는다는 걸 하란은 그렇게 터득했다.

꼭 와야 한다던 지선우 선생의 목소리가 사람들로 북적대는 병원 1층 로비에 빙글빙글 맴돌고 있다. 대구까지 왕복 버스에 시달린 뒤 다음 날 아침 예약 시간까지 병원에 도착한다는 건 생각만으로도 아찔한 일이다. 하루 전날 먼저 가 어머니 집에서 잔 뒤 서울로 돌아올 때만 버스에 동승해서 오면 좀 덜 피곤할까? 거기까지 생각하다가 하란은 고개를 흔든다. 어머니가 쓰러지기 전에도 철이 들면서는 단 한 번도 편안하게 어머니랑 마주할 수 없었던 하란이었다. 둘이 마주 앉아 서로의 눈빛을 본다는 건 덮어 두고 싶은 상처를 일부러 들춰내 보는 것 같은 고통이었음을 어머니는 알고 있을까? 애써 숨기려 해도 서로를 향한 눈빛에 뚝뚝 묻어나고야 말던 연민과 안쓰러움. 홀로 딸을 키운 어머니와 그런 어머니의 외로움을 뻔히 다 보고 큰 딸이 함께 있는 시간엔 먼지 떨어지는 소리도 들리지 않았다. 남들처럼 살가운 정으로만 볼 수 있게 불쌍한 느낌은 들지 않는 어머니였다면 어머니와의 관계는 보통의 남들처럼 건강할 수도 있었을 것이다. 다정한 모녀이다가도 의견이 맞지 않을 때는 때론 언성을 높여 자기 입장을 내세울 수도 있고 토라져 묵비권 등 애교 섞인 시위도 가능한 그렇게 평범하고 구김살 없는 관계 말이다. 그러나 하란에게 어머니는 무조건 순종해야 할 대상이었지 자식으로서 누려야 할 권리를 주장한다거나 자신의 기분을 편하게 드러내 보일 수 있는 그런 일반적이고 편안한 대상이 아니었다. 세상의 잣대에 어긋난 삶을 선택한 어머니의 외로움을 알고 있기 때문만은 아니었다. 어머니는 몸이 약했으며 늘 아팠고 자살을 꿈꿔 본 적도 있느니만큼 그런 어머니를 세상에 붙들어 두려면 하란은 그녀에게 무조건 아군이 되지 않으면 안 되었다. 결코 어머니 곁에서 행복했다고는 할 수 없으면서도 어머니가 없으면 자신이 더 많이 불행하리라는 것을 하란은 알았다. 물론 그런 느낌들은 커 오면서 하란 스스로 가지게 된 신념 같은 것이었으므로 하란의 속마음에 투영된 자신의 모습을 안다면 어머니는 많이 억울해할 것이다. 어쩌면 인생 전체가 무너지는 최악의 절망에 빠질 수도 있으리라. 하지만 하란에게 어머니는 그런 존재였다. 치명적 사랑 같은, 죽도록 사랑하지만 그 영혼은 병드는 그런 사랑 말이다.

어머니가 몸도 정신도 건강해서 자식 일이라면 세상 누구의 멱살이라도 잡을 수 있고 악다구니를 쓸 수 있는 보통의 남들 어머니처럼, 지치고 힘들 때 어머니를 생각하면 무작정 힘이 나고 든든한 우리 같은 그런 존재였으면 하는 생각 참 많이 했었다. 그러나 생살처럼 훤히 보이던 어머니의 외로움, 그런 어머니에게 하란은 자식이지만 한 번도 자신의 속내를 드러낼 수 없었다. 지친 모습으로 파리하게 늙어 가는 어머니의 삶 속에서 이제 그만 나 좀 빼 주라고 소리치고 싶던 순간을 그동안 참 많이도 넘어왔다. 어머니를 사랑하는 것만큼 평생이 음지였던 어머니의 삶이 하란은 부담스러웠다. 어머니가 안쓰럽고 불쌍한 만큼 어머니로부터 분리된 자신만의 삶을 꾸려 가고 싶었다. 어머니를 볼 때마다 반가움과 동시에 곱절은 무거워지며 자신을 조여 오던 그 팽팽한 긴장감. 헤어지고도 수없이 걸려 왔던 전화에서 어느 날 상혁은 저주처럼 퍼부었다. 그와의 마지막 통화였다.

―너에게 어머니는 사이비 종교 같아. 넌 어머니 곁에서 병들고 말 거야. 넌 딸이지 네 어머니의 보호자도 남편도 주인도 아니란 말이야. 왜 네가 다 책임져야 한다고 생각하니? 너에게 네 인생은

없는 거니? 우리 아버지가 하는 반대와 억지는 어쩌면 세상의 상식인지도 모른다는 생각은 전혀 할 수 없니? 내가 좋다는데, 내가 널 놓지 않겠다는데, 내가 널 지키겠다는데 넌, 너는…….

하란은 초등학교 2학년 때 어머니가 자살을 하려고 했었다는 걸 지금도 기억한다. 아저씨는 돌아가셨고 어머니보다 나이 많은 아주머니가 하란 또래의 오누이를 키우던 집의 아래채에 살 때였다. 미장원을 하던 주인아주머니는 남편이 없다는 동지 의식 때문이었는지 어머니와 형제처럼 각별하게 지냈고 하란 역시 그 집 아이들과 허물없이 친했었다. 지금도 기억할 수 있는데, 아주머니가 아들 이름을 따서 지은 거라던 미장원의 이름은 '우현 미장원'이었다. 하란은 어린 마음이었지만 보통 미장원하고는 느낌이 다른 그 이름이 낯설면서도 맘에 들었다. 하란이 오빠라고 불렀던 그 집 장남은 우현기, 하란보다 한 살이 어렸던 여자 아이의 이름은 우덕행이었다. 겨울이었고 수요일이었으며 밖에는 하루 종일 비가 내렸던 날이었다. 양품점도 나가지 않고 마루에 앉아 마당만 바라보고 있던 어머니가 밤이 되자 온 집안을 뒤집어 흡사 난동이라도 부리는 듯한 모양새로 청소를 했다. 유난히 잠자리에 드는 시간이 빨랐던 주인집은 이미 방에 불이 꺼진 뒤였다. 청소를 마친 어머니가 꽃게탕을 끓여서 껍질을 간 하얀 살을 일일이 하란의 숟가락 위에 놓아 주었다. 어머니가 주는 꽃게 살을 받아먹으면서 그때 하란은 방향도 없이 뻗어 있던 어머니의 흩어진 시선 속에 몸을 구겨서라도 들어가고픈 생각으로 목이 자꾸 막혔다. 무서웠다. 하루 종일 딱 한마디 말이 가슴속에서 들끓었다. 엄마, 나 여기 있어. 나 좀 봐 줘. 숟가락을 집어던지고 어머니 품으로 달려들고 싶었다. 잠자리에 들고서도 잠이 오지 않았다. 하란의 모든 신경은 밖에서 들리는 어머니의 움직임을 그대로 따라다니고 있었다. 그리고 어머니가 대문을 열고 밖으로 나가는 소릴 들었다. 하란은 벌떡 일어나 옷을 입었다. 바지를 입는 다리가 후들후들 떨려 와 몇 번씩이나 바닥으로 넘어졌다.

어머니는 집 앞 전봇대 앞에 쪼그리고 앉아 울고 있었다. 희미한 골목 전등불 아래로 빗줄기가 부서지며 어머니의 어깨 위로 내리고 있었다. 성큼 다가갈 수가 없었다. 어머니가 앉아 있는 그 자리가 까마득한 벼랑 끝처럼 보여 조그만 소리라도 내면 놀란 어머니가 그대로 떨어져 버릴 것 같았기 때문이었다. 맨발로 뛰쳐나온 발바닥이 얼얼해지며 시려 왔다. 그때였다. 어머니가 주머니에서 무엇인가를 꺼내더니 바닥으로 쏟는 게 보였다. 무엇인지 정확하게는 보이지 않았지만 똑같은 모양의 동그란 입자들이었다. 비에 젖은 땅바닥에 떨어진 그것들은 분열을 시작한 아메바처럼 보였다. 하란은 쏜살같이 집으로 들어와 옷도 벗지 않고 이불 속으로 기어 들어갔다. 시간이 얼마나 흘렀는지 모르겠다. 한참 후에 어머니가 들어와 대문을 닫는 소리가 들렸다. 하란이 자는 방문이 열리고 바깥의 한기가 그대로 묻어 있는 어머니의 차가운 몸이 옆에 눕는 걸 느꼈을 때 빗소리만큼이나 처량한 어머니의 울음이 들려왔다. 하란은 비가 그치지 않기를 밤새 기도했다. 깨어 있다는 걸 들키지 않으려면 너무 고요해서는 안 되는 것이다. 다음 날 아침 학교에 가는 길에 하란은 전봇대 밑에 어젯밤 어머니가 쏟아 놓은 그것들을 보았다. 아무도 가르쳐 주지 않았어도 그것이 수면 제라는 걸 하란은 알 수 있었다. 어머니는 죽으려 한 것이다. 아니 어쩌면 어머니는 그때 한 번 죽은 것인지도 모른다. 그 뒤부터 하란은 단 한순간도 편할 수 없었다. 그리고 어머니의 벼랑은 하란의 몫이 되었다. 어머니 곁에서도 늘 불안했으며 외로웠고 따라서 불행했다. 언제든 어머니는 자신을 두고 죽을 수도 있다는 생각, 그것은 캄캄한 골방에 물 한 모금도 없이 갇히는 것보다도 무서웠다. 내색이라도 할 수 있었다면, 하지만 그건 어머니 삶에 대한 완전한 부정이었으므로 하란은 지금까지 단 한 번도 어머니에게 자신의 감정을 이야기할 수 없었다.

어머니가 뇌출혈로 쓰러져 경상대 한방병원에 입원했다는 전화를 대구에 살고 있는 진영으로부터 받았던 육 년 전 그날, 하란은 하루 종일 한강 둔치에 멍하니 앉아 있었다. 한시라도 빨리 내려오기를 거듭 당부하던 진영의 목소리가 귓가에서 계속 맴돌고 있었다. 아무리 형제라고는 하지만 진숙과 그녀의 동생인 진영은 잘 듣지 않으면 구분이 안 될 만큼 목소리가 흡사했다. 목소리가 흡사한 만큼 그들의 형제애도 남달랐다. 자라면서 하란은 늘 그들이 부러웠다. 진영의 일이라면 부모 같은 마음으로 살뜰한 정을 감추지 않는 진숙과 그런 언니에 대한 존경심과 사랑을 순종과 배려로 돌려주는 동생 진영은 하란이 생각하는 자매의 이상형이었다. 자매간에도 혈육의 사랑을 더 끈끈하게 해 주는 것은 서로에 대한 존경심이라는 걸 하란은 그들 자매를 보며 깨달을 수 있었다. 확실히 그들은 다른 집 자매들과는 남달랐다. 존경이 뒷받침되는 사랑은 견고했고 그런 만큼 남이 끼어들 여지가 없었다. 때문에 외삼촌네에 다녀온 날이면 하란은 한 뼘씩 더 깊어진 외로움의 웅덩이를 보아야 했다. 그들과 같은 형제가 자신에게는 없다는 게 전쟁터에 아군 하나 없이 내던져진 병사와 다름없는 공포와 외로움으로 다가왔던 것이다.

─보호자를 데려오란다. 당장이라도 내려와. 지금 급한 대로 간병인을 썼어. 다행히 고모가 정신은 맑으니까 사람들은 다 알아봐.

귓속으로 전선이 연결된 듯 온몸이 뻣뻣하게 저려 왔다. 상태도 물을 수 없었다. 뇌졸중이라면 충분히 아버지를 보아 왔지 않은가.

─놀랐지? 고모 상태는 왼쪽 수족을 못쓰고, 그리고…….

잠시 진영은 말을 끊었다. 그리고 또 어떻다는 말인지 하란은 조마조마한 마음이 되어 수화기를 멍멍한 귓가에 바싹 대었다.

─그리고, 입이 오른쪽으로 좀 많이 돌아갔어. 입은 곧 돌아온대, 한 달 정도면.

도저히 그려지지 않았다. 지금 진영이 말한 어머니의 모습을 하란은 아무리 상상해도 그려 낼 수가 없었다. 이건 아니야. 날더러 그런 엄마를 어떻게 바라보라고. 나를 바라보는 엄마는 그 지옥을 어떻게 견뎌 내라고. 아아, 우리는 어떡하라고. 강물 앞에서 하란은 바락바락 소리치며 울었다.

다음 날, 병원에 도착해서도 곧 마주치게 될 상황이 두려워 하란은 쉽게 병실로 올라가질 못했다. 도저히 운전할 수가 없어서 서울역에서 기차표를 끊어 놓고 시계를 보고 있으면서도 차를 놓쳤다. 차표를 끊은 후 왜 이렇게 시간이 더디 가는지 모르겠다고 정화 선배에게 전화했을 때 선배는 차 시간을 물었다. 열두 시 사십 분 새마을열차, 라는 하란의 대답에 선배의 가라앉은 목소리가 들려왔다.

—하란아, 네가 넋이 빠졌구나. 지금 열두 시 오십오 분이야. 너 차 놓쳤어. 정신 좀 차려 봐.

다시 정신을 차리고 시계를 봤을 때 시간은 이미 한 시를 향해 가고 있었다. 분명히 시계를 보고 있었는데, 하란은 기가 막혔다. 이럴 수도 있구나. 눈에 아무것도 보이지 않는 상황이 있다는 것, 내가 지금 그런 상황에 있구나. 선배와의 전화를 끊으며 하란은 입술을 깨물었다.

1층 원무과 앞 의자에는 회복기에 접어든 듯 보이는 환자 서너 명을 포함해 여러 사람이 앉아 천장에 매달린 텔레비전의 유선방송을 보고 있었다. 하란은 자판기에서 커피 한 잔을 뽑아 구석 자리에 앉았다. 복도 중간에 있는 엘리베이터에서 오르내리는 신호음이 쉬지 않고 들려왔다. 이제 저걸 타고 올라가면 606호에 누워 있는 어머니를 만날 것이다. 왼쪽 수족을 못쓰고 오른쪽으로 입이 심하게 돌아간 내 어머니가 606호에 누워 있다. 종이컵을 쥐고 있는 손이 덜덜 떨리고 있었다.

—하란이 아니니? 왔으면 빨리 올라가지 않고 여기서 뭘 해?

어머니의 아파트 같은 동에 사는 5층 할머니였다. 하란은 벌떡 일어나 가방을 들었다.

—네가 얼이 빠졌구나. 어서 올라가 봐. 네 엄마 사촌 동생이라는 사람이 지키고 있어. 그래, 얼마나 놀랐어? 세상에 똥도 버릴 것 없는 네 엄마가 왜 그런 험한 꼴을 당해야 하는지.

평소 어머니에게 혈육처럼 살갑던 5층 할머니는 얼마나 울었는지 눈이 빨갛게 부은 채로 병원을 나갔다.

어머니는 파헤쳐진 동굴 같았다. 호스가 연결된 코 아래 오른쪽으로 치켜 올라간 입술에선 쉴 새 없이 침이 흘러내렸고, 머리맡에 주렁주렁 매달린 링거 병에선 양쪽 팔뚝으로 수액이 들어가고 있었다. 어머니의 눈동자가 잠시 심하게 떨리더니 곧 눈을 감고 잘 다물어지지 않는 입술을 억지로 오므리려 애쓰는 것을 하란은 보았다. 팽팽하게 당겨진 오른쪽 뺨의 모세혈관이 터질 듯 피부 표면으로 부풀어 오르고 있었다. 머릿속 터진 혈관에서 흘러나온 피가 마르기 전에는 사소한 움직임도 엄격하게 제한된 어머니의 몸이 아이같이 작다고 하란은 느꼈다. 하란은 가만히 어머니를 불러 보았다. 혜경 이모가 하란이 왔음을 어머께 알리는 것과 거의 동시였다. 옆에 섰던 간병인이 말없이 간이 의자를 하란 쪽으로 당겨 주었다. 어머니와 시선이 맞닿았을 때 하란은 무심하게 방치된 어머니 생의 한 경계를 보았다.

—어쩌면 네 아버지랑 똑같은 병에 걸린다니? 왼편으로 풍을 맞은 것도 똑같아.

침대 끄트머리에서 계속 어머니 다리를 주무르고 있던 혜경 이모는 어제 어머니가 쓰러지는 장면을 목격해서인지 아직도 하얗게 질린 얼굴이었다. 하란은 어머니의 왼쪽 손을 깍지를 끼듯 손가락을 넣어 꼭 잡아 봤다. 오른쪽에 비해서 체온이 낮은 게 여실히 느껴졌다. 아버지를 만질 때 느꼈던 그 느낌이었다.

—마침 어제가 고향 계 모임이라 내가 엄마한테 같이 가자고 갔기에 망정이지 혼자 있다가 그 일을 당했다면 어떡할 뻔했어? 당기는 게 핏줄인지 어제는 왠지 같이 가고 싶더라고. 아유 말 마라, 머리 감고 나오는데 갑자기 한쪽으로 몸이 기울면서 입이 돌아가잖아. 너무 놀라 119를 외치면서도 114에 전화해서 119 전화번호를 물었다니까.

눈물이 쉴 새 없이 흘러나왔다. 이런 모양으로 누워 있는 어머니가 불쌍해서가 아니라 쓰러질 때 어머니의 심정이 어땠을까, 얼마나 놀라고 기가 막혔을까, 그것이 하란은 더 가슴 아팠다. 같은 병실에 있던 사람들이 하란을 가리키며 저 할머니는 자식이 하나밖에 없는 모양이라고 혀를 차며 한숨 쉬는 소리가 들렸다. 딸은 출가외인이라는데 다른 형제가 없으니 앞으로 저 감당을 혼자 어떻게 하냐고 대놓고 말하는 사람도 있었다.

—그래도 정신은 놓지 않아서 얼마나 다행이냐? 돌아간 입 때

문에 어둔하기는 해도 언어 감각에도 이상이 없대. 어제 119에 실려 와 응급실로 들어가는데 이 병원 간병인 조장이라는 사람이 간병인 쓸 거냐고 물으니까 네 엄마가 자기는 돌봐 줄 사람이 곁에 없기 때문에 쓰겠다고 대답하더라.

—이모, 정말 애썼어. 정말 그때 이모가 없었다면…….

하란은 뒷말을 잇지 못했다. 혜경 이모는 다시 울먹이기 시작했다.

—이모는 네가 불쌍해 죽겠어. 이 병이 하루아침에 나을 병도 아니고……. 네 아버지도 봤지만, 어째 이런 일이 또 일어나니? 네 아버지 때부터 뇌졸중이라면 치가 떨리는데, 이 감당을 너 혼자 어떡한다니? 네가 신랑이 있나, 형제가 있나. 자식이라곤 너 하나 달랑 세상에 떨궈 놓고 어떻게 부모가 똑같이 순서대로 저런다니? 이럴 때 네 외삼촌이라도 살아 있으면 얼마나 좋아? 그 오빠가 살아 있다면 자기 동생을 어린 너한테만 맡기겠니? 진숙이하고 진영이도 지금보다는 더 마음이 애틋할 테고. 자기 아버지를 봐서라도 말이야. 너, 정신 차려야 한다.

옆 침대의 보호자들이 혜경 이모의 울먹이는 소리에 혀를 차며 하란과 어머니를 번갈아 바라보고 있었다. 하란은 엎드려서 두 팔로 어머니를 조심스럽게 안았다. 괜찮아, 엄마. 괜찮아.

그날 밤 간병인은 한사코 하란을 어머니 아파트로 들여보냈다. 곁에 있겠다고 우기는 하란에게 어머니도 손사래를 치며 분명치 않은 발음으로 아파트라는 말을 되풀이했다.

─엄마 집에 가서 자고 내일 아침에 와요. 여긴 내가 있잖아요. 따님이 여기 있으면 엄마가 더 걱정해서 안정을 취할 수가 없어요. 서울서 왔다면서 잠이라도 편하게 자야지 그러다 큰일 나요. 몸도 가늘가늘한 게 한 줌도 안 되구먼.

엘리베이터 앞까지 하란을 밀고 나오며 간병인은 그래도 어머니는 상태가 최악이 아니어서 얼마나 다행이냐는 말을 되풀이했다. 그러면서 주머니에서 빳빳한 종이를 꺼내 하란에게 주었다. 간병인협회에서 제정한 간병료가 적힌 안내문이었다.

─어제부터 할머니 간병을 맡게 됐는데 모두들 보호자가 아니라고 해서 요금 말을 못했어요. 통 무슨 말들을 들으려고 하지를 않더라고요. 자기들은 아무 소용없는 사람이니 내일 서울 사는 딸이 올 거니까 그때 말하라고……. 집에 가서 한번 보세요.

택시를 타고 어머니의 아파트로 가며 하란은 간병인이 준 종이를 보았다. 오전과 오후만 쓸 때는 삼만 원씩, 종일 쓰는 데는 하루 육만 원이라는 숫자가 적혀 있었다. 하루 육만 원, 한 달이면 백팔십만 원이었다.

3층 어머니 집 앞에서 하란은 무심코 초인종을 눌렀다. 아무런 기척이 없다. 엄마, 라고 소리치려다 그제야 어머니가 집에 없음을 새삼 실감했다. 문을 열고 들어가니 어제 어머니가 쓰러질 당시의 정황이 눈에 보이듯 확대되어 들어왔다. 아무렇게나 젖혀진 이불과 혜경 이모가 급하게 까서 먹인 것이 분명한 청심환 껍데기, 한쪽 팔이 뒤집어진 채 식탁 의자에 던져져 있는 잠옷, 문갑 위에 놓인 전화기는 수화기가 바닥으로 떨어져 있었다. 한 번도 이렇게 흐트러진 어머니의 집을 본 적이 없었다. 어머니는 자신의 외로움을 쓸고 닦듯 하루에도 몇 번씩 집 안을 치우고 또 치웠다. 진숙이 살림을 바꾸며 얻어 온 장롱과 문갑은 어머니 것이 된 순간 기름이 반지르르하게 흘렀으며, 하루가 멀다 하고 삶는 걸레는 사철 희다 못해 푸르스름하게 형광 빛이 돌았다. 결벽증 말기 중에서도 최악이라고 놀리는 하란에게 어머니는 눈을 흘기면서도 손에서 걸레를 놓지 못했다.

하란은 코트를 벗어 옷걸이에 건 다음 천천히 청소를 시작했다. 병원에서도 어머니는 치우지 못하고 실려 온 집이 내내 마음에 걸릴 것이다. 어수선하게 어질러진 빈집에서 구석에 쪼그리고 앉아 있을 딸 때문에 지금도 잠을 못 이룰 것이다. 어머니의 잠옷을 바로 펴 옷걸이에 걸려는 순간 하란은 잠옷을 가슴에 안은 채 그 자리에 주저앉았다. 눈에 익은 살림과 어머니의 체취가 그대로 남아 있는 그 작은 공간에는 어머니만 없었다. 어머니는 지금 어디 있는가. 참았던 울음이 기어코 터져 나왔다. 그날은 꿈에서도 울었다.

예약 시간표를 받아 들고 주차장에 세워 둔 차를 향해 걷고 있는데 핸드폰 벨이 울린다.

"지 선생님, 어디 계세요?"

월간 〈휴양〉의 최 편집장이다.

"왜요? 원고는 팩스로 넣었잖아요."

"물론 잘 받았죠."

그늘이라곤 없는 경쾌한 그의 목소리가 주차장 사이를 뛰어다니는 아이들의 무리 속에서 같이 뛰어놀고 있는 것 같다.

"식사 대접하려고요. 원고료도 직접 전해 드리고."

"원고 뒷장에 온라인 번호 적어 두었을 텐데요."

"그렇긴 하지만 좋은 글을 주셨는데 편집장으로서 감사의 인사를 드리고 싶어서요. 어디로 갈까요?"

이럴 때가 제일 성가시다. 자동차에 키를 밀어 넣는데 어깨에 걸쳐 있던 핸드백 끈이 손목으로 미끄러져 내려와 자동차와 부딪친다. 한 손이 핸드폰에 매달려 있기 때문이다.

"고맙긴 하지만 됐어요. 그리고 원고료는 온라인으로 부탁드릴게요."

"소문대로시군요. 알겠습니다. 또 연락드릴게요."

웃음을 참는 듯 최 편집장의 말과 말 사이에 불규칙한 호흡이 들려오고 있다. 하란은 다급하게 그를 불렀다.

"저기, 최 편집장님."

"네?"

"소문이라뇨?"

하란의 목소리가 바르르 떨리고 있음을 눈치 챈 것일까? 한풀 꺾인 목소리의 최 편집장이 낮게 웃는다.

"아시잖아요? 선생님 별명."

"별명? 제 별명 말인가요?"

"모르셨나 본데요? 선생님더러 모두들 '장도'라 그래요. 은장도의 장도 말예요. 가슴에 칼을 품은 사람처럼 서늘하다고요."

별명치곤 오싹한 별명이 아닐 수 없다. 빌라로 들어가기 전 하란은 한강 둔치로 차를 몰며 내내 최 편집장의 마지막 말을 되새긴다. 가슴에 칼을 품었다? 그래서 지장도라고?

모르고 있었던 건 아니었다. 얼음장같이 차가운 여자, 푸른 피를 가진 여자, 세상 저편에 영혼을 내려놓고 육신만 여기 머물고 있는 여자. 자신을 향한 잡다한 소문들은 그렇게 휘돌다가 늦게라도 그녀의 귀에 결국은 들어왔던 것이다. 매점에서 사 온 700원짜리 커피는 몇 모금 마시기도 전에 덜 풀린 입자가 둥둥 떠다니는 채로 식어 있다. 다시 위가 찌르르 쥐어짜는 것처럼 딱딱하게 뭉치는 게 느껴진다. 하란은 병원만 가면 진찰과 그에 따른 검사를 받으리라 예상하고 어젯밤부터 물 한 모금 입에 대지 않은 게 비로소 떠오른다. 배가 아플 때면 찹쌀을 참기름에 볶아 뽀얗게 끓여 진간장으로 간을 맞춰 주던 어머니의 흰죽이 생각난다.

어릴 때부터 병치레가 잦았던 하란이었다.

―하란이 얘가 노인자제라서 그래. 뿌린 씨가 약하니 싹이 나도 새들새들할 수밖에.

병원으로, 혹은 집으로 병문안을 온 혜경 이모는 어머니에게 늘 그렇게 말하며 혀를 차곤 했다. 어릴 때는 혜경 이모가 말한 노인자제라는 말의 뜻을 몰랐었다. 그러나 초등학교에 들어가고부터 방학 때 아버지 집에 가서 누워 있는 아버지께 인사를 하는 순간 창문으로 들어오는 햇살과 부딪쳐 하얗게 빛나던 아버지의 흰 머리카락과 아침에 면도를 했어도 오후가 되면 삐죽이 밀고 나오는 하얀 수염을 보면 아버지는 노인임을 깨닫지 않을 수 없었다. 싫어도 마주칠 수밖에 없었던 아버지의 다른 자식들은 오빠 둘을 제외하곤 어머니보다도 훨씬 나이가 많았고, 따라서 그들의 자식들은 당연하게 하란보다 나이가 많았다. 할아버지가 다른 곳에서 낳은 어린 고모를 막내 동생 데리고 놀듯 다 큰 조카들은 마루 끝에 뽀로통하게 앉아 있곤 했던 하란에게 곧잘 등을 내밀었다.

　—업어 줄게.

무릎을 구부리고 등을 보이며 앉아 두 팔을 벌리던 어른 조카를 하란이 생뚱맞은 눈빛으로 보고 있노라면, 방금 짠 탕약을 아버지 방으로 들고 들어가던 큰어머니는 "뭘 해? 업히지 않고. 네가 심심해 보여 그러나 본데" 하며 하란의 등을 떠다밀었다.

　—싫어요. 업히고 싶지 않단 말이에요.

하란은 밀리지 않으려고 두 팔로 마루를 짚고 고개를 흔들었다.

　—뭐가 싫어? 오빠야가 업어 준다면 냉큼 업혀야 귀염받는 거야.

큰어머니가 들어가고 아버지 방의 방문 닫히는 소리가 났다. 하란은 마루를 짚고 있었던 두 팔을 무릎에 올리곤 반달 모양이 선명한 손톱을 뚫어지게 바라보았다. 오빠야라니, 귀염을 받는다니, 어머니는 분명 내가 대학생, 고등학생인 이 사람들의 고모라고 했는데. 내가 아버지라고 부르는 사람에게 이들은 할아버지라고 부르는데. 어리다고 한집안에서 차지하는 자신의 위치를 인식할 수 없는 건 아니었다. 하란은 어머니가 곱게 땋아서 리본으로 묶어준 자신의 머리를 손가락으로 한 올씩 죽죽 뺐다. 자꾸 어머니에게 화가 났다. 어머니는 동그랗게 눈을 뜨고 말할 것이다. 머리를 너무 느슨하게 묶었나 보네, 다 풀어졌잖아?

어머니. 어쩔 수 없이 생각은 다시 어머니 쪽으로 향하고 만다. 시계를 보니 지팡이와 진도 할머니께 의지해 아파트 마당에서 걷는 연습을 하고 있을 시간이다. 쓰러진 후 어머니의 한 걸음은 그동안 세월을 다 합한 것보다도 무겁고 힘겨웠다. 지팡이는 땅을 짚으면서도 얕은 굴곡에도 흔들렸으며, 체중을 전부 실은 한쪽을 부여잡고 있노라면 겁에 질린 어머니의 심장 뛰는 소리에 식은땀이 흘렀다. 어머니가 운동을 하러 바깥으로 나올 시간이면 5층 할머니는 담배와 손수건을 들고 늘 미리 나와 계단에 앉아 있곤 했다.

—어여어여 해. 재바른 사람이 다시 걸어야지 계속 그렇게 살면 되겠어? 어여 한 걸음이라도 더 걸어.

5층 할머니가 내뿜는 담배 연기가 어머니의 힘든 걸음처럼 뿌옇게 흩어지고 있었다.

—예, 형님. 나 잘 걷지?

어머니의 허리춤과 힘을 잃은 왼팔을 틀어쥐듯 부여잡고 있는 하란에게 두 노인네가 주고받는 대화는 이국의 말처럼 아득했다.

어머니에게 5층 할머니 같은 동네 친구가 있다는 걸 알고 하란은 처음엔 깜짝 놀랐었다. 여자들이 우르르 몰려다니며 떠들고 수다로 낮 시간을 보내는 걸 평소 늘 못마땅하게 생각하던 어머니였다.

—저러다 보면 결국 남의 말 하는 것밖에 남는 게 없어. 없는 사람 말하기가 얼마나 쉬워?

그것이 어머니가 동네 여자들과 사귀지 않는 이유였다. 하란은 어머니의 그런 마음을 알 수 있었다. 아버지가 쓰러지기 전까지 일주일에 한 번씩 오는 아버지를 향한 동네 여자들의 수군거림과 어머니와 자신에게로 향해 꽂히던 그들 입가의 비뚤어진 미소. 그래서 집 대문은 늘 닫혀 있었고, 양품점으로 나가는 것을 포함한 어머니의 외출은 형체 없는 사람의 그것처럼 휑하니 골목을 빠져나갔다가는 역시 그림자도 남기지 않고 어느새 집에 돌아와 있곤 했다.

학교에서 오다가 골목 어귀 전봇대 앞에서 시장바구니를 든 채로 서서 이야기하고 있던 친구 엄마들을 마주친 게 초등학교 3학년 때였을까?

—안녕하세요?

하란이 인사하며 팔랑거리는 치마를 뽐내듯 뛰어가는데 미혜 엄마가 불렀다.

—얘, 하란아. 요즘은 왜 너네 아버지 안 오시니?

곁에 서 있던 창식이 엄마가 미혜 엄마의 옆구리를 쿡 찌르며 고개를 돌려 무언가 귓속말을 하는 게 보였다.

—아빠요? 우리 아빠 지금 아파요.

하란은 건성으로 대답하며 돌아섰다.

—거봐. 노인네라서 병이 났을 거라니깐?

—젊은 여자하고 살면 더 건강해져야지 웬일이래?

—그나저나 쟤는 어쩌냐?

—그러게. 안 할 말로 쟤 엄마야 젊으니까 애 딱 떼 주고 시집이라도 가면 그만이지만 저 어린것이 무슨 죄가 있어?

—아이고 글쎄, 처음부터 남의 남자 만나 좋으면 저들끼리만 좋고 말지 애는 왜 낳냐고. 선생까지 했다는 여자가.

—선생이었대?

—몰랐어? 우리 올케랑 한 학교에 있었던걸. 올케가 우리 집에 오다가 만났다지 뭐야?

뛰어가던 다리에 쥐가 난 걸까? 허벅지부터 힘이 빠지기 시작하던 다리가 집 대문 앞에 오자 땅바닥에 달라붙기라도 하는 모양으로 하란은 한 발짝도 옮길 수가 없었다. 하란은 다 들었고 어렴풋하게나마 여자들의 말이 뜻하는 걸 알 수 있었다. 어디로 이사를 가도 드나드는 동네 아주머니 하나 없는 어머니의 고립된 생활은 그때부터 시작되었는지도 모른다. 그런 어머니에게 5층 할머니는 의외의 존재가 아닐 수 없었다.

어머니가 쓰러지기 전에 대구매일신문과의 인터뷰를 끝내고 들렀던 어머니 집에서 하란은 처음으로 5층 할머니를 만났다. 누구냐고 묻는 하란에게 어머니는 동네 아는 형님이라고 대답했다.

—엄만 동네 사람들하고 어울리는 걸 싫어하잖아?

—이제 늙었으니까 아무도 뭐라 안 해. 아버지 사진을 봐도 이젠 차이가 안 지니까.

하란은 벽에 걸린 아버지의 사진에게로 무심코 시선을 돌렸다. 돌아가시기 오 년쯤 전에 휠체어에 앉아서 찍은 사진이었다. 세월로 치면 이십 오륙 년 전의 사진이었다.

—그러네, 이제는 진짜 별 차이가 없네.

어머니는 초등학교 선생이었다고 했다. 하란은 중학교 1학년 때 여름방학 종업식이 끝난 후 버스를 타고 어머니가 근무했다는 그 초등학교에 가 본 적이 있다. 하란이 졸업한 큰길가에 있는 학교와는 달리 꼬불꼬불 이어지는 골목길 중간에 있는 학교였다. 비슷비슷하게 생긴 낮은 한옥이 촘촘히 들어서 있던 골목을 한참 들어가자 돼지 저금통과 아이스크림 통을 바깥에 내놓은 문방구가 교문 입구에 나란히 마주 보고 서 있었다. 하란은 교문 안으로 들어섰다. 운동장은 텅 비어 있었다. 멀리 초록 페인트가 칠해진 철제 교단 위로 내리쪼이고 있는 햇살이 손을 대면 데일 듯 뜨거워 보였다.

학년과 반 표시 팻말이 붙은 교실이 3층 건물로 교문과 마주 보고 서 있었으며 그 오른쪽으로는 지은 지 얼마 안 되어 보이는 원뿔 모양의 지붕을 한 노랑색 건물이 보였다. 하란은 철봉 뒤에 있는 고인돌 모양의 돌 의자에 잠시 앉았다. 아름드리 느티나무가 돌 의자에 그늘을 만들어 주고 있었다. 그때였다. 교실 건물 앞 교단을 중심으로 왼편엔 세종대왕 동상이 보였고 오른편엔 돌로 된 비석 같은 게 보였다. 저게 뭐지? 세종대왕 동상이야 하란이 다녔던 초등학교에도 있었으므로 눈에 익었지만 아무런 장식도 없어 조각처럼도 보이지 않는 돌비석은 생소하기만 했다. 교가나 학교 연혁을 적어 놓은 것일까?

하란은 고개를 갸우뚱거리며 천천히 그곳을 향해 걸어갔다. 운동화 바닥에 닿는 운동장 모래가 한낮의 열기에 데워져 따끈따끈했다. 돌비석에 새겨져 있는 '학교'라는 글씨가 서서히 눈에 들어왔다. 글씨 배열이나 행갈이로 보아 누군가의 시 같았다. 하란은 수업 시간에 읽기를 호명당한 학생처럼 또박또박 시를 읽어 내려가기 시작했다.

학교

여기 우리 첫 꿈을 꾼다
어느 하늘 천사가 살포시 뿌려 놓은
씨앗이 모여
옹기종기 무지개로 떠오를 때
공중으로 차오르는
땡땡땡 종소리
학교에 왔다

칠판 위의 세상은 모든 게 신기해
종소리만큼 가슴은 넓어지고
숙제 검사 일기 검사 팔이 아파도
눈 감으면 가득 커져 있는
우리들 세상
우리 여기에서 첫 꿈을 꾼다

학교에 왔다
우리 학교다

교사 김연희

갑자기 숨이 멎는 듯 가슴에 묵직한 게 얹히고 있었다. 하란은
오른손에 들고 있던 가방을 왼손으로 바꿔 들고 김연희라는 글씨
를 손으로 문질러 보았다. 먼지가 손가락에 뽀얗게 묻어났지만 분
명히 김연희라고 새겨져 있었다.

다른 사람일 수도 있어, 흔한 이름이니까. 하란은 빠르게 학교
친구들의 이름을 떠올렸다. 그러나 급한 대로 초등학교 때부터 중
학교, 동네 아이들의 이름까지 떠올린 그녀의 머릿속엔 김연희라
는 이름은 없었다. 6학년 때 다른 반 아이였던 박연희가 그나마 비
슷한 이름으로 떠올랐을 뿐이었다. 등줄기가 서늘해지면서 한기
가 느껴졌다. 하복의 반팔 소매 밑으로 드러난 팔에 소름이 돋고
있었다. 엄마야, 엄마가 쓴 거야.

안으로 들어가 본 교실 건물 내부는 바깥에서 본 것과는 달리 온통 나무로 되어 있었다. 복도도 마루였고 창틀이나 교실 문도 모두 나무로 되어 있었다. 초로 문질러 반들반들하게 닦인 1층 복도 중간에 교무실이라고 팻말이 붙어 있는 곳이 보였다. 하란은 교무실 창문으로 안을 들여다보았다. 방학 중인 초등학교 교무실은 텅 비어 있었다. 일직을 맡은 선생이라도 있을 법했지만 아무도 보이지 않았다. 커다란 칠판 바로 밑에 교감과 교무 선생의 책상이 나란히 놓여 있었고 두 책상을 축으로 선생들의 책상들이 줄지어 서 있었다. 책상 위에 빠짐없이 하나씩 놓여 있는 갖가지 모양의 꽃병들은 방학 때 모두 버리고 갔는지 꽃 한 송이 꽂혀 있지 않았다. 엄마는 어디 앉아 계셨을까? 엄마 책상 위엔 어떤 꽃병이 놓여 있었을까? 국화를 좋아하는 엄마는 가을이면 늘 국화를 사오곤 했는데 이곳에서도 국화를 꽂아 놓았을까?

창문이 그녀의 키보다 조금 높았으므로 하란은 뒤꿈치를 들어 올린 깨금발로 텅 빈 교무실 안을 한참 동안 들여다보았다. 어머니 모습이 보이는 듯했다.

―누구지, 학생은?

―어머나!

빈 학교인 줄 알았는데 갑자기 들려오는 말소리에 하란은 놀라서 얼른 뒤를 돌아다보았다. 양복 상의를 왼팔에 걸친 반팔 와이셔츠 차림의 남자 선생이 노란 서류 봉투 같은 걸로 부채질을 하며 서 있었다.

—졸업생인가?

—아니요.

—그럼 누구 만나러 왔나?

그의 시선이 찬찬히 하란을 훑고 있었다.

—진선여중 학생이군. 1학년?

—네.

—그런데 우리 학교엔 무슨 일로 왔지? 더구나 지금은 방학 중인데.

뭐라고 해야 하나, 하란은 도무지 대답할 말이 떠오르지 않아 고개를 숙인 채 입술만 잘근잘근 깨물었다. 복도 한편을 전부 차지하고 있는 각 반의 신발장들이 커다란 바둑판을 세로로 세워 놓은 것처럼 보였다. 개중엔 누가 버리고 갔는지 군데군데 신발이 들어 있었다.

—쑥스러워하기는. 자, 그만 나가자. 교문 닫을 시간이야. 방학 중에는 일찍 닫거든. 오래 개방해 놓으니까 동네 조무래기들 잔치판이 돼서 말이야.

앞서서 복도를 걸어가는 남자 선생을 따라 하란도 두어 걸음 떨어져서 복도를 걸었다. 어차피 교문까지 동행이 될 것이었다. 하란은 빠른 걸음으로 따라가 그를 불렀다.

—저, 선생님.

고개를 돌리며 대답 대신 선생이 조금 웃었다.

—여쭤 볼 것이 있는데요.

—이제 입이 떨어졌나 보지? 말해.

—저기 운동장에 있는 시비 말예요. 세종대왕 옆에 있는 거요.

—응. 김연희 선생님 시 말야?

그렇게 말하며 운동장을 걸어가던 그는 시비가 있는 쪽을 돌아보았다.

—네. 저 시를 쓴 선생님이 지금도 이 학교에 계세요?

걸음을 옮길 때마다 가슴에 도화지만 한 공간이 자꾸 생겨나고 있었다. 그리고 그 공간엔 하란이 볼 수 없었던 어머니의 교사 시절 모습이 동화 속 그림처럼 그려지고 있었다.

—문예반 학생인가 보지? 시에 관심이 있는 걸 보니. 지금 계신 선생님은 아냐. 옛날에 계셨던 분인데 퇴직하셨지.

침이 꿀깍, 하고 넘어갔다.

—옛날이라면……, 언제쯤?

—오래됐어. 아마 학생이 태어나기 전일걸? 십사오 년쯤 전이니까. 나도 전근 와서 들었지만.

—다른 학교로 가신 게 아니고요?

—그래. 이 학교를 끝으로 퇴직하셨다더군. 동시 작가이기도 했는데 불행한 사랑을 했다지, 아마.

—불행한 사랑이요?

하란의 목소리가 순간적으로 높아지는 걸 깨달은 선생은 그녀를 향하여 아랫입술을 한번 질끈 무는 시늉을 했다. 그리고 보폭이 커진 걸음으로 교문을 빠져나가며 돌아보지도 않고 손을 한 번 흔들었다. 집으로 돌아오는 버스에서 하란은 어머니가 쓴 시를 자꾸자꾸 외워 보았다. 어머니가 맞다. 초등학교 때 학교 대표로 나갔던 전국 어린이 백일장에서 금상을 받아 '문학박사 이희승'이라고 찍힌 상장을 아버지께 보였을 때, 아버지가 한 말이 떠올랐다.

—하란이가 엄마를 닮은 모양이다. 글을 잘 쓰는 걸 보니. 엄마도 옛날에 시를 잘 썼거든.

한강으로 차를 몰아오는 동안 하란은 어릴 때 보았던 어머니의 시를 생각나는 대로 다시 외워 보았다. 그때 그 시비는 지금도 있을까? 어머니에게는 아직도 그날의 일을 이야기하지 못했다. 동시를 쓰는 교사였던 어머니. 그런 어머니를 사람들은 불행한 사랑을 했던 여자로 기억하고 있었다. 하란은 지금까지 그 누구를 통해서도 어머니와 아버지의 시작에 대해서 정확하게 들은 적이 없었다.

—세상에 보는 순간 내 여자라는 생각이 들었다니, 그리고 저 사람 말을 거역할 수 없다고 결심이 섰다니. 똑똑한 네 아빠와 엄마가 말이다.

가끔 술에 취한 혜경 이모가 푸념처럼 내뱉곤 했던 말이 하란이 짐작할 수 있는 전부였다.

차에 앉아서 창으로 내다보이는 한강은 조용했다. 시계를 보니 오후 세 시가 조금 넘어서고 있다. 원로 작가 조규선의 출판기념회가 열리는 일곱 시까진 아직도 세 시간여가 남아 있다. 기념회

장소인 동숭동까지 가는 데 한 시간을 잡아도 두 시간이 넘는 시간이 남아 있다. 조규선 작가는 하란이 등단할 때 심사를 맡아 준 인연 외에도 문단에서 학연과 지연이 전무한 그녀에게 스승의 역할까지 자청해 온 터였다. 하란은 그의 출판기념회 통보를 받고 어쩌면 이번이 그의 마지막 출판기념회가 될지도 모른다는 생각을 얼핏 했다. 순간적으로 든 불길한 예감이었다.

집으로 들어가면 그대로 누워 버릴 것 같아 하란은 서점으로 차를 몰았다. 시동을 켜는데 짧은 반바지 차림의 여자가 수건으로 얼굴을 닦으며 뛰어가는 게 보인다.

"오셨어요?"

자주 오는 서점이라 낯이 익은 문학 코너 담당 아가씨가 책을 고르고 있는 하란에게 아는 체를 한다. 2년 전 사랑에 관한 에세이집 출간과 함께 여러 여성지에 인터뷰 기사가 나간 이후 하란은 새로운 불편함과 맞닥뜨려야 했다. 아예 모르는 사람들은 빤히 바라보아도 무심한 눈빛으로 지나치면 그만이었지만 문제는 빌라 주변 사람들이었다. 일주일에 두세 번은 들르는 약국이랑 슈퍼, 은행은 물론 같이 차 한 잔 마셔 본 적 없는 원룸 여자들까지도 아는 체를 하는 데는 난감하지 않을 수 없었다.

"찾으시는 책이 있으세요? 제가 찾아 드릴게요."

유명 백화점 안에 있는 대형 서점답게 훈련된 친절과 상냥함이 아닐 수 없다.

"시간이 좀 남아서 왔어요. 제가 천천히 찾을게요. 고마워요."

하란은 웃으며 그녀의 손을 가볍게 잡아 준 뒤 신간 코너 쪽으로 걸음을 옮겼다. 작년에 평론으로 등단한 신예 평론가의 첫 평론집이 한쪽에 쌓여 있는 게 눈에 띈다. 연말 송년 모임에서 한 번 마주친 적이 있는, 박사과정을 끝내고 논문을 준비하고 있다는 여자였다. 대다수 등단 초기에는 그렇듯이 막 입문한 문학에의 열정을 그날 술자리가 끝날 때까지 목소리를 높여 뿜어내던 모습이 떠오른다.

어느 서점이고 있는 풍경이지만 어린이 도서 코너는 항상 꼬마 손님들로 어떤 코너보다도 붐빈다. 그들은 대부분 무료 손님들이다. 동네 만화방에나 온 듯 신나고 재미있어하는 표정들이 코너와 코너 사이 통로에 아예 엉덩이를 깔고 앉아 책을 보고 있는 얼굴들 위로 숨김없이 드러난다. 돈을 내지 않고도 마음대로 책을 보다 갈 수 있는 곳. 아이들은 그것을 알고 있는 것이다. 하란은 벌써 여러 권으로 불어난 그녀가 교정과 교열을 본 책들을 주욱 훑어보다가 한 아이에게로 다가갔다. 4학년쯤 돼 보이는 그 남자 아이는 무릎에 반창고를 붙인 채 학원 가방을 깔고 앉아 열심히 책을 보면서 혼자 웃고 있다. 그 아이가 보고 있는 책은 동화책은 분명 아니고 만화 같기는 한데 역시 만화도 아니었다. 하란은 소리 죽여 그 아이를 불렀다.

"얘, 네가 지금 보고 있는 책이 뭐니?"

"이거요? 《게임피아》요."

책에 빠져 있는 아이는 하란을 돌아보지도 않고 건성으로 대답

한다.

"《게임피아》? 그게 뭔데?"

하란이 다시 문자 아이가 답답하다는 눈빛으로 '게임이요, 게임' 하며 하란을 한번 힐긋 쳐다본다. 하란은 무릎을 구부려 그 아이 옆에 앉았다. 아무리 봐도 무슨 내용인지 알 수가 없다. 책에서 눈을 떼지 않은 채로 아이가 다시 말한다.

"게임에 관한 책이라고요. 이걸 보면 게임 공략이랑 주인공에 대한 설명 등, 컴퓨터나 게임 오락에 관한 최신 정보를 알 수 있거든요."

"그렇겠구나."

하란은 일어서려다 다시 아이 옆에 앉았다.

"그런데 넌 동화책이나 동시집 같은 건 안 보니?"

아이가 고개를 흔든다. 그리고 한마디 툭 던진다.

"에이, 그런 구닥다리 책을 왜 봐요? 재미없어요."

하란은 세 권의 책이 든 쇼핑백을 들고 서점을 나온다. 책을 산 날이면 공연히 행복하다. 읽을 책이 없으면 생활비가 떨어진 것보다도 불안하고 힘들었다. 오늘은 잠들 때까지 편할 수 있겠구나. 하란은 안도감으로 마음이 넉넉해지는 걸 느끼며 주차장으로 내려가는 에스컬레이터를 탄다. 크리스토퍼 루에거의 《마음의 병을 다스리는 음악의 지혜》, 국문과 교수인 김윤재 시인이 엮은 《우리 고전 시 감상》, 그리고 제인 오스틴의 《오만과 편견》이 적어도 며칠은 위통까지 잠재워 주리라. 마음이 반짝 개이고 있다.

차를 막 출발시켜 주차장을 돌아 나오는데 핸드폰 벨이 울린다. 하란은 급한 대로 빈칸에 차를 밀어 넣고 폴더를 열었다.

"선생님이야. 어디 밖이니?"

"네, 선생님. 서점 갔다 나오는 길이에요. 여긴 주차장이고요."

들어오고 나가는 차들의 서로 엇갈리는 라이트 불빛이 천장의 환풍기 속으로 모아지면서 빨려 들어가고 있는 게 보인다.

"공부 열심히 하는구나."

"공부는요, 읽을 책이 없으면 불안해서죠."

"경란이 말이 너 건강이 안 좋아 보인다던데, 괜찮니?"

미주알고주알 별말도 다 했다 싶어 하란은 경란에게 심통이 난다. 걔는 나이가 들어도 도무지 변한 게 없다.

"괜찮아요. 오늘은 또 책을 산 날이라 기분도 좋고요."

"동문회는 올 거지? 다른 사람들도 널 보고 싶겠지만 선생님은 정말 네가 어떻게 자랐나 궁금하고 보고 싶다."

"선생님, 어떻게 자랐나가 아니고 어떻게 늙어 가나예요. 이제 저……."

하란은 고개를 들어 백미러를 본다. 잠을 못 자고 위통으로 시달려서인지 눈이 빨갛게 충혈되어 있다. 이런 날보고 어떻게 자랐냐고?

갖가지 현수막으로 덮인 동숭동 하늘은 덜 맞춰진 퍼즐처럼 들쑥날쑥하다. 하늘을 조각이라도 낼 듯 수없이 펄럭이고 있는 현수막마다 전시와 공연을 알리는 글자가 사람들에게 모처럼의 여유와 설렘을 느끼게 한다. 출판기념회가 열릴 문예진흥원으로 들어가는 입구에 붙여져 있던 '예술원 작가 조규선 출판기념회'라는 현수막 앞에서 하란은 잠시 걸음을 멈췄다. 드문드문 아는 얼굴들이 눈에 띈다. 문단이라는 거대한 조직 속에서 등단 연도에 따라 선후배로 맺어진 사람들. 예술이라는 자유로움 속엔 학연과 지연이라는 인맥으로 형성된 각기 다른 방들이 있었고 그 방문을 여는 열쇠는 대부분 그 안에 속한 사람들만이 가질 수 있는 지극히 한정된 것으로써, 그것은 또 다른 구속을 의미하기도 했다. 고향이 지방인데다 지방 대학을 나온 하란은 서울이라는 낯선 도시가 주는 익명의 편함에 익숙해지기도 전에 손잡을 사람 하나 없는 문단에서의 소외감으로 지금도 문학 행사 참여는 가능한 피해 오고 있다.

"안 들어가고 여기서 뭐 해요?"

그림자처럼 낮게 깔리는 목소리에 하란은 뒤를 돌아다보았다. 만화에 나오는 주인공처럼 동글동글한 퍼머로 길게 부풀린 머리를 하고 그 머리 모양에 걸맞는 빨강색 에나멜 구두를 신은 이진경이다.

"아, 이 선배, 안녕하세요?"

"아니, 전혀 안녕하지 못해. 병원에 있었는걸?"

이진경이 정신과 치료를 받고 있다는 건 새삼스러울 것도 없는 사실이라 하란은 다음 말을 피한 채로 계단을 올라간다. 하란보다

한 살 위인 그녀는 그녀의 병력만큼이나 난해한 작품을 발표하곤 했는데, 소문으로 떠도는 사생활 역시 그녀의 그런 작품을 있게 하는 데 일조를 하고 있었다.

"하란 씨 어디 상갓집에 다녀오는 길이야?"

"아뇨, 왜요?"

"이런 초여름에 검은 원피스를 입고 있어서 난 그러나 했지. 근데 얼굴이 많이 상했다?"

"저요?"

하란은 무심결에 손바닥을 뺨에 대어 본다. 하란의 그런 모습을 주홍빛 루주를 바른 이진경이 입술을 앞으로 조금 내밀면서 빤히 바라본다.

"머리를 좀 끊어 봐. 훨씬 상큼할 텐데. 옷도 좀 색깔 있는 것으로 입어 보고. 무늬가 있는 것도 좋겠지? 나처럼 말이야. 하란 씨 보고 있으면 어떤 생각이 드는지 알아?"

"글쎄요. 머리는 손질을 잘 못해서 이게 제일 편해요. 옷도 검은 게 편하고."

다시 불편해진다. 사람이나 떠도는 현상에 대해 개인적인 논평을 하거나 받는 일에는 무관하게 살고 싶어 가능한 사람들과의 접촉을 꺼려 왔던 하란이었다. 자신의 의지와 상관없이 어릴 때부터 좋은 의미로든 나쁜 의미로든 사람들의 시선에서 자유로울 수 없었던 기억은 살아오면서 늘 상처가 되곤 했다.

"저기 저 밖의 사람 같단 말이야."

등줄기로 서늘한 바람 같은 게 미끄러지는 것 같다. 하란은 무심결에 왼쪽 머리카락을 귀 뒤로 넘기며 나란히 걷고 있는 이진경의 옆모습을 바라본다. 새삼스럽게 그녀의 둥글게 부풀린 머리가 낯설다. 그러고 보니 두어 달 전 〈문화일보〉에서 만났을 때 단발머리였던 그녀가 생각난다.

"나, 이 머리 어때?"

하란의 생각을 눈치 챈 것이기라도 한 듯 이진경이 고개를 흔들며 웃는다.

"이거 가발이야. 이번에 퇴원하면서 남대문시장에서 샀지. 가슴에선 아직도 연기가 부글부글 솟는데 어쩔 수가 있어야지. 박박 밀어 버렸지. 몸에는 상처투성이라서 더 그을 데도 없거든."

무심코 눈길이 그녀의 팔목에 머문다. 꽃분홍색 블라우스 소매 아래로 인도 여자처럼 대여섯 개는 족히 될 만한 여러 개의 팔찌를 두른 팔목에 아직도 주삿바늘 자국이 선명한 채 드러나 있다. 언젠가 무슨 팔찌를 그렇게 많이 하냐고 묻는 남자 작가의 물음에 칼로 그은 흉터가 초현실주의 그림 같아서, 라고 대답하던 그녀에게 하란은 잠시 핏줄 같은 연민을 느낀 적이 있었다. 이진경이 자신의 살갗을 그은 칼끝의 섬뜩한 촉감을 당시 하란은 비슷하게나마 느낄 수 있었던 것이다. 방법만 틀린 것뿐이었다. 정신의 병듦을 육신을 해치는 것으로 벗어나 보려고 애쓰는 이진경과, 육신을 철저하게 가둠으로써 매시간 날뛰는 정신을 억압시켜 온 하란은 그 방법만 달랐을 뿐 이 세상에 진저리 치는 것에는 무언의 동조를 하지 않을 수 없었다.

"하란 씨, 연애를 좀 해 봐. 자폐증 환자처럼 그렇게만 살지 말고. 하긴 그것도 다 쓸데없는 일이긴 하지만. 반짝하기는 하거든, 진통제처럼 말이야. 한 가지! 나처럼 임자 있는 남자한테 홀려 손목에 칼 대는 일은 없어야겠지? 처음엔 사랑이니 진실이니 눈물 콧물 짜 가며 너 없이는 살아도 살아 있는 게 아니라는 둥 사랑의 순교자처럼 굴어도 결국은 제 임자 찾아가는 헛것이거든. 참 우습지? 거대한 파도처럼 다가왔던 사람일수록 제자리로 돌아간 후에는 날 마주칠까 봐 겁낸다니까. 나와서는 마누라가 죽었으면 좋겠다 어쩐다 했던 것들이 제 마누라 죽을까 봐 보약은 더 잘 챙겨 바쳐요."

영화음악이 배경으로 깔리고 있는 기념회장에는 이미 대부분의 손님들이 자신들의 자리에 앉아 식이 시작되기를 기다리고 있었다. 하란은 고개를 조금 숙이고 뒷줄 구석에 비어 있는 자리로 가 앉았다. 사회자가 식의 시작을 마이크로 알리고 있다. 연단으로 가슴에 꽃을 단 오늘의 주인공 내외가 손을 꼭 잡은 모습으로 올라오고 있다. 중앙에 배치된 의자 앞에서 조규선 선생은 아내에게 먼저 자리를 권했다. 수줍은 듯 남편을 향해 조금 웃어 보이며 그의 아내가 자리에 앉자 객석에서 박수 소리가 터져 나왔다. 오래 함께 살아온 부부의 모습은 당연하게 아름답고 편안했다. 한 남자의 아내의 자리가 그 어느 때보다도 빛나 보이던 순간이었다. 가장 축하받아야 하는 날, 가장 많은 사람 앞에서, 당사자보다도 더 많은 인사를 받을 수 있는 자격이 허락된 유일한 사람, 우리는 그 사람을 배우자라 부른다. 어머니는 평생 그 이름을 얻지 못했다. 하란은 자폐증 환자 같다던 이진경의 말이 식이 진행되는 내내 계속 머리에서 맴돌고 있음을 느꼈다.

—넌 어머니에게 갇힌 자폐증 환자 같애. 도무지 세상과의 소통을 거부하는구나. 딸 노릇 말고도 네가 네 인생을 위해 해야 할 역할이 얼마나 많은데. 문은 열려 있어. 봐! 이렇게 열려 있다고. 들어오란 말이야. 어머니는 어머니 자리에 두고 넌 그냥 내게로 풀쩍 뛰어올 순 없겠니? 네가 날 버린다고 세상 속에서의 어머니 인생이 달라지기라도 하는 줄 아니? 네가 이러면 난 어떡해?

헤어진 뒤에도 상혁은 술만 취하면 하란의 집 앞 골목에서 소리소리 지르며 울곤 했다.

길을 묻는 남자가 있었다. 모른다고 했다. 그럼 내가 가르쳐 줘야 되겠군요. 상혁은 그렇게 만났다. 아버지 집 대문을 나서는 순간 완강하게 둔탁한 소리로 닫히는 대문의 잠금 소리에 하란은 다시 어깨가 떨렸다. 여든이 가까운 아버지의 흐려진 눈빛에서 하란은 그날 저승 꽃이 만발한 어떤 길의 풍경을 보았다. 이제 아버지는 그 길로 길고도 먼 여행을 떠날 채비를 해야 하리라. 어머니가 구인사란 절에서 스님이 직접 만들었다는 환약을 구해 온 날, 하란은 급하게 아버지께 갖다 드리라는 어머니의 심부름을 거절하지 못했다.

—네 엄마한테 소용없는 짓 그만 하라고 해.

　큰어머니는 하란이 약 봉투를 건네자 한쪽으로 밀쳐놓으며 방바닥을 훔치고 있던 걸레를 쓰레기통에 탁탁 털었다. 짧은 머리카락 몇 올과 출처를 알 수 없는 부스러기들이 창으로 들어오는 햇살을 받아 희뿌옇게 빛나며 쓰레기통으로 떨어지고 있었다.

　—중풍에 좋은 약이라고 구인사에 많이들 구하러 온대요. 효험 본 사람이 많다고…….

　—그렇게 귀가 얇어서야. 약은 여기서도 내가 다 해 드려.

　약 봉투를 묶어 주며 상기된 표정이던 어머니가 떠올라 신나게 효험을 말하려던 하란은 중간에 말이 잘리자 순간 멀쑥해져 헛기침을 두어 번 했다.

　—정성인데 받아 둬. 그 사람이 또 거기까지 간 모양인데.

　하란의 손을 당겨 앙상하게 뼈만 남은 자신의 손바닥 안에 가두어 가만가만 만지던 아버지는, 딸의 마음을 읽기라도 한 듯 투명한 거울 같은 눈빛으로 하란을 올려다봤다.

　—좋다니 먹어야지. 그래, 엄마 먼 데 다녀오느라 병은 안 났어?

　—젊은 사람이 그거 했다고 병은 무슨.

　하란을 밀치며 아버지 곁으로 다가앉던 큰어머니가 쏘아붙였다.

　—좀 많이 다녔어? 내 약 구한다고.

　—아니 그럼, 그것도 못해요?

　—그래도 십 년이 넘게 기특…….

　호흡이 불안정했는지 아버지는 터져 나오는 기침과 함께 말을 다 하지 못하고 파랗게 얼굴이 질려 갔다. 동시에 일어난 하란을 주저앉힌 큰어머니가 아버지 등을 두드리면서 부은 목소리를 내뱉었다.

—이 양반이, 내내 멀쩡하시더니. 안정이 최고라는데 너를 보시니 또 이러는구나.

큰어머니의 날이 선 호들갑에 떠밀리듯 아버지 방을 나와 하란은 마루 끝에 앉았다. 어릴 때 어머니 손에 이끌려 이 집에 처음 들른 날 이후, 그녀가 가장 많이 서성이거나 앉아 있곤 했던 자리였다. 앉아서 보면 대문이 직선으로 보이는 이곳에서 하란은 신발만 신으면 저 대문 밖으로 나갈 수 있는데, 하는 생각을 하루에도 몇 번씩 했었다. 오랜 세월이 흘러 이제는 더 반들반들해진 마루결이 부드럽게 손바닥에 느껴져 왔다. 아버지는 왜 일어날 줄을 모르는가. 어느덧 늙어 가고 있는 어머니의 점점 작아지고 있는 몸이 떠올라 하란은 눈을 감았다. 양지에서 자라지 못한 생물이 건강한 아름다움을 발할 수 없는 일이듯 어머니는 너무 오래 그늘에서 살았다. 그런 만큼 어머니에게선 생기 있는 웃음도 건강한 목소리도 하란은 들을 수 없었다. 어머니의 그늘이 너무 깊어서 하란은 자신도 그 안에 갇혀 살게 될지도 모른다는 두려움에 떤 적도 많았다.

—여기서 무슨 청승을 떨고 있어? 아버지 방에 들어가든지, 아니면······.

방을 훔친 걸레를 들고 나오던 큰어머니가 마루 끝에 쪼그리고 앉아 있는 하란의 등에 대고 중얼거리며 목욕탕으로 들어가고 있었다. 아니면 돌아가든지. 하란은 큰어머니가 마저 채우지 못한 마지막 말을 떠올리며 인사를 하기 위해 아버지 방으로 들어갔다.

─엄마는, 엄마는……, 잘…… 있지?

앉지도 않고 서 있는 하란을 올려다보는 아버지의 눈동자가 뿌옇게 흐려지고 있었다. 고개를 조금 치켜든 얼굴 아래로 드러난 쭈글쭈글 늘어진 목 언저리에서 가늘게 맥이 뛰고 있음이 보였다. 늙고 병들면 목젖도 작아지는지 포도알 같던 아버지의 목젖이 이젠 콩알만큼 작아진 것 같다. 하란은 앉아서 아버지의 목젖에 손가락을 대어 봤다. 그리고 가만히 엎드려 입술을 댔다. 포도알이 느껴지지 않는다. 아버지는 왜 이러고만 있는가. 가슴에서 울컥하고 포도알을 뱉듯 설움이 쑤욱쑤욱 올라왔다.

─하란아, 이 녀석. 너 울고 있지?

─아니요. 아니요, 아버지.

등에 덮이는 아버지 오른팔의 체온이 느껴진다. 손가락 하나하나를 힘겹게 움직여 다 큰 딸의 몸집을 확인이라도 하는 듯 아버지는 어깨에서 등으로 하란을 어루만졌다.

─어디 보자, 내 막내딸. 하란아, 네 엄마가 너를 낳았을 때 아버진 정말 좋았다. 내가 사랑한 여자가 내 자식을 낳았으니까.

─아버지, 제발 좀 일어나세요. 하루라도요.

어머니를 저렇게 두고 이렇게 누워만 있으면 어떡하냐는 소리가 나오지 못한 목이 꺽꺽 메여 왔다. 그때 방문이 열리며 큰어머

109

니의 놀란 목소리가 들렸다. 하란은 순간적으로 몸을 일으켰다. 아버지의 오른팔이 무방비로 요 위로 떨어지는 게 보였다.

　—얘가 얘가, 지금 뭘 하고 있어? 가뜩이나 약해진 양반 숨 막히게. 대학생이나 됐으면 환자 상태를 알 법도 하느니만. 환자 앞에서 눈물 바람은 또 웬일이래?

　환자이기 전에 내 아버지란 말을 하고 싶었다. 하지만 하지 못했다. 아버지는 어머니만의 남편이 아니듯 하란만의 아버지도 될 수 없었다.

　버스 정류장 앞에서 하란은 막막해지는 자신을 추스르지 못해 벌써 석 대째 집으로 가는 버스를 놓치고 있었다. 초가을의 오후가 달아나는 버스를 붙잡기라도 하는 양 그림자를 길게 늘어뜨렸다. 구인사에 다녀온 피로로 혈압이 올라 청심환 한 알을 먹고 드러눕던 어머니가 떠올랐다. 약 봉투를 쥐여 주던 어머니를 향해 이제 이런 약은 엄마가 먹어야 하는 게 아니냐고 부은 소리를 하는 하란에게 눈을 흘기며 등을 떠다밀던 어머니는 지금 아무도 없는 방에 혼자 누워 있을 것이었다. 자기가 없으면 물 한 그릇 떠다 줄 사람도 없는 어머니에게 빨리 돌아가야 한다는 생각과는 달리 하란은 선뜻 버스에 탈 수가 없었다. 도망치고 싶다고, 정말 어디로든 나 좀 데려가 달라고 아무라도 붙들고 사정하고 싶었다.

　구인사에서 돌아오는 어머니를 보고 마루에서 다림질을 하고 있던 주인집 여자가 혀를 차는 걸 하란은 보았다.

　—이제 그만 좀 해. 모녀 살 궁리를 해야지. 부잣집에서 약 못

먹일까?

주인 여자는 방으로 들어오고 있던 어머니의 등에 기어이 한 마디를 꽂았다. 하란이 약 봉투를 들고 나오자 마당에 나와 있던 주인집 여자는 내친김에 할 말 다 한다는 표정으로 다시 한마디 했다.

—너 이번에 가면 약값이라도 받아 와. 도대체 두 모녀가 어떻게 사는지 너네 아버지는 알기나 한다니? 그런 부잣집에서 어쩌면 이렇게 나 몰라라 할 수가 있니? 비렁뱅이라도 자기 여자하고 자식한테 이러진 않아.

대문을 열고 나오는데 방문이 열리면서 어머니의 목소리가 들렸다.

—그만 하세요.

짧고도 단호한 한마디였다.

버스 정류장에서 같은 자리를 맴돌고 있던 하란에게 한 남자가 다가왔다.

—혹시 상동으로 가는 버스가 몇 번인지 아십니까?

하란은 시선을 계속 신발 코에 박은 채로 고개를 흔들었다.

—여기서 탄다고 하던데, 정말 모르세요?

—몰라요, 모른다고요. 내가 어디로 가야 하는지도 모르겠는데 댁이 가야 한다는 상동을 제가 어떻게 알아요?

모른다고 고개를 저었는데도 다시 묻는 남자가 짜증스러워 하란은 자신도 모르게 소리를 질렀다. 버스를 기다리고 있던 사람들이 하나 둘 일제히 하란을 바라봤다.

─그렇다면 내가 길을 가르쳐 주면 되겠군요. 그럼 되겠어요.

그렇게 만났다, 안상혁.

출판기념회가 끝나고 사람들이 뒤풀이 장소인 '오비 캐빈'으로 몰려가자 하란은 뒤돌아서 빠르게 골목길을 걸어 나왔다. 차를 세워 둔 서울대학 병원 주차장까진 한길 하나만 건너면 된다. 초여름 밤이 익어 가고 있는 동숭동 거리가 온통 술렁이고 있다. 만개한 꽃처럼 일제히 밝힌 네온 간판의 불빛이 사방으로 내리쪼이고 있는 거리엔 추락한 종이 접시를 닮은 전단지들이 사람들의 발길 따라 이리저리 쓸려 다닌다. 지하도를 건너기 위해 계단을 내려가고 있는데 원피스 자락이 구두 뒤축에 걸려 하란은 순간 벽을 짚었다. 허둥거리고 있구나. 그 옛날 기억 저쪽에 묻었다고 믿어 왔던 상혁을 떠올린 후부터 내가 지금 침착할 수가 없어지고 있구나. 시멘트 바닥에 넘어져 살갗이 벗겨진 것처럼 속이 확확거린다. 길을 가르쳐 준다고 했다, 그는. 그래서 따라간 그 길 끝엔 무엇이 있었던가. 낭떠러지였다. 그리고 추락. 그래도 세월은 흘렀다.

주차장은 텅 비어 있다. 깜깜한 하늘을 이고 해쓱한 빛을 뿜고 있는 응급실 팻말이 차창을 뚫고 들어온다. 앰뷸런스 두 대가 연거푸 응급실 쪽으로 가고 있는 게 보인다. 동시에 울리는 사이렌 소리에 하란은 귀를 막았다. 쓰러진 날, 어머니도 저 차를 타고 병원으로 실려 갔을 것이다. 앰뷸런스 뒷문이 열리더니 사람들이 부산하게 움직이며 내리고 있다. 응급실은 살고 싶어도 죽고, 죽고 싶어도 사는 곳이라던 경상대 병원 간호사의 말이 떠오른다. 사람의 힘이 미치지 못하는 절대 영역이 있다면 바로 응급실일 거라고 그 간호사는 씁쓸하게 웃었다. 시동을 켜며 하란은 자신도 모르게 응급실 쪽을 향하여 머리를 숙였다. 모르는 사람의 기도도 의식이 꺼져 가는 사람에게 되돌아올 수 있는 힘이 된다면 정말 뜨거운 마음으로 그들을 위해 빌어 주고 싶었다.

어머니가 쓰러진 후 하란은 사소한 것에도 의미를 부여하고 그것에 집착하고 있는 자신을 발견했다. 빌라 1층에 홀로 살고 있는 101호 할머니를 일주일에 두 번씩 골목 끝에 있는 경로당에 차로 모셔다 드리는 것도 순전히 하란이 자청한 일이었다. 쓰레기봉투를 내놓으러 나갔다가 지팡이를 짚고 외출하던 할머니에게 별 뜻 없이 어디 가시냐고 물었던 게 시작이었다. 마침 비가 부슬부슬 내리는 날이었다. 잘 다녀오시라고 인사를 하고 계단을 올라가다가 하란은 갑자기 뛰어 내려가 할머니를 불렀다. 한 손으론 지팡이를 짚고 다른 손으로 우산을 든 할머니가 위태로운 걸음을 멈추고 하란을 돌아봤다. 긴 끈을 엑스 자로 어깨에 멘 가방이 돌아보는 할머니의 옆구리쯤에서 비에 젖고 있었다. 운동 나갈 때의 어머니 모습이었다. 어머니도 저런 모양의 가방에 손수건과 작은 물통을 넣어 어깨에 메고야 밖으로 나왔다. '끈이 긴 가방을 하나 사다 줄래? 운동할 때 메고 나가게. 목을 넣어서 엑스 자로 메야 하니까 꼭 끈이 길어야 해.' 어머니 부탁을 받고 지하상가를 헤매면서 하란은 울었다.

─할머니, 비도 오는데 제가 차로 모셔다 드릴게요.

하란의 말을 들은 할머니의 눈이 넘어지려다 난간을 붙잡은 사람의 그것처럼 붉은 열기로 피어나고 있었다. 경로당 입구에서 차를 멈추고 할머니를 부축해 입구까지 모셔다 드리자 할머니가 주섬주섬 가방을 뒤지더니 손지갑의 지퍼를 열었다.

─고마워요. 저기 커피 한 잔 뽑아 먹고 가. 여기 커피 달고 맛있어. 내가 사 줄게.

그날 하란은 할머니가 뽑아 준 커피를 다 마실 때까지 경로당 밖에서 차를 출발시키지 못했다. 참으로 오랜만에 느껴 보는 따스한 즐거움이 커피 향을 따라 온몸에 가득 퍼지고 있었다.

일주일에 두 번 101호 할머니를 태워 드리는 일은 전혀 귀찮지 않았다. 할머니의 지팡이는 지팡이로만 보였다. 쓰러질 듯 위태로운 걸음도 가슴 아파하지 않고 바라볼 수 있었다. 그래서 차를 타고 가는 동안도 웃을 수 있었고, 돌아오면서도 우울하지 않았다. 하란은 한동안 그 이유를 알 수 없었다. 왜 어머니 앞에서는 그것이 안 되는가! 그랬다. 봉사의 기쁨이란 책임이 얹어진 혈연관계가 아닌 곳에서만 진정으로 느낄 수 있는 것이었다. 애착이나 연민을 가지지 않아도 되는 남이기 때문에 베푸는 자신만 느끼면 되는 것이다. 그러나 하란에게 어머니는 책임져야 할 절대 대상이었고 유일한 혈육이었으며, 자다가도 울 만큼 가여운 삶을 보아 온 오직 한 사람이었다. 그래서 하란은 어머니 앞에서는 웃을 수 없었고, 어머니만 생각하면 가슴이 답답했다. 어머니라고 그런 자신의 마음을 모르겠는가. 정말 사랑하기 때문에 차라리 외면해지는, 불쌍해서 미치겠는데 내색할 수는 없는, 무엇이든 다 넘치도록 해주고 싶은데 마이너스 잔고가 목을 조르는, 때문에 아무리 애를 써도 표정이 펴지지 않는 하란을 모르겠는가. 백 가지 부담 중 한 가지만 대신해 줄 사람이 있어도 어머니를 반갑게 볼 수 있을 것 같았다. 누가 조금만 나눠 가져 준다면. 그러나 세상 어디에도 그럴 사람은 없었다. 어머니가 누워 있는 병원 앞 식당에서 밥을 먹을 때도 하란은 혼자였으며 끼니를 넘기고 앉아 있는 하란에게 밥 먹고 오라고 떠다미는 사람도 입이 돌아간 어머니밖에 없었다. 문병 다녀가는 어느 누구도 하란의 끼니까지는 염두에 두지 않았으며 당연히 길가 분식집에서 파는 1,000원짜리 김밥 한 줄 하란 앞에 내밀지 않았다. 그들은 우르르 몰려왔다가 기왕에 만났으니 밥이나 먹고 헤어지자며 자기네들끼리 우르르 엘리베이터를 타고 내려갔다. 같은 병실에 있던 다른 환자의 자식들이 서로 당번을 정해 도시락을 싸다 주기도 하고 가끔씩은 모두 모여 울음을 터뜨리기도 하는 걸 보면서 하란은 형제가 없다는 걸 다시 한 번 절감했다. 그들은 웃어도 같이 웃고 울어도 같이 울었으며 병든 부모의 상태에 대해 의논도 걱정도 함께했다. 하루 한 번 점심때 다녀가는 하란과 낯이 익은 식당 주인 여자가 어느 날 물었다.

　―누가 입원했나 봐요?

　―네, 어머니가요.

―그런데 아무도 없어요? 식구 말이에요.

―네?

―늘 혼자 오시니 말이에요.

―네, 제가 무남독녀라……

―그래도 그렇지. 도시락 한번 싸다 줄 친척도 없어요? 아니면 같이 밥 먹어 줄 사람이나? 먹는 양도 병아리 눈물만큼이구먼. 늘 혼자 오는 게 보기가 딱해서 그래요. 어디 계란 프라이라도 하나 해 줘요?

소화 잘되라고 반숙으로 구운 프라이가 식탁에 놓일 때 하란은 목이 콱 막혔다. 도시락 싸다 줄 사람? 같이 밥 먹어 줄 사람? 먼지를 털 듯 온 기억을 다 털어 봐도 단 한 사람도 떠오르지 않았다.

부동산에 빌라를 내놓은 지 일주일이 되어 가고 있다. 러시아워가 끝난 올림픽도로는 체증 없이 잘 뚫렸지만 하란의 머리는 불이 활활 지피고 있는 것처럼 어지러웠다. 입술을 만져 보면 입술이 뜨겁고 가슴에 손을 대 보면 가슴이 뜨거웠다.

인터폰이 울리는 소리에 잠을 깼다. 어젯밤 늦은 밤거리를 달려와 벗지도 못하고 잠든 탓인지 원피스가 구겨진 종이 소리를 내며 거실로 나가는 하란을 따라오고 있다. 부동산 아저씨였다. 돌배기 아이를 가슴에 안은 여자가 그 뒤를 따라 들어온다. 공갈 젖꼭지를 입에 물고 사방을 두리번거리던 아이는 낯선 공간이 신기한지 내려 달라고 제 엄마 품에서 버둥거렸다.

"책이 참 많네요."

아이를 내려놓은 여자가 한 첫말이었다. 하란은 어제 화장도 지우지 못하고 구겨진 옷을 입고 있는 자신의 모습이 심란해서 그들과 멀찌감치 서 있었다.

"이렇게 실내를 연보라색 페인트로 칠하니 흔해 빠진 벽지보다 독특하고 좋으네요."

여자가 두 번째 말을 한다. 아이는 뒤뚱거리며 걸어 다니고 있다. 아이의 손바닥이 닿는 곳마다 작고 앙증맞은 손자국이 찍힌다. 아이들은 늘 그렇게 어른에 비해서 선명하고 오래 가는 흔적을 남기는 법이다.

"작가시라고 들었는데……, 어디 더 넓은 곳으로 가시나 보죠?"

여자가 세 번째 말을 했을 때 하란은 대답 대신 부동산 아저씨를 향해 집을 다 보셨냐고 물었다. 아저씨는 눈치가 빨랐다. 아이를 대신 번쩍 들어 안으며 여자에게 말한다.

"어떠세요? 사실 의향이 있으시면 사무실로 가시죠."

먼저 신발을 신는 아저씨를 따라 현관 쪽으로 몸을 돌리던 여자가 다시 실내를 훑어보더니 뒤에 서 있는 하란에게 말했다.

"근데 저흰 날짜가 좀 급하거든요? 이십 일 정도밖에 여유가 없어요."

하란이 대답을 못하고 머뭇거리자 계약이 성사될 것 같다는 예감에 들뜬 아저씨가 문을 닫으며 큰소리치는 게 들린다.

"충분해요. 월세나 전세 나온 것은 많고 많으니까."

계단을 내려가는 걸음 소리와 함께 여자의 목소리가 들린다.

"세를 얻어 가나요, 저분?"

욕실에 물을 받으며 커피 물을 끓이는데 전화벨이 울린다. 하란은 수화기를 들려다 그대로 다시 놓았다. 집이 팔렸다는 부동산 아저씨의 전화일 것 같았기 때문이었다. 20일밖에 시간 여유가 없다던 여자의 목소리가 들리는 듯하다. 20일. 빠듯한 시간이다. 병원에 예약된 날과 동문회, 그리고 이사. 하란은 계속 울리고 있는 전화를 그대로 둔 채 욕실로 들어갔다. 이사 갈 집을 구해야 하는 것이다. 어머니가 몰라야 하므로 가까운 곳으로 가야 하는 건 필수다. 빌라를 팔았다는 걸 알면 어머니는 또 자책으로 긴 울음을 울 것이다. 먼 곳으로의 이사는 우선 집 전화번호가 바뀌기 때문에 거짓말이 불가능하다. 그 옛날 어머니가 아버지를 안심시키기 위해 그랬듯이. 양치를 하는 하란의 머릿속에 어느새 빌라 주변 골목 지도가 환하게 그려지고 있었다.

길다란 막대로 벽에 붙여 놓은 동네 지도를 가리키며 여자가 고개를 갸우뚱한다. 미리부터 사무실 가득 앉아 있던 사람들의 시선이 여자의 막대기에 모아지고 있다. 하란은 선 채로 여자의 뒤에서 암호 같은 지도를 바라보았다.

"보증금을 조금 더 걸 순 없나요? 아님 월세를 좀 더 내던가."

책상 앞으로 걸어온 여자가 검은 표지의 노트를 뒤적거리다 하란을 본다.

"저쪽 무림빌라에 사시던 분 맞죠? 그거 팔았으면 여유가 있을 텐데 왜……."

왜 월세를 구하는 거냐는 다음 말이 여자의 표정에 그대로 나타난다. 앉아 있던 사람들은 이제 흥미가 없어진 듯 자기들끼리의 얘기에 열중하고 있다. 결코 젊다고 할 수 없는 여자가 월세 원룸을 구하러 다니는 모습에 한심한 피붙이를 보듯 얘기를 하면서도 힐긋거리는 게 느껴진다. 침을 묻혀 가며 노트를 뒤적거리는 여자의 손끝에 짜증이 묻어난다. 아마도 저 여자는 집을 찾고 있는 게 아닐 것이다. 책상 앞에 뻣뻣하게 서서 갈 생각도 없이 자신을 바라보고 있는 손님에게 최소한의 성의를 나타내 보이고 있는 것뿐이다. 그것은 중개업자의 의무다. 보증금이 2,000도 안 되는 집은 소개료도 몇 푼 되지 않는다는 걸 여자는 표정으로 하란에게 말하고 있다. 이럴 때일수록 길게 말하는 건 더 얄잡아 보일 뿐이다. 하란은 책상을 손가락으로 두드려 여자의 시선을 자신에게 향하도록 했다.

"있어요, 없어요?"

여자의 시선과 앉아 있던 사람들의 시선이 한꺼번에 하란에게 집중된다. 하란은 그걸 느끼면서 천천히, 그러나 또박또박 다음 말을 이었다.

"저는 지금 가진 돈을 말씀드렸어요. 월세라는 조건도 함께요. 아주머니는 거기에 맞는 집이 있다 없다 그것만 말씀해 주시면 되는 거예요. 제가 서 있는 이곳이 간판 문구처럼 공인중개사 사무실이 맞다면요."

"있기야 있죠. 그런데……."

"그럼 보러 갈까요?"

하란이 먼저 부동산을 나오자 뒤따라 나오고 있는 여자를 향해 앉아 있는 누군가가 말하는 소리가 들린다.

"원래 없는 사람들이 자존심은 강해."

문을 나서다 다시 안으로 고개를 들이밀며 손으로 그들을 저지하는 여자를 하란은 못 본 체한다. 다시 손끝이 저리며 가슴이 떨려 온다.

"저 집이에요."

빌라가 있는 도로 건너편 골목을 한참 들어가 세탁소가 있는 옆 건물을 가리키며 여자가 하란을 바라본다.

"지금 비어 있어요. 은행 다니는 총각이 살았는데 지방으로 발령이 나서 우선 짐만 싸 가지고 내려갔어요. 뭐 합숙소로 들어간 대나? 집이 나가는 대로 돈은 부쳐 주기로 했다나 봐요."

여자의 설명을 들으며 바라본 하란의 눈에 붉은 벽돌로 지은 5층짜리 건물이 들어온다. 층과 층 사이 금이 가고 모퉁이가 깨어져 나간 벽돌이 지은 지 오래된 집이라는 걸 여실히 보여 준다. 주차장엔 누가 내놓았는지 단지며 아귀가 안 맞는 장롱이 방치된 채로 비딱하게 서 있다.

"주차장에 왜 저런 짐들을 내놓았죠? 가뜩이나 주차 공간이 모자랄 텐데."

하란의 말을 흘려들었는지 여자가 몇 박자나 늦어서야 대답한다.

"이 집은 차 가진 사람이 별로 없어요. 왜, 차 있어요?"

하란이 여자를 돌아본다. 집을 소개해야 하는 여자가 오기 싫은 장소에 억지로 끌려온 것 같은 표정으로 먼 산을 보며 서 있다. 하란은 여자의 시선을 할퀴듯 몸을 틀어 그녀 앞으로 바싹 다가서서 눈을 맞췄다.

"아줌마는 차 없나 보죠? 계약할게요."

여자를 따라 다시 부동산으로 가는데 자갈길을 맨발로 걷는 것처럼 발바닥이 아프다. 앞서 가는 여자의 등에서 많은 말들이 읽힌다.

2

마음이 서두르고 있구나. 잔 것 같지도 않은 무거운 눈꺼풀을 들어 올리며 선우는 습관적으로 침대 머리맡으로 손을 뻗었다. 익숙한 위치에서 담뱃갑이 손에 잡힌다. 불을 붙이며 맞은편 문갑 위의 탁상시계를 보니 아직도 날이 새려면 한참이나 남은 새벽 세 시다. 시곗바늘이 두 시가 넘고 있는 걸 보았던 기억으로 보아 잠깐 졸았던 것 같기도 하다. 깔깔한 목 안으로 넘어가는 담배 연기에 알코올 기운이 남아 있는 위장이 쓰리다. 방 안에 불이 켜져 있는 걸로 보아 반쯤 감긴 눈으로 현관문을 열어 주던 아내에게 불은 내가 끌 테니 들어가 자라고 큰소리를 친 것도 같다.

─꼭 끄고 자요. 애꿎은 전기세 물게 하지 말고.

자기 방으로 들어가며 나머지 반조차 감긴 눈으로 아내는 말했었다. 아내의 잠옷이 방문 사이에 끼어 한 번 더 문을 여닫던 소리와 침대에 누우며 끄응, 하고 뱉던 신음 소리도 들었던 것 같다.

담배를 끄고 선우는 거실로 나왔다. 캄캄한 거실엔 아내가 일찌감치 바꿔 달아 놓은 망사 커튼을 헤치고 새벽달이 덩그렇게 들어와 있다. 물을 마시려고 냉장고를 열다가 야채 박스에서 포도즙을 하나 따서 마신다. 차가운 포도즙이 들어가자 무겁던 머리가 진동을 울리며 가벼워지는 것 같다. 커튼을 밀치자 거리를 지나가는 사람이 아주 드물게 보인다. 등산복 차림이 아닌 걸로 보아 늦은 귀갓길의 사람인 것 같다. 여름 쪽에 가까운 날씨 때문일까? 이른 새벽인데도 한기가 느껴지는 것 같지는 않다. 새벽 세 시에 거리를 지나가는 사람과 거실 창문으로 그들을 바라보고 있는 사람은 깨어 있음에 어떤 차이가 있을까? 황색 불빛의 가로등이 밤새 켜져 있다는 것을 아는 사람은, 막연히 그럴 것이라는 추측이 아닌 그것을 밤새 지켜보았던 사람은 몇이나 될까? 읽을 책이 없으면 불안하다고 그 아이는 말했다. 책을 산 날은 무섭지 않아서 행복하다고. 잠을 잘 못 자는 것이다, 하란이는.

선우는 두 손바닥을 부벼 얼굴을 문질렀다. 면도한 지 하루도 안 된 얼굴이 다시 돋아난 수염 때문에 꺼칠하다. 깨어 있는 건 아닐까? 유난히 물기가 많은, 그래서 금방이라도 울 것 같은 눈망울을 지닌 아이였다. 어떻게 자랐는지 궁금하다는 말에 자랐는지가 아니라 늙어 가는지, 라고 대답하던 아이. 벌써 20년이 넘었구나.

그 어느 것에도 고정되어 있지 않고 저 밖을 보는 것 같던 무심한 시선을 자기가 가지고 있다는 걸 그 아이는 알까? 물이 다 빠져나 간 펄 밭 같았다. 20년 만에 듣는 그 아이의 목소리는.

새벽 신문이 던져지는 소리가 들린다. 이제 곧 아내가 일어날 것이다. 아이들이 떠나고 둘만 남게 되면서 아내는 새벽 운동을 다니기 시작했다. 방을 따로 쓰게 된 이후의 일이기도 하다. 초저 녁잠이 많은 아내와는 처음부터 각자의 시간 리듬이 달랐다. 아이 들이 떠난 후 드디어 빈방이 생겼을 때 아내가 딸의 방으로 잠자 리를 옮긴 건 어쩌면 당연한 결과인지도 모른다. 박주영이 또 한 골을 터뜨렸는지 스포츠 1면을 그의 환호하는 모습이 채우고 있 다. 주요 기사 타이틀을 훑어 가던 선우의 시선이 갑자기 신문 하 단 '오늘의 운세'에 붙잡힌다. 그동안 한 번도 눈여겨본 적 없는 지면이다. 선우는 자신의 띠를 찾아 신문을 치켜들었다. '먼 곳에 서 소식이 오고 기다리는 일이 이루어지겠다.' 다시 담배에 불을 붙이며 선우는 쓸쓸하게 웃는다. 조금씩 날이 밝아 오고 있다.

오전 교직원 회의가 끝나고 행정실장의 경비 지출 보고를 받은 후, 선우는 자동차 키를 들고 교장실을 나왔다. 교장실 문이 잠기 는 소리에 행정실 미스 임이 복도로 뛰어나왔다.

"교장 선생님, 어디 외출하시게요?"

"그래요. 잠깐 서점에 좀 다녀올게."

"제가 심부름해 드릴게요."

"아니야. 운동 삼아 내가 가려고."

"장 기사한테 차 나간다고 그럴까요?"

"아니야. 가까우니까 내가 몰고 다녀오면 돼. 한 시간이면 충분할 거야. 그렇게 알고 있어요."

지혜서점이 있는 건물 주차장에 차를 세우고 선우는 4층 서점까지 계단으로 올라갔다. 수업 부담이 없어진 교감 때부터 운동량이 현저하게 줄었다. 벌써 10여 년째 시내 가까운 산을 한 달에 두어 번 오르고는 있다고 해도 벌써 정년이 내년인 것이다. 3층쯤에서 벌써 숨이 차오른다. 예순이 넘은 자신의 얼굴이 확장 효과를 위해 벽을 둘러놓은 대형 거울 위로 비치고 있다. 퇴근 후엔 염색을 하러 이발소에 들러야겠다는 생각을 하며 선우는 나머지 계단을 올라 서점 문을 열었다.

나이가 들면서 직접 서점에 올 일이 거의 없었다. 책을 찾는 일이 쉽지가 않다. 선우는 서점 내부를 둘러보다 마침 신간 서적을 정리하고 있는 아가씨 옆으로 갔다. 아직도 인쇄 냄새가 그대로 묻어 있는 듯한 깨끗한 장정의 책들이 바닥에 쌓여 있다. 면장갑을 끼고 책의 숫자를 세고 있는 아가씨의 숙련된 손놀림이 바지런하다.

"저, 아가씨. 뭐 좀 물어봐도 되나요? 일하느라 바쁜 모양인데 미안해요."

고개를 들어 소리 나는 쪽을 돌아보는 얼굴에서 쌕쌕 숨찬 소리가 들려오는 것 같다.

"출판사도 모르고 책 제목도 모르는데……."

그렇게 말하고 있는 자신을 빤히 바라보고 있는 아가씨의 눈빛을 보자 선우는 순간 스스로가 황당해져 진열되어 있는 책들 쪽으로 시선을 돌려 손으로 들춰 본다.

"그럼 저자 이름은 혹시 아세요?"

"응, 그건 알지. 지하란이에요, 소설가."

"아아, 지하란 씨요? 무슨 책을 찾으시는데요?"

끼고 있던 면장갑을 벗으며 아가씨는 카운터 데스크에 있는 컴퓨터를 향해 벌써 걸어가고 있다. 선우가 얼른 대답을 못하자 아가씨가 빠르게 자판을 누른다.

"이분 책이 네 권 나왔거든요? 자, 보시고 찾으시는 책을 말씀해 주세요."

편리한 시스템이 아닐 수 없었다. 동네 책방에서 주인이 사다리를 타고 올라가 일일이 가로세로로 훑어본 후에야 마침내 찾는 책을 빼 주던 옛날이 떠오른다. 아가씨가 가리키는 화면 속을 들여다보던 선우의 눈에 마침내 지하란이라는 이름이 들어왔다. 어두운 데 있다가 갑자기 밝은 곳에 나온 것처럼 눈동자가 떨리며 시큰거린다. 선우는 얼른 화면에서 아가씨 쪽으로 시선을 돌렸다.

"전부 다 찾아 줘요."

"네 권 모두를 말씀하세요?"

"그래, 모두."

아가씨가 찾아서 들고 온 책은 장편소설이 두 권, 작품집 한 권,

그리고 에세이집이 한 권이었다. 계산을 치르고 계단을 내려오다가 선우는 거울 속으로 비치고 있는 자신을 바라보았다. 재생 용지로 만든 서점 봉투를 들고 있는 오른손이 보인다. 선우는 내려져 있던 팔을 들어 봉투를 가슴에 안았다.

교장실 문을 여는데 기척을 들은 미스 임이 행정실에서 뛰어나오며 메모를 건넨다. 그새 세 통의 전화가 와 있었다. 선우는 양복 상의를 벗어 옷걸이에 걸어 두고 소파에 앉아 수화기를 들었다. 기다리고 있던 전화임을 증명이라도 하듯 성가대 지휘자 진정희의 목소리가 들려왔다.

"단장님, 오늘 여덟 시 성가 연습 말인데요, 이번 주 미사곡이 아직 정해지지 않아서요."

"성찬 예례식 때 할 곡은 지난주 연습 때 끝내지 않았나요? 시작 성가는 그대로 하면 되고."

재떨이에서 담배를 찾아 불을 붙이려다 선우는 그대로 뚜껑을 덮었다. 나이가 들면서 자꾸 잦아들고 있는 목소리가 나이 때문만은 아닐 것이다.

―신성한 성가를 부른다는 사람이 아편보다 나쁜 담배는 왜 평생 끼고 사나 몰라.

아내는 낮이고 밤이고 사방으로 문을 열며 재떨이를 소리 나게 씻었다.

"예, 그렇긴 한데요, 다음 주에 유학 떠나는 데레사와 비오 씨의 혼배성사가 이번 주일 정오 미사에 잡혔다는 연락을 좀 전에 받았거든요. 어쩌죠?"

성가 단원 중에서 악보를 제대로 읽을 줄 아는 단원이 자신과 지휘자밖에 없다는 게 선우에겐 이런 일이 있을 때마다 늘 적지 않은 부담으로 다가온다.

"그럼 오늘 어차피 연습 때 다들 만날 거니까 그때 결정하기로 하죠. 서너 곡은 더 추가되어야 할 것 같은데……."

"그렇죠? 반주자한테도 연락 한번 해 봐야겠어요."

메모가 된 순서대로 통화를 끝내고 마지막으로 하수의 번호를 누르려다 참았던 담배에 불을 붙이는데 다시 전화벨이 울린다.

"어, 웬일이야?"

하수였다.

"웬일은? 자리 비웠더라. 하균 형님이랑 점심 먹고 들어가는 길에 한번 연락해 봤지. 어디, 회의 갔다 왔어?"

담뱃재가 테이블 위로 떨어진다. 선우는 휴지를 한 장 뽑아 재를 닦아 냈다. 물기 없는 휴지로 닦은 테이블이 뿌옇다. 재떨이 옆으로 하란의 책이 담긴 서점 봉투가 놓여 있다.

"지금 잠깐 들를까? 시간 괜찮아? 오전에도 어디 다녀온 모양인데 바쁘면 다음 달 모임에서나 보고."

"아니야, 이리로 와. 오전엔 잠시 서점엘 다녀왔어."

테이프로 입구를 붙여 놓은 봉투를 당겨 한쪽 손으로 곱게 뜯어 내며 선우가 대답한다.

"서점? 이 사람이 또 무슨 공부를 하나? 왜, 퇴직하면 심심할까 봐? 오케이, 지금 갈게."

수화기를 통해 들려오던 거리의 소음이 하수의 경쾌한 웃음소리와 섞이고 있었다. 수화기를 내려놓고 선우는 가지런하게 테이블 위에 놓여 있는 하란의 책을 들고 소파에서 일어나 책상 쪽으로 왔다. 반쯤 열어 놓은 창을 통해 물오른 버드나무가 한눈에 들어온다. 별관 음악실 쪽으로 건너가고 있는 아이들의 무리가 늘어진 버드나무 사이로 보이고 있다. 저 애들만 할 때의 하란을 본 적이 있다. 세상에서의 첫 마주침이었다. 아마 여름방학 때였을 것이다. 하루 열네 시간씩 강의를 해 대던 학원 강사 시절이었다.

—어때, 많이 힘들지? 똑같은 강의라도 학원 강의는 사람 진을 빼니까.

북적대는 사람들을 피해 서재로 휠체어를 밀고 가던 지정완이 뒤를 돌아보며 물었다. 거실에는 하수 형제들과 또 다른 사람들이 모여 차를 마시고 있었다. 선우도 그 자리에 있다가 조용히 몸을 빼 휠체어를 움직이던 지정완을 보고 서재 문을 열어 주기 위해 일어선 참이었다. 서재 문을 열어 주자 지정완은 능숙하게 휠체어의 바퀴를 조금 들어 안으로 미끄러져 들어갔다. 원목 책장이 양쪽 벽을 메운 창 앞 넓은 책상 위에 지정완이 신문사 국장 시절 찍은 것으로 보이는 전직 대통령과의 인터뷰 사진이 보였다. 지정완은 신문사 재직 시 상대가 누구든 편안하면서도 능란한 화법을 구사하여 심중의 생각을 끌어내는 인터뷰로 명성을 날렸다.

—의자로 옮겨 앉으시겠습니까?

창가에 있는 흔들의자를 보고 선우가 말했다. 지난번 찾아왔을 때 저 흔들의자에 앉아 오래 창밖을 바라보던 지정완의 모습이 떠올랐다.

—아니, 됐네. 옮기려면 힘만 들 텐데. 창 앞으로만 좀 밀어 주게.

창 앞으로 휠체어를 밀어 발판을 고정시킨 후 선우도 그 옆에 섰다. 거실에선 여전히 사람들의 웅성거림이 가득 들려오고 있었다. 지정완의 72회 생일인 오늘, 모두 출가한 그의 여섯 자식들은 그들의 배우자와 자식까지 몰고 각지에서 올라와 있었다. 선우도 그래서 들른 것이었다.

—선풍기 틀어 드릴까요, 아버님?

—아니, 싫어. 늙으니까 뼈 사이로 바람이 들어오면 여름이라도 좀 시려야지. 근데 저 녀석은 아까부터 왜 저러고 있누? 햇볕이 따가울 텐데.

모시 한복 위로 드러난 앙상한 목을 길게 빼 지정완이 일어설 것처럼 창밖을 내다보았다. 선우도 무심결에 그의 시선을 따라갔다. 웬 아이 하나가 대문 옆의 벤치를 뱅뱅 돌고 있었다. 그동안 지정완의 집을 수없이 드나들면서도 한 번도 마주친 적이 없는 얼굴이었다. 하얀색 반팔 블라우스에 회색 주름치마를 입은 단발머리 여자 아이가 벤치 주위를 자꾸만 돌고 있었다. 앉을 것 같다가도 다시 돌고, 그러다가 가끔 멈춰 서서는 대문 쪽을 한참 바라보고 있다. 마치 나가고 싶은데 못 나가는 탑 속에 갇힌 어린 공주 같다. 돌 때마다 귀 뒤로 넘긴 단발머리가 가볍게 찰랑거렸다.

—예쁘지? 좀 차게는 보이지만.

—예.

선우는 건성으로 대답하곤 다시 그 아이를 바라봤다. 대문 쪽을 바라보던 아이는 이제 하염없이 안채 쪽을 바라보고 있었다. 여름 햇살을 받아 빨갛게 익은 얼굴이 멀리서 보아서 그런지 손바닥만 큼이나 작아 보였다. 아이가 입고 있는 흰옷 때문이었을까? 선우는 잘 손질된 정원의 잔디밭 위에서 벤치를 돌고 있는 그 아이가 한 마리 작은 학 같다는 생각을 했다.

—내 막내딸이야. 중학교 2학년이지.

—네……?

—하수 밑으로 쟤가 있어. 이름은 하란이고.

하란. 선우는 혀 밑에서 꼬물거리며 올라오는 그 낯선 발음을 안으로 삼켰다.

—놀랐나 보군. 하수가 말 않던가? 어린 동생이 하나 있다고.

그제야 선우는 오래전, 지금으로선 기억도 가물가물한 대학 시절에 '고석암'으로 자신을 찾아왔던 하수가 며칠을 머무른 뒤 떠나던 날 했던 말이 떠올랐다. 고석암. 죄를 짓고 도망치듯 선우가 숨어든 암자였다.

선우에게 마녀의 저주보다도 더 고통스럽던 두통이 찾아온 것은 법대 3학년 때였다. 면 소재지였던 고향 마을에 축하 현수막이 걸리고 밑으로 다섯 동생들의 존경 어린 눈빛을 받으며 선우는 S대 법대 배지를 가슴에 달았다. 당시 면장이었던 아버지는 면사무소 앞에 직원들이 걸어 놓은 합격 축하 현수막을 하루 종일 밖에 서서 바라보았고, 가난한 살림에도 어머니는 보름 동안이나 마을 사람들에게 술과 음식을 날랐다. 형제 많은 가난한 집안의 맏이로서 선우는 처음으로 할 일을 했다는 보람 속에서 이미 닳아서 너덜너덜해진 영어 콘사이스를 맘 편하게 볼 수 있는 날들이기도 했다. 대구에서 고등학교를 다녔던 3년 동안 선우를 사촌 동생들의 가정교사 명분으로 데리고 있어 준 작은아버지는 합격 통지서를 받던 날 동네가 떠나가라 술에 취해 노래를 불렀다. '내 밥이 벼슬 밥이야'라며 밤새도록 안주를 만들어 나르던 작은어머니도 그날은 작은아버지의 만취에 관대했다.

합격 통지서를 받고 인사차 하수의 집을 방문했을 때였다.

—S대 법대라……, 해낼 수 있지?

들뜬 표정의 하수 아버지가 선우가 들어서고 있는 현관으로 달려와 덥석 어깨를 안았다. 지정완은 법대 출신이었지만 사법고시에 대한 회의로 단 한 차례 응시도 하지 않은 채 졸업과 함께 신문사 기자 시험을 치른 후 지금 편집국장 자리에 있는 이력을 가지고 있었다. '회의는 무슨, 아마 자신이 없었을 거야.' 걸핏하면 하수는 제 아버지를 그런 식으로 깎아내리곤 했다. '물려받은 재산 많지, 뭣 하러 고시 공부를 하겠어?' 지정완이 가끔 고시에 대한 미련을 얘기할 때마다 돌아서 나오며 하수는 선우의 귀에 대고 그렇게 말했다. 한바탕 포옹이 끝나자 뒤에서 지켜보고 있던 하수가 선우를 향해 소리쳤다. 하수는 H대 건축과의 합격 통지서를 받아 놓고 있었다.

—야, 할 수 있다고 해. 사법고시 말이야. 우리 아버지 소원이니까.

—예, 자신 있습니다.

선우는 고개를 힘껏 끄덕이며 안으로 들어섰다.

—그래, 그래야지. 우리 지씨 집안에서 판검사가 나오는 건 이제 시간문제구면. 그렇지, 하수야?

—아버지는? 그러니까 선우가 꼭 아버지 아들 같잖아요. 그리고 저도 좀 칭찬해 주세요. H대 공대는 아무나 가나 뭐?

—이놈아, 본이 달라도 지씨면 어쨌거나 다른 성씨보다는 가깝잖아? 성이 같다는 게 어딘데? 그리고 너는 벌써 며칠째 주머니 털려 가며 축하 세레모니를 해 주고 있잖아.

—예, 예, 알겠습니다. 아들 친구를 아들 하시고 아들은 남 줘 버리시죠. 자식도 많은데.

선우는 말없이 하수 부자의 격의 없는 대화를 듣고 앉아 있었다. '넌 이제 무조건 판사가 되어야 해. 서울 가면 집 생각, 동생들 걱정 같은 건 모두 잊어야 한다. 애들 진학을 못 시키더라도 네 학비는 댈 테니까 돈 걱정 말고. 맏이가 잘되면 다 되는 거야. 어느 집이고 잘난 맏이가 있으면 지차들은 희생하게 되어 있어. 형이 판검사가 된다는데 제깟 놈들 공부가 대수야?' 수없이 들었던 어머니의 득의에 찬 목소리가 하수 부자의 대화를 중간 중간 끊으며 선우 귓가에 자꾸 들려오고 있었다.

─아버지, 하숙을 구하려면 입학식 전에 서울 올라가야 할 것 같아요. 선우야, 너도 같이 가면 되겠다. 나하고 한방 쓰면 되잖아. 우리 아버진 내가 너처럼 S대에 입학을 못해서 입학식 때도 오지 않으실 건 뻔하고, 누울 자리라도 빨리 구해 놓아야지.

가정부 아주머니가 내어 오는 과일 쟁반을 받으며 하수가 말했다. 하수가 내려놓은 쟁반엔 잘 익은 귤이 소복이 담겨 있었다.

─내가 왜 안 가? 너희 두 놈 입학식이 하루 차이니까 모두 볼 건데. 나도 못 다녀 보고 내 아들들도 못 들어간 학교인데 아들 같은 녀석 핑계 대서라도 S대 입학식은 봐야지.

─그러니까 저는 곁가지군요.

하수가 장난스럽게 손바닥으로 이마를 치며 넘어지는 시늉을 했다.

─아니야, 하수 너도 장해. 이건 정말이다. 막내라서 만날 노는 줄로만 알았더니 떠억하고 붙어 주니 애비 맘 놨다.

─정말요? 사실 법대도 갈 수 있었다고요. 그런데 전 영 법대 체질이 아니거든요. 아버지 닮아서 그런가?

─아이고, 내 칭찬이 또 과했다. 저놈 또 열 오르는 걸 보니. 그건 그렇고, 선우야.

고개를 들어 마주친 지정완의 시선은 말할 수 없이 부드러웠다.

저녁에 집으로 들어오다가 면사무소 앞에서 현수막을 하염없이 바라보고 서 있던 아버지와 마주쳤을 때, 싱긋이 웃으며 바라보던 아버지의 눈빛이랑 닮아 있다. 선우는 가슴이 뭉클해졌다. 세상의 자식들은 아비의 그런 눈빛으로 살아가는 힘을 얻고 또 살아야 할 이유를 깨닫는지도 모른다. 자신을 지지하는 쉼 없는 응원이 그 눈빛 속에 있는 것이다.

— 이건 내가 진심으로 하는 말인데⋯⋯, 오해 없이 들어야 한다. 보자, 내가 너를 만난 지 벌써 삼 년이나 됐지? 너희 둘이 고등학교 입학 후부터 줄곧 붙어 다닌 친구니까⋯⋯.

— 아버지, 그런 건 짧게 말씀하시는 거예요.

조금 전까지만 해도 부잣집 막내아들 티를 그대로 내보이며 장난스럽게 제 아버지와 말장난을 하던 하수의 음성이 갑자기 어른스럽게 변해 선우는 의아해진 눈빛으로 하수를 돌아다봤다.

— 그래, 지선우. 넌 내 아들과 같다. 그래서 공부는 내가 시킨다. 이상이다. 질문할 것도 들을 대답도 없으니 둘은 그만 나가 봐.

— 아버님! 그게 무슨?

놀란 선우가 하수 부자를 동시에 번갈아 바라보자 이미 웃음기가 사라진 목소리로 지정완이 말을 이었다.

— 이건 자선도 아니고 적선은 더더욱 아니야. 알고 있겠지만 나는 물려받은 재산으로 학교를 설립한 사람이야. 네가 만약 우리 학교 학생이었다면 나는 너에게 고교 삼 년 동안도 학비를 전액 지원했을 거야. 너의 성적과 인성은 충분히 장학 혜택을 받을 만

하니까 말이다. 그래서 일찌감치 결심했었다. 네가 만약에 말이다, 내가 정해 놓은 대학 이상만 합격하게 되면 우리 학교 이름으로 널 지원하기로. 그런데 넌 넘치게 좋은 결과를 얻었어. 당연하게 받는 혜택이라고 생각해라.

선우는 자신도 모르게 자세를 바로 해 무릎을 꿇었다. 어머니의 얼굴과 다섯 동생들의 얼굴, 새마을 모자를 쓰고 아침마다 내장이 쏟아질 것 같은 기침을 하면서도 면사무소로 출근하는 아버지의 얼굴이 차례로 떠오르고 있었다.

─아버님…….

─됐어. 동생들이 많다고 들었는데, 네 어깨가 무거울 게 걱정되는구나. 공부든 뭐든 지나친 부담은 좋지 않은데……. 하지만 역경을 이기는 사람만이 진정한 성공을 한다고 했다. 학비 걱정은 하지 말고 지금까지 해 온 것처럼 최선을 다하길 바란다. 우리 하수한테 너 같은 친구가 있다는 게 아비는 정말 미덥고 좋아. 하수 이놈이 덜렁대는 것 같아도 친구 보는 눈은 있어.

껄껄 웃으며 지정완이 자리를 뜨자 그때까지 무릎을 꿇은 채 앉아 있던 선우의 어깨를 하수가 툭 쳤다.

─야, 우리 지정완 씨 멋있지? 그런데 화나면 감당 안 되거든? 그러니 아버지 말씀 거역할 생각 마라. 너, 나까지 치도곤당하게 하지 말고.

─그래도 어떻게……. 하수야, 이건 좀 그렇다.

분에 넘치는 호의를 편하게 받을 수 있는 사람은 없을 것이다.

게다가 그런 호의를 베푸는 사람이 친한 친구의 아버지라는 사실에 선우는 갑절로 마음이 불편했다.

―뭐가 그렇다는 거야?

심각해진 선우를 의식한 하수가 공연히 목소리를 높이더니 곧 차분해지며 그때까지 앞만 보고 앉아 있는 선우의 앞으로 자리를 옮겨 앉았다.

―그래, 네 기분 알아. 안다고. 하지만 이렇게 생각하면 안 되겠냐? 네가 아버지 학교 졸업생이라고. 그럼 아버지도 말씀하셨듯이 넌 당연히 받을 장학금을 받는 거야. 그 학교는 국립대만 합격해도 입학금 대 줘. 그건 너도 알잖아? 그렇게 생각해, 선우야.

그러나 선우는 괴로웠다. 당장의 학비 걱정은 덜었다고 해도 한두 푼도 아닌 거액의 등록금에 숙식까지 하수에게 얹혀 지낸다는 부담감은 또 다른 모습으로 숨을 죄어 왔다. 학년이 올라갈수록 마치 판검사에 가까워지는 걸로 알고 있는 부모나 형제들의 기대 또한 난해한 법전 이상으로 머리를 짓눌렀다.

―부담 갖지 마. 아버진 너 아니라도 S대 법대에 입학한 놈이 주위에 있으면 사정을 살펴본 뒤 학비 지원을 했을 사람이니까.

초췌해져 가는 선우를 불안한 눈빛으로 바라보며 하수는 몇 번이고 말했다. 선우의 얼굴이 노랗게 타들어 가는 동안 하수의 학교 다이어리엔 강의 시간표만큼이나 꽉 짜여진 각 학교 여학생들의 인적 사항이 늘어나고 있었다. 하수는 말 그대로 불타는 청춘

한복판에 있었던 것이다. 선우에게 뇌수가 빠져나오는 듯한 극심한 두통이 찾아온 것은 그때부터였다. 병원에서는 무조건 공기 좋은 곳에 가서 6개월 정도 그 어떤 책도 보지 말고 쉬라는 진단이 떨어졌다. 선우가 3학년, 사법고시 1차 시험이 코앞에서 기다리고 있던 때였다.

선우는 말을 잃었다. 자연히 사람도 만나기 싫었다. 대낮에는 암벽에 매달린 사람처럼 초조함으로 몸을 떨었으며 밤에는 알지 못할 목소리들에 둘러싸여 구석으로, 후미진 어둠으로만 숨어들었다. 휴학계를 내던 날, 지정완 앞으로 보낼 편지를 하숙방 하수 책상 위에 두고 선우는 그 길로 대구 인근의 고석암으로 떠났다. 하수는 며칠째 외박 중이었다.

주지와 그를 모시는 상좌 한 분이 있을 뿐인 고석암에는 세상의 시간을 벗어난 무심한 평화가 있었다. 고석암에 처음 찾아들었을 때 주지는 커다란 가방 두 개 외에도 박스와 보자기로 쌓인 짐들을 마당에 부려 놓는 선우를 보고 아예 중이 되어 살러 왔냐면서 혀를 찼다.

—그런 게 아니고, 스님. 머리가 아파서 왔습니다. 정말 죽을 만치 아파요.

—그럼 그 짐 보따리는 다 뭐냐?

—이건…….

보자기 끈을 묶은 사이로 형법 책의 표지가 설핏 드러나고 있었다.

―책입니다.

―머리가 아프다는 놈이 책은 왜 갖고 왔어? 그렇게 이고 지고 다니는데 어째 머리가 안 아프누?

옆에 서 있던 상좌가 주지를 잠시 바라보더니 말없이 선우의 짐을 고석암 뒤편 어디론가로 나르기 시작했다.

―병이 난 게야. 아픈 중생이 찾아들었으니 거둘 수밖에. 상좌 스님을 따라가 봐.

고맙다고 머리를 조아리며 상좌를 쫓아 발걸음을 옮기려는데 벌써 약수터 쪽으로 내려가고 있던 주지의 목소리가 들려왔다.

―산속 생활이라고 모든 게 다 나를 비켜 가는 건 아니야. 그걸 알면 머리도 낫겠지.

공양주도 없는 작은 암자였다. 찾아오는 신도라야 근처 마을 아낙들이 대부분이었고 그조차도 특별한 행사가 있지 않으면 없었으므로 고석암은 정물처럼 정지된, 세상 속에서 뚝 떨어져 나온 시간의 단면 같았다. 하수가 찾아온 것은 한 달 뒤였다.

방금까지 함께 있었던 사람처럼 가방 하나를 선우 앞에 쑤욱 내밀며 하수가 나타났을 때 선우는 인상을 쓰며 돌아섰다. 학비를 지원해 주는 사람의 아들, 냉정하게 따진다면 지정완의 학비 지원은 선우가 사법고시에 합격한다는 결론을 염두에 둔 것이라고 할 수 있을 것이다. 그런데 지금 자신은 어떤 모습인가. 학교를 휴학했고 자신의 심정을 편지라는 무례한 방법으로 지정완에게 알렸으며 더군다나 법대로는 돌아가지 않을 터였다.

선우가 말없이 돌아서자 그때까지 씨익 웃으며 암자를 훑어보고 있던 하수가 한 바퀴 돌아 얼른 선우 앞을 가로막았다.

—나 좀 숨겨 주라, 선우야. 나 피난 온 거야. 장가도 안 간 놈이 아빠가 된다지 뭐냐?

얼마 만에 웃음 비슷한 걸 뱉었을까? 큰일이 아닐 수 없는데도 어린아이 떼쓰듯 자신에게 매달리고 있는 하수를 보며 선우는 웃지 않을 수 없었다.

—이 가방 안에 뭐가 들어 있는지 넌 모르지?

—왜, 아이 엄마라도 들어 있냐?

어느 틈엔가 둘은 서로의 어깨를 팔로 두른 채 고석암 뒤채로 나란히 걸어가고 있었다. 부처님께 점심 공양을 올리고 나오던 상좌가 두 사람의 모습을 보고 잠시 합장한 뒤 부엌으로 들어갔다.

—자, 봐.

선우가 머무르고 있던 방에 들어서자마자 지퍼를 열어 보여 준 하수의 가방 안엔 갖가지 술병이 빼곡히 들어차 있었다. 그날 밤, 주지 스님의 호통에도 둘은 기절할 정도로 술을 마셨고 새벽에 나란히 뻗었다. 새벽 예불에 빠진 것은 물론이었다. 사흘을 그렇게 선우랑 머물다 도저히 안 되겠다며 산을 내려가던 하수가 버스 정류장 앞에서 땅바닥만 바라보고 있는 선우를 불렀다.

—복학 안 할 거냐?

—해.

—언제?

―몰라.

―아버지가 걱정하셔.

―알아.

―시험은 담에 볼 거냐?

―안 봐. 전과할 거야.

―야, 우리 간첩 접선하는 것 같지 않냐?

―애 아빠가 될 지경에 도망 온 놈과 그런 놈을 숨겨 준 놈이니 대충 비슷하지.

선우의 입가에 번지는 미소를 빤히 보고 있는 하수의 눈에 물기 같은 게 번지고 있었다.

―선우야, 너 사랑 같은 걸 해 본 적 있냐? 없지?

―왜, 애까지 배게 한 놈이니까 넌 사랑을 안다고 말하고 싶냐?

―난 아직 모르지. 여자 때문에 울어 본 적은 없으니까.

올 때와는 달리 하수가 표정도 말소리도 가라앉은 모습으로 변해 있다는 걸 선우는 느꼈다. 진짜 뭐가 잘못되어 가고 있구나. 장난기는 많아도 구김살 없이 자란 아이답게 하수는 순수하고 맑았다. 피해 의식을 갖지 않은 사람이 그렇듯 세상에 대해 늘 호의적이었고 불행을 모르는 것만큼 자만도 배우지 않았다. 그런 하수를 선우는 사랑했다.

―선우야.

―말해.

―지정완 씨가 울더라. 그것도 한밤중에. 그리고 애를 낳았대.

그러면서 이렇게 말하는 거 있지. 첫사랑이라고……. 야, 그 나이에 애는 뭐고, 또 첫사랑이라니 너무 황당하지 않냐? 그 아이가 올라간 호적초본을 떼 가지고 와서 우리 형제를 집합시켜 놓고 보여 주는데 우린 하도 어이가 없어서 한마디도 못했다니까. 교양 높으신 우리 계모님은 그날로 절에 가서 일주일 버티다 온 걸로 분을 표시라도 하셨지만. 이름은 하란이란다, 딸이고. 근데 이상하지? 예순이 다 된 아버지의 외도……. 아니지, 이렇게 말하면 우리 아버지의 첫사랑이 훼손되겠지? 그래, 다 늙은 아버지가 하는 그 첫사랑이란 느낌이 왜 이리 부럽냐? 갑자기 아버지가 썩 괜찮아 보이는 거 있지?

선우의 시선이 바로 앞에서 땅바닥을 툭툭 치고 있는 하수의 구두코에 붙잡혔다. 포장되지 않은 흙길에서 일어나는 먼지가 하수의 목소리까지 뿌옇게 덮고 있는 것 같았다.

—그 여자……, 내 동생을 낳았다는……, 초등학교 선생님이었단다. 아주 젊은 사람이래. 나보다 네 살 많다더라. 동시 작가라지, 아마? 지 국장 신문사에서 나오는 어린이 신문에 동시를 연재했었대.

그날 선우는 하수의 기나긴 말에 한마디도 대꾸하지 못했다. 버스 계단을 올라가며 손을 흔들던 하수가 고함치던 마지막 말이 내내 머리에서 떠나질 않았다.

—야, 예쁠까, 내 동생? 세상 구경한 지 한 달 됐단다.

산으로 올라오며 선우는 하란이라는 낯설고 새로운 이름을 가진 갓난아이의 모습을 상상했다. 그러자 작고 고물거리는 손바닥이 자꾸 얼굴을 간질이는 것 같았다. 하수는 그 말을 하러 왔었구나. 멀리 고석암에서 저녁 예불을 알리는 목탁 소리가 이른 노을을 끌어당기며 들려오고 있었다.

그렇다면, 저 아이가? 선우의 가슴이 놀라움과 알지 못할 반가움으로 낮달을 처음 봤을 때 같은 서늘한 기쁨으로 차오르고 있었다. 두통으로 밤새 머리를 찧다가 희망도 물기도 다 빠져나간 몸으로 절 방에 누워 있으면 한지 미닫이문 가운데 조그맣게 붙어 있는 유리창 사이로 어슴푸레한 낮달이 보이곤 했다. 온몸을 칭칭 감고 있는 불안과 초조감 속에서 하얗게 떠오르고 있는 낮달을 보고 있으면 처음 싹튼 연모의 정처럼 설움 섞인 평화도 가끔은 느낄 수 있었다.

─쟤가 왜 저래? 고시 공부하는 사람은 잘 돈다더니 혹시 그렇게 된 게 아니냐?

사방에서 걱정 어린 눈길로 수군대는 사람들 틈에서 어머니는 두통에 좋다는 소 뇌를 구하기 위해 새벽이면 시내 도살장을 매일 찾았다.

─어여 먹어. 아가, 이러면 못쓴다. 네가 우리 집안에서 어떤 앤데.

허옇게 부풀은 삶은 소 뇌를 눈동자만 퀭하니 커져 가고 있는 선우 앞에 들이밀면서 수없이 깨물던 어머니의 입술 같기도 했던 낮달이었다. 칼과 망치로 쉴 새 없이 머리가 째지고 얻어맞는 것 같은 통증을 알 리 없는 사람들은 고통으로 일그러진 모습을 보이기 싫어 고개를 돌리는 선우에게 이제는 사람도 몰라보는 모양이라고 고개를 저었다.

─지 면장 큰아들이 공부하다 미쳐 버렸다는구먼. 절에 틀어박혀 벽만 바라보고 있대.

소문은 바람을 타고 산길을 올라와 고석암 지붕에 매달린 풍경이 되어 낮이고 밤이고 뎅그렁뎅그렁 울렸다. 귀를 막아도 들려오는 소리, 소리들. 손톱으로 흙을 파듯이 머리를 누르고 있으면 손가락 열 개에 피가 흥건히 젖어 있는 것 같은 환영도 보였다.

─녀석이 이제 다리가 아프나 보지? 그렇게 뱅뱅 돌더니.

지정완의 푸근한 웃음이 깔린 목소리에 선우는 급하게 아이에게로 시선을 모았다. 아이는 나무 벤치에 달랑 올라앉아 노래를 부르는지 발 장난을 하며 고개를 좌우로 까딱거리고 있었다. 먼 곳을 향해 날아가다 목이 말라 잠시 날개를 접고 쉬고 있는 작은 학 같다. 그날 선우는 지정완의 집을 나오며 벤치에 앉아 있는 하란에게 다가갔다. 뭐라고 말을 붙일까, 생각하며 벤치 뒤에서 한참을 서성이고 있는데도 아이는 미동도 하지 않은 채 어디론가 붙잡힌 시선을 흩뜨릴 줄 몰랐다. 모든 것을 다 담고 있는 듯하면서도 아무것도 담겨 있지 않은 눈빛, 윤기 있게 쪽 곧은 머리카락이 완고하게 닫혀 있는 아이의 내면을 말해 주고 있었다. 중학교 2

학년이면 막내 동생 선기보다 한 학년이 위였다. 하얀 얼굴이 내 뿜는 무표정의 강렬함에 선우는 그날 이유도 모르고 초조해지고 있는 자신을 발견했다. 배 속에서 꼬물거리며 떠오르고 있는 낮달을 본 것도 같았다. 휴학을 하고 가장 힘들었던 시절 무의식의 밑바닥에서 불쑥불쑥 보곤 했던 낮달, 그것은 뭐라고 표현할 수 없는 간절함 같은 것이었다. 그 간절함을 왜 저 아이에게서 보게 되는가.

그것이 무엇이었을까? 선우는 음악실로 몰려가는 아이들의 모습이 끊어진 창가에 서서 담배를 피우며 하늘을 본다. 바깥으로 흘러 나가는 담배 연기가 금방 자취도 없이 허공으로 흩어지고 있다. 크게 기침이라도 하면 투명한 은색 물이 주르르 쏟아질 것처럼 맑은 하늘이다. 낮달이 어디 떴을 텐데, 창으로 고개를 내어 하늘을 살펴본다. 오늘따라 구름 한 점 없는 하늘은 텅 비어 있다.

"정년을 앞두고 심란해서 그래? 웬 해바라기야?"

"어, 왔어?"

재떨이에 담배를 끄고 선우가 걸어 나와 하수의 손을 잡았다.

"벌써 더워지네."

소파에 앉으며 주머니에서 꺼낸 손수건으로 이마를 훔치는 하수를 보다가 선우는 미스 임을 불러 시원한 결명자차를 부탁했다. 잘되던 시멘트 사업이 IMF의 여파에 쓸려 적지 않은 손실을 보고 그만둔 뒤 집에서 쉬고 있는 하수는 조금 여윈 듯하다.

"하균 형님이랑 점심했다고? 어때, 편안하시지?"

선우가 담배를 권하자 하수가 손을 저었다.

"나 담배 끊은 거 몰라? 작년에 위 천공 수술 받은 후로 안 피워."

"참, 그랬지. 결심 꽤 오래가네?"

"그러엄. 우리 아버진 내 나이에 뽀송뽀송한 딸도 낳았는데, 죽을 순 없잖냐? ……아, 고마워요. 더 예뻐진 것 같아요?"

차를 들고 들어온 미스 임을 향해 하수가 환하게 웃어 보이자 미스 임이 정말요, 하더니 부끄러운지 얼른 교장실을 나간다.

"형님은 어디, 댁으로 가시고?"

"아니, 저녁에 사립학교 이사장 회의가 있다고 학교로 들어가셨어."

"참, 하균 형님이 이사장 맡으셨지?"

"응, 작년부터. 아버지 돌아가시고 큰형님이 맡으셨다가 작년에 큰형님까지 돌아가셨으니까. 집안에서 그것 때문에 좀 말이 많았어. 장조카가 맡는 게 순리라고들 해서 말이야."

충분히 있을 수 있는 일이라고 선우는 고개를 끄덕거린다. 재산이란 당대에는 화목의 발판이 되고 친인척을 묶는 구심점 역할을 할 수 있지만 자식 대에 가서는 분열의 원인이 되기도 하는 것이다.

"그나저나 서점엔 왜?"

얼음을 띄운 결명자차를 단숨에 들이키던 하수의 시선이 창가 책상 위로 향했다.

"하란이 책을 샀어. 벌써 네 권이나 출간했더라고. 가만있어 봐."

선우가 일어나서 책상 위의 책을 가져다 소파 테이블에 올려놓고 하수 앞으로 밀었다. 자기 앞으로 밀려온 책의 표지를 들춰 보던 하수가 표지 안쪽 날개에 있는 하란의 사진을 손가락으로 찬찬히 쓸어내리다가 옅은 한숨을 내뱉었다.

"자식, 표정이 차가운 건 여전하군. 그래도 예쁘지 않냐?"

"자넨 알고 있었어, 하란이 문단에 등단한 걸?"

냉장고에서 드링크제 한 병을 꺼내 하수 앞에 놓으며 선우가 물었다. 하수는 계속 하란이 사진에서 눈을 떼지 않는다.

"작년엔가……, 작품집 광고를 신문에서 봤어. 5단 통광고로 여러 번 났더라고. 조카애들도 다들 본 모양이야. 출판사로 전화해 연락처를 물었더니 저자가 원하지 않아서 가르쳐 줄 수 없다고 했다더군. 오빠라고 해도 저자가 일체 누구에게도 가르쳐 주지 말라고 했다는 거야. 그러면서 이름을 말해 주면 대신 전히 주겠다는데 더 이상 할 말이 없더라고. 근데 자넨 어떻게 알았어?"

"나?"

순간의 공백을 도리어 반문하는 것으로 대신하고 있는 선우를 바라보는 하수의 눈빛이 순간 가늘게 떨리고 있다.

"나야……, 아, 하란이는 내 제자잖아? 대구에 사는 하란이 동창들이 가끔 학교로 전화도 하고 찾아오기도 하거든. 그래서 들었지. 또 광고는 나도 봤고. 그리고 이번에 효명여고 총 동문회가 곧 열리게 되어 있어. 바로 다음 달 21일이라지 아마?"

147

"결국 하게 되는 모양이지? 한다 한다 하면서도 좀체 날짜를 못 잡더니. 하란이도 온대?"

"내가 두어 번 전화하기는 했는데 녀석이 온다는 소리를 안 하네. 거참."

"자네가 직접 통화했단 말이야?"

"응."

짧게 대답하는 선우를 멀뚱하니 바라보던 하수가 고개를 끄덕이며 일어선다.

"왜, 벌써 가려고?"

앉은 채로 올려다보는 선우의 시선과 하수의 시선이 순간 어색하게 부딪친다.

"저녁에 술 한잔하겠다면 조금 더 앉아 있고. 어때?"

"어쩌지? 오늘은 성가 연습이 있는 날인데. 매주 화요일이거든."

"여전하구나, 성당은."

"그렇지 뭐. 야, 그래도 좀 더 있다가 가. 내년에 퇴직하면 교장실에서 자넬 보는 일도 없을 텐데."

퇴직을 앞둔 선우의 마음이 걸리는지 하수가 다시 소파에 풀썩 앉는다.

"작가라……. 야, 지 교장, 하란이 많이 자랐겠지?"

"그러잖아도 전화 통화하면서 어떻게 자랐는지 궁금하다니까 어떻게 늙어 가는지 궁금해야 할 나이라고 하던걸?"

소파 등받이에 팔을 걸고 목을 돌리고 있던 하수가 선우의 말에 깜짝 놀라며 웃음을 터뜨린다.

"그래, 벌써 마흔이 됐겠구나. 하균 형님 큰딸 결혼할 때 식장에서 잠깐 보고 못 봤으니 한 팔 년 됐나? 그때도 잠깐 봤을 뿐이야. 식 끝나고 소식 좀 전하고 살자고 꾸중 좀 할랬더니 가고 없더라고. 그렇게 차가워서야……"

"왜 그렇게 통 연락을 안 하고 지냈어? 핏줄인데 너라도 좀 챙기지. 위에서 먼저 마음을 베풀어야 반이라도 따라오지 않겠어? 특히 하란이 입장에선?"

"지가 멀리하는데 어쩌냐? 불편해서 그러나 보다, 하고 관뒀지. 근데 여기 사진을 보니까 어릴 때처럼 여전히 몸이 약하나 보네. 결혼은 끝내 안 할 건가?"

"글쎄. 참, 하란이는 왜 결혼을 안 했지? 외로운 아이여서 일찍 짝을 찾을 줄 알았는데……. 왜, 모습도 청초한 학 같잖아? 고등학교 때는 그런 그 아이 모습 때문에 시기의 대상도 많이 됐지."

"아마 제 아버지 어머니의 사랑에 질렸겠지. 그게 아니고……, 지 교장, 나 담배 한 개비만 줘 봐라."

"끊었다면서 피우지 마."

말은 그렇게 하면서도 선우는 담뱃갑을 하수에게 건네준다. 담배에 불을 붙이고 있는 하수의 손이 미세하게 떨리고 있다. 혈육이란 저런 것일 것이다. 남처럼 산다고는 해도 떠올리는 순간 가슴이 후끈한 최초의 기억 같은 것. 선우도 라이터를 건네받아 담배를 피워 물었다. 두 사람이 피우는 담배 연기가 테이블 위로 조용히 날아오른다.

"결혼하려고 했던 남자가 있었어."

하수의 낮은 음성이 들려온다.

"오래 사귀었나 보더라고. 아버지 돌아가셨을 때 문상 온 하균 형님 회사 회장이 상복을 입고 있는 하란이를 보고 맘에 들었나 봐. 며느리를 삼고 싶다고 정식으로 형님한테 청혼을 넣었대. 그래서 형님이 하루는 하란이를 불러서 의사를 물었더니 딱 자르더래. 사귀는 사람 있다면서. 그때 그 표정이 얼마나 차갑고 단호한지 형님이 두말도 못했다지 뭐야. 형님은 내심으로 하란이가 그집안으로 시집가길 바랐겠지. 많이 서운해 하더라고. 그리고 졸업하고 2년쯤 훈가? 결혼하겠다면서 나한테 한 번 왔었는데 그 뒤로 소식이 없었어. 금방 날 잡을 것처럼 하고 간 애가 아무 연락이 없기에 전화해 봤더니 오히려 하란이 엄마가 나한테 하소연하는 거야. 쟤 좀 어떻게 설득해 달라고. 독신으로 살겠다는 소리만 하고 도대체 입을 열지 않는대. 젊은 애들 싸우고 삐치고 하잖아. 가볍게만 생각하고 넘어갔는데, 그 녀석이 벌써 마흔이라니……. 그때 무슨 상처를 입었나? 처녀 시집 안 간다는 거짓말이 아니니 말이야. 야, 지 교장, 자네도 고등학교 때 하란을 보았겠지만 걔, 새침하면서도 사람을 서늘하게 긴장시키는 묘한 매력이 있어. 그렇지 않나?"

재떨이에 꽁초까지 타들어 간 담배를 끄며 하수는 두어 번 기침을 한다.

"근데 이상하지? 사는 게 말이 아니었어. 그렇게 살 사람들이
아닌데……."

하란의 책을 뒤적거리던 하수가 혼잣말을 하면서 무언가 생각
난 게 있는 것처럼 손가락으로 테이블을 무심히 두들긴다. 스피커
에서는 소녀의 기도가 흘러나오고 있다.

"갑자기 웬 음악 소리야?"

"아, 수업 끝나는 알림 소리야."

"역시 여학교는 다르네. 청솔고등학교는 사내들 학교라 쾅쾅 정
신이 번쩍 드는 관현악 연주가 나오는데. 그건 그렇고, 자네 혹시?"

선우는 하수를 바라보았다. 중간에 말을 멈춘 하수의 이마 위로
푸른 실핏줄이 설핏 드러나고 있다. 혹시 뭐, 하는 눈빛으로 하수
의 다음 말을 기다리고 있는 선우 앞으로 하수의 상체가 기울어
진다.

"혹시 말이야……, 옛날 하란이 사는 형편에 대해서 이상하게
생각한 적 없나? 자넨 그 학교 선생이었고 또 하란이 때문에 아버
지가 자넬 그 학교로 보낸 걸로 알고 있는데, 모녀가 남의 집 세를
살고 있다는 걸 모를 리가 없을 테고……, 그러니까 그게 이상하
지 않았냐고?"

난데없는 하수의 질문에 선우는 재떨이에서 담배를 찾아 급하
게 불을 붙였다.

"있구나. 그래, 내 예감이 맞았어."

하수가 테이블 위로 두 손을 짚으며 선우 앞으로 바싹 다가앉는

다. 급하게 빨아들이는 담배는 독한 가스와 다를 바 없다. 목젖이 떨리더니 기침이 터져 나온다. 얼굴이 붉어지도록 기침을 해 대는 선우 앞으로 하수가 물 컵을 내민다.

"무슨 일인지 이젠 말해 줘. 나는 물론이고 다른 형제들도 도저히 풀지 못한 숙제야. 자네도 알다시피 우리 아버지가 어떤 사람인가? 남도 못 도와줘서 안달하는 양반 아닌가? 그런데 하란이 모녀를 그렇게 내버려 뒀을 리가 없어. 아무리 갑자기 쓰러졌다고는 하지만 정신은 멀쩡했는데. 집 한 칸 없이 셋방살이를 시켰겠냔 말이야."

"그건 어떻게 알았어? 통 내왕 없이 지냈잖아?"

"물론 몰랐지, 아버지 살아 계실 땐. 장례 치르고 하란이 엄마가 기운을 못 차려 내가 내 차로 그 집으로 바래다줬거든. 마음 놓고 울 입장도 못 되고, 찾아오는 손님은 많지 얼마나 가시방석이었겠어? 도저히 그냥 보낼 수 없더라고. 고대광실은 아니더라도 번듯한 양옥집엔 살 줄 알았는데 남의 집 문간방에 사는 걸 보고 순간적으로 돌아가신 양반한테 화가 나더라니까. 돌아와서 형제들한테 말하니 모두 믿질 않는 거야. 그럴 리가 없다고. 아니면 세상물정 모르는 선생 출신인 하란이 엄마가 장사라도 하다가 털어먹었을 거라고. 그리곤 곧 그 문제에 대해선 모두 잊었지. 그런데 시간이 흐를수록 도저히 납득이 안 되는 거야."

"그렇……겠지."

"분명히 우리 형제들이 모르는 사연이 있지? 자네는 그 내막을 알고 있고. 말해 봐, 어떻게 된 건지."

음악실에서 몰려나온 아이들 소리로 복도가 소란스러워지고 있었다. 선우는 머리를 저었다. 연거푸 피워 댄 담배 연기가 꽉 들어차 있는 머릿속에서 오래 굳어 있던 얼음장 깨지는 소리가 들려오는 것 같다. 선우는 두 손으로 양쪽 관자놀이를 지그시 눌렀다. 광대뼈와 이마 사이 어떤 경계의 부분에서 뜨거운 무엇인가가 솟아나고 있는 것 같다.

"왜, 어디 불편한가?"

선우의 모습을 지켜보며 앞에 앉아 있던 하수가 걱정스런 목소리로 묻는다.

"두통이……, 괜찮아. 곧잘 이런 걸 뭐."

"자네, 아직도 두통에 시달리나? 영문과로 전과하고 나서는 감쪽같이 나았다고 하지 않았어? 그래서 내가 말했지? 법전 대신 콘사이스가 자네 머리엔 딱, 이라고."

"그래, 그랬지. 꼬부랑글씨에 어울리는 머리 체계라고. 전생이 미국계 아니냐고."

책상 서랍에서 두통약을 찾아 물로 넘기며 웃는 선우를 바라보던 하수가 일어난다.

"좀 쉬어. 담에 얘기하기로 하고. 나 갈게."

"미안해, 모처럼 왔는데 술도 한잔 못하고."

"아니야. 자네 두통 나는 거 보니까 옛날에 고석암에서의 자네 모습이 떠올라 끔찍해. 그거 알아? 자네 폐인 되는 줄 알고 아버지랑 나랑 전전긍긍했던 것. 정신이 거의 나가 보였거든. 거기서 아마 내가 처음 말했지? 하란이 태어난 걸?"

"그랬지. 이십이 년 차이가 나는 동생이 생겼다고. 그런데 자네 그 말 하면서 안 나빠 보였어. 기분 말이야."

"그건 맞아. 만약에 어머니가 돌아가시지 않은 상태였다면 또 달랐겠지? 하지만 계모님의 상심보단 그래도 피가 섞인 혈육의 출현이 더 크게 다가오더라고. 따지고 보면 계모님이야 남 아닌가? 이러니 남의 자식 키워 봤자 아무런 의미 없다, 라는 말들을 하는 모양이야."

하수가 간 뒤 선우는 소파와 테이블 위에 펼쳐 놓았던 하란의 책을 모아들고 책상 앞으로 왔다. 연한 녹색 장정으로 된 에세이집을 펼치던 선우의 시선이 어느 한곳에 머문다. '늘 무서웠다. 대낮에도 사철 시린 빛으로 떠 있는 낮달을 본다는 것. 그 추운 입술을 내가 알고 있다는 것'으로 시작되고 있는 맨 앞장의 저자 서문이었다. 선우는 책을 덮었다. 낮달. 끝도 없는 캄캄함과 알지 못할 간절함으로 구원을 바랄 때마다 눈앞에 떠오르던 낮달, 이 아이도 그 영상을 알고 있다니. 하란의 무거운 절규가 전신을 두드리고 있는 것 같다. 언제고 하수는 자신의 물음에 대한 답을 요구할 것이다. 선우는 두통약을 한 알 더 삼켰다.

방학이면 더 바쁜 영수종합학원. 선우는 마지막 야간 수업을 두 시간 남겨 놓고 교무실 책상에 엎드려 있었다. 새벽부터 종일 켜져 있는 형광등에서 나는 전기선 긁히는 소리가 강사 수에 비해 턱없이 좁은 교무실을 거미줄처럼 조이고 있었다. 대구 시내 최고 의 합격률을 자랑하는 이곳 유성학원으로 옮긴 지 2년째. 선우는 최고의 보수를 약속하며 끈질기게 프러포즈해 오는 학원장에게 이끌려 자타가 공인하는 명강의로 시내에 소문이 자자할 만큼 유 명해져 있었다. 그러나 교사로서의 보람보다는 학생을 끌어들이 는 돈줄로서 광고 모델 역할을 하는 것 같다는 데 대한 회의는 자 괴감으로 이어졌고, 선우의 두통은 다시 시작되고 있었다. 학원 강사 수입이 동생들의 학비로 유용하게 쓰였던 것은 사실이나 영 문과로 전과한 뒤 졸업 후 교사임용시험을 거쳐 처음 교단에 섰을 때의 희망이나 보람 같은 게 선우는 그리웠다. 하루 열네 시간이 라는 수업의 막중한 부담 때문만은 아니었다. 입시 학원은 제도권 의 학교와 달라서 머릿속에 넣어 주는 강의 외에는 다른 것이 필 요 없는 수익자와 공급자의 관계만이 존재했다. 거대한 시멘트 벽 속에서 보수에 합당한 웅얼거림만 종일 내뱉고 있다는 생각은 선 우를 심각하게 괴롭혔다. 더구나 이런 그의 고통을 알 리 없는 아 내를 생각하자 좁은 교무실은 펄펄 끓는 용광로처럼 숨 막히고 뜨 거웠다.

새벽에 출근하는 그의 뒤에서 아이를 안고 있던 아내가 도시락 이 든 가방을 건네며 말했다.

—명진 아빠, 동네 아줌마들이 자꾸 부탁하는데…….

또 과외를 하라는 거냐고 소리 지르고 싶은 걸 꾹 참고 선우는 도시락 주머니를 받아 들었다.

　—응? 일주일에 한 번이라도 좋대요. 일요일날 하면 안 될까? 팀도 벌써 짜 놓았다는데.

　겁먹은 듯 목소리가 잦아들고 있는 아내는 선우가 대문을 열자 슬리퍼 소리를 내며 한길가로 따라 나왔다. 선우는 못 들은 척 성 큼성큼 발길을 옮겼다. 그러자 갑자기 걸음을 멈춘 아내의 새파랗 게 날 선 목소리가 들려왔다.

　—그럼 한다고 한다? 알았죠? 다 당신 식구들 때문에 이러지 누가 나 좋자고 이러는 줄 알아요? 남들은 과외를 하고 싶어도 하 겠다는 학생이 없어서 못한다더만.

　아내가 돌아서는 것과 선우가 고함을 지른 것은 거의 동시였다.

　—그만 해. 학교에서 학원으로 옮기고, 거기다 과외까지는 못 해. 학교에 있을 때도 과외 같은 건 안 한다고 몇 번이나 말했잖 아. 이 이상 뭘 어떻게 더 하란 말이야?

　선우의 시퍼런 서슬에 눈을 흘기며 돌아서 가는 아내의 슬리퍼 소리는 요란했다. 버스 정류장에서 선우는 도시락 주머니에 들어 있던 물병을 꺼내 주머니 속에 있는 진통제를 삼켰다.

　마지막 수업 시작종이 울리고 모두들 수업에 들어가기 위해 일 어서는데 전화벨이 울렸다. 몇 시에 끝나냐고 묻는 극성 학부형이 겠지, 하며 수업 진행표를 들고 교무실을 막 나가는데 급사 아이 가 선우를 부르고 있었다. 선우는 자신의 이름을 부르고 있는 급 사 아이를 돌아다봤다.

─전화 왔어요.

─수업 들어가야 해. 누구시냐고 여쭤 봐.

교무실 문 앞에서 기다리고 있는 선우의 눈에 뭔가를 받아 적는 급사의 움직임이 들어왔다.

─저기……, 지정완 씨라는…….

급사의 말이 채 끝나기도 전에 선우는 황급히 안으로 들어와 수화기를 낚아채듯 받아 들었다.

─아버님, 저 선웁니다. 그런데 이 시간에…….

전에 없었던 일이기에 선우는 공연히 마음이 급해지고 있었다.

─놀랐지? 아직 수업이 남아 있나 본데.

점점 기력이 떨어져 가는 지정완의 힘없는 목소리가 들려왔다.

─예, 이제 마지막으로 두 시간 연장 수업이 있습니다.

─그래? 힘들어서 어쩌누? 내가…… 좀, 보고 싶네.

─저……를요?

─그래, 부탁할 일도 있고.

─오늘 들를까요?

─너무 늦지 않겠나? 많이 피곤할 텐데.

─괜찮습니다. 그렇지 않아도 아버님 뵌 지도 한참 됐고 해서 한번 가려던 참이었습니다. 참 건강은…….

─다 됐지 뭐. 그래도 아마 삼사 년은 더 살아야겠지? 하란이 녀석 대학 들어가는 건 봐야 할 테니.

하란이. 벤치를 뱅뱅 돌던 작은 학 같던 아이. 왠지 그 아이 머리 위엔 차갑도록 하얀 낮달이 떠 있을 것 같았다. 가지고 있는 보석을 어느 날 문득 꺼내 바라봤을 때처럼 선우는 자신의 가슴이 가볍게 떨리고 있음을 느꼈다.

―많이 컸죠?

―자네 막내 동생을 생각해 봐. 지금 데리고 있다고 들었는데, 거 차이가 많이 나서 다른 사람들이 아들이라고 그러진 않나?

―예, 안 그래도 제 형수가 학교엘 갔더니 친구들이 엄마냐고 그러더랍니다.

―잘해 주게. 막내는 부모 사랑을 제일 적게, 아니지, 사랑을 적게 받는다는 건 말이 안 되고, 부모가 곁에 있어 줄 시간이 제일 짧기 때문에 가여운 거야. 왜, 이런 말도 있잖은가? 죽어 저승 가는 길에도 막내 우는 소리엔 발이 묶여 돌아본다고.

―그렇죠.

선우는 고개를 끄덕였다. 길게 이어지고 있는 지정완의 전화를 어쩌지 못해 들고 있는 선우에게 급사가 수업이 시작됐다며 학원 장실을 손으로 가리켰다. 원장이 퇴근 전이라는 뜻이었다.

―저, 아버님. 그럼 이따가 뵙겠습니다.

열 시가 가까워서야 도착한 선우를 지정완은 깨어 있다가 맞았다.

―너무 늦었죠? 어머님은 주무세요?

―늦기는? 나야 아침, 밤이 따로 있나? 출근할 자네가 걱정이

지. 그 사람은 자기 방에서 텔레비전 보나 봐. 사람마다 식성이 다르듯 취향도 다 다르니까.

　—인사를 드려야 할 텐데……. 잠깐 어머니 방에 가서 인사드리고 올게요.

　—그래, 그럼.

　울산댁이 과일과 맥주가 놓인 상을 들고 지정완의 방으로 들어오고 있었다. 선우는 얼른 상을 받아 바닥에 놓은 뒤 선 채로 거실로 나갔다. 넓은 거실이 꺾여 복도로 이어지는 곳에 이 여사의 방이 있었다. 노크를 하는 선우에게 들어오라는 이 여사의 목소리가 들려왔다.

　—안녕하셨어요, 어머님? 아버님이 호출을 하셔서 늦은 시간인 줄 알면서도 왔습니다.

　—글쎄, 뭐 급한 일이라고 피곤한 사람 불러들이나 몰라. 학원 선생 노릇 힘들지 않아? 얼굴이 상했어.

　보던 텔레비전 화면을 끄며 선우를 향해 돌아앉은 이 여사가 손을 내밀어 선우를 바닥에 주저앉혔다.

　—얼굴이 좀 수척해지신 것 같아요.

　안방에서 기다리고 있을 지정완에게 빨리 가 봐야 한다는 생각을 하면서도 선우는 전에 없이 파리해 보이는 이 여사의 얼굴을 보고 선뜻 일어날 수가 없었다. 지정완의 재취로 들어와 자식 하나 생산하지 못한 이 여사였다. 전처 자식들이 예의를 갖춰 대한다고는 하나 하수만 해도 살가운 정은 주지 않는 걸 선우는 알고 있었다. 이 여사가 없는 자리에선 말끝마다 '계모님'이라고 칭하는 하수가 못마땅한 적도 많았다. 자신의 손을 꼭 잡고 있는 이 여사에게 선우가 그만 주무시라고 말하며 일어서려는데 선우야, 하고 이 여사가 불렀다.

─예, 어머니.

─돌아갈 때 나 좀 보고 가. 하수 아버지한테는 말하지 말고.

─그때까지 주무시지 않겠어요? 좀 늦을 것 같은데.

─하여튼 꼭 보고 가. 알았지?

지정완이 있는 안방으로 건너오면서 선우는 이 여사의 숨겨진 외로움을 본 것 같아 마음이 울적했다. 돌아갈 때 꼭 보고 가라던 목소리가 자꾸 뒤를 잡아당기고 있었다. 차라리 남인 내가 더 편한 것이다. 사실은 타인인 채로 제도상으로만 맺어진 가족 관계란 얼마나 허상인가. 그렇게 생각하며 선우가 바라본 이 여사의 방은 어둠과 고요 속에 가물가물 꺼져 가는 흐린 그림자 같았다.

─웬 인사가 이리도 기누? 맥주 다 녹겠다.

술상을 앞에 놓고 기다리고 있던 지정완이 안경 너머로 선우를 바라보았다.

─어머니 안색이 어디 아프신 것 같아요.

─아프긴, 화병 난 게지. 왜, 뭐라 그래?

─아뇨, 별말씀은⋯⋯.

돌아갈 때 꼭 보고 가라고 한 말을 선우는 하지 않았다. 더군다나 지정완에게는 말하지 말라는 단서까지 붙인 이 여사의 부탁이

160

아닌가.

늦은 밤, 오래 병석에 누워 있는 노인과 술 대작이라니. 선우는 지정완의 잔에 맥주를 따르며 괜스레 마음이 안타깝게 일렁이고 있음을 느꼈다. 술잔을 입술로 갖다 대는 노인의 팔이 형광등 불빛 아래서 죽은 자의 그것처럼 딱딱한 나무토막 같다. 병석에 누운 지 벌써 10년째다. 정갈한 모습은 그대로지만 날이 갈수록 작아지고 있는 몸집이 어느 날 눈떠 보면 형체도 없이 사라져 버릴 것만 같다. 모든 살아 있는 생물체란 결국은 제 몸집을 줄이는 일로 세상에서의 자기를 스스로 거둬 가는 걸까? 작년에 돌아가신 아버지도 시신을 염하며 보았을 때 실컷 가지고 놀다가 구석으로 던져 버린 작은 인형 같았다. 평생 기침으로 고단스러웠을 입가 살갗이 제일 먼저 경직이 시작됐는지 유난히 검게 보였다.

─좋지?

─예?

지정완이 맥주 한 잔을 다 비울 동안 생각에 잠겨 있던 선우가 화급하게 고개를 들었다.

─무슨 생각이 그리 깊어? 오늘 밤 말이야. 이렇게 늦은 시간 우리가 마주 앉아 술 대작을 하고 있는 이 밤이 좋지 않냐고?

─예, 아버님. 참 좋습니다.

선우의 입가에서 미소를 확인한 지정완이 고개를 끄덕거렸다.

─오래 기억해야 하네. 아마 이런 시간이 또 있을 것 같지가 않아.

─왜 그런 말씀을……

─자네 그거 아나? 모르는 길이 자꾸 눈에 보이는 걸 말이야. 어떤 길의 풍경이 환하게 떠올라. 그게 저승길이겠지?

뭐라고 말을 하려다 선우는 그대로 고개를 떨궜다. 아버지 같던 사람이었다. 학비를 대 준 인연이 아니더라도 고등학교 시절부터 사람에 대한 안목과 인생의 지표를 말없이 세워 준 사람이었다. 두통으로 고시를 포기하고 고석암으로 숨어들었을 때, 모두의 수군거림과 의아한 눈총 속에서도 장문의 편지로 이해하고 쓰러지는 정신을 붙잡아 준 사람. 적막한 산사로 배달되던 그의 편지를 받으며 선우는 조금씩 삶으로 되돌아올 수 있었다. 영문과로 전과한 뒤 졸업 때까지 그의 배려로 받아 보았던 영자 신문과 원서로 된 각종 서적을 잦은 이사를 해야 하는 아내의 불평을 들으면서도 선우는 지금도 간직하고 있다. 그것은 자료나 귀한 책이라는 단순한 의미를 뛰어넘는, 한 시절을 지켜 준 사람의 마음이기 때문이었다. 넘치는 사랑을 받았다, 고 생각하자 선우는 갑자기 지정완이 부재하는 세상이란 자신도 존재할 수 없을 것 같은 두려움이 몰려왔다.

─지 선생.

평소답지 않게 선생이란 호칭으로 자신을 부르는 지정완의 목소리가 섬뜩하도록 낯설다고 느낀 선우가 술상 앞으로 몸을 기울였다.

─예.

─자네 직장 옮기면 어떻겠나? 효명여고로.

—네?

　—하란이가 효명여고엘 들어갔어.

　순간 선우의 가슴에서 푸드득거리며 새가 나는 소리가 들렸다.

　—기댈 가슴이 필요한 아이야. 자네, 우리 하란일 몇 번 봤지? 개는 자네를 모르지만. 제 형제들이 있다고 해도 자네도 익히 알겠지만, 개네들은……, 외로움과 아픔을 몰라. 부족함은 물론이고. 연민을 받아 본 적이 없으니 연민을 느낄 줄은 당연히 모르겠지. 인간에 대한 연민이야말로 한 인간이 다른 인간한테 느낄 수 있는 최대의 선인데 말이야. 동정과 연민은 분명히 차원을 달리하는 감정이거든. 개들도 불쌍한 사람을 보면 동정심은 발동하겠지. 하지만 참으로 따스한 마음으로 그들의 감춰진 마음까지 품어 줄 아량과 배려는 부족하지 않을까? 이거 내가 너무 내 자식들을 폄하하고 있는 건가?

　선우는 말없이 지정완의 잔에 다시 맥주를 따랐다.

　—하란이 학교로 가서 하란일 좀 지켜 주게. 오빠 겸 선생님 겸 아비 겸, 자네가 우리 집안과 아는 사이란 건 밝히지 말고. 더구나 제 오빠 친구라는 건 더 몰라야 하겠지. 생각해 보니 그 애가 지금 사춘기 아닌가? 개가 낮달같이 파리하게 커 가는 게 아비로서 마음이 아파.

　선우는 하마터면 술잔을 소리 나게 상에 놓을 뻔했다. 낮달같이. 란 말이 지정완의 입에서 흘러나오자 사방 벽과 천장에, 그리고 들고 있던 술잔에 그 수를 알 수 없을 만큼 수많은 낮달이 떠오르고 있는 모습이 순간 보였던 것이다. 분명 낮달이었다. 흐리고 하얀 빛깔의.

─내가 무리한 부탁을 하고 있지?

─아닙니다. 아닙니다. 아버님. 그렇게 하겠습니다.

─고맙네. 효명여고 이사장한테는 자네 허락도 받지 않고 벌써 내가 자네 말을 했어. 자네 이름을 듣더니 나한테 죽기 전에 좋은 일 한다고 좋아라 하더군. 그리고 이거 넣어 두게.

머리맡 문갑 서랍에서 봉투를 꺼내 앞으로 밀어 주는 지정완을 선우는 의아한 눈빛으로 바라보았다.

─학교로 옮기면 학원보다 수입이 줄어들 거야. 그래서 내가 정신 있을 때 준비했어. 요즘은 자꾸 정신이 가물가물해지는 게 모르는 길만 눈에 보이고……, 이제 멀지 않았구나 싶어.

선우는 놀라서 봉투를 밀어내며 고개를 흔들었다.

─이건 아닙니다. 아버님, 전, 저는……, 아버님을 남이라고 여겨 본 적이 없습니다. 제게 아버님이 어떤 분이신데요? 그리고 하란이, 하란이를 위해서 효명여고로 가겠다는 것이 아닙니다. 저를 위해서 가요. 아버님도 자주 못 누리시는 하란이를 보는 기쁨을 제가 누리는 건데요.

이상한 일이었다. 어째서 그런 대답이 나왔을까? 오랫동안 지정완의 집을 드나드는 사이 그 아일 몇 번 보기는 했지만 한 번도 말을 붙여 보지는 못했던 선우였다. 하얗다 못해 핼쑥한 얼굴에서 뿜어내는 차가움 때문이었을까? 어린아이지만 지정완 가문의 막내딸이라는 데 대한 조심스러움 때문이었을까? 아니면 4년 내내 학비를 지원받고서도 고시를 포기해야만 했던 데 대한 죄스러움 때문이었을까? 유난히 길고 하얀 그 아이의 목선이 술잔에 어른거리며 머릿속에 떠오르고 있었다.

—그래도 받게. 이건 명령이야, 아비로서 말이야. 분명 자네도 내가 남이 아니라고 했지? 그리고 또 하나…….

선우 앞으로 이번엔 노란색 서류 봉투를 밀어 놓으며 지정완은 다시 맥주를 들이켰다. 자기 앞으로 나란히 밀려온 두 개의 봉투를 보며 선우도 잔을 들었다. 투명한 물소리를 내며 넘어가는 맥주가 배 속 어딘가에서 깊은 굴곡을 만난 듯 가슴이 뻐근해져 왔다.

—이건……, 하란이, 그 애 엄마한테 좀 전해 줬으면 해. 맡길 사람이 자네밖엔 없어서 말이야. 하란이를 데리고 여기 와도 통 짬이 안 나네. 드러내 놓고 당당하게 주는 게 옳겠지만 혹시 이 일로 집안 시끄러워질까 봐 말이야. 물론 이것도 내 기우겠지만. 또……, 이젠 식구들 불편하게 하기가 싫어. 모르는 게 약이다, 라는 말도 있잖은가? 이렇게 대책 없이 자리에 누울 줄 알았다면 하란이 태어나자마자 집이라도 사 줄 걸 그랬어. 그 아이 태어나고 집사람이 보통 노여워했어야지. 당연한 일이지. 그래서 집사람 마음 가라앉길 바라며 설마 하란이가 학교 들어갈 때쯤이면 노여움을 풀겠지, 하고 기다렸는데 아이 입학 앞두고 내가 쓰러졌으니 모녀 누울 집도 한 칸 못 마련해 줬어. 아이 태어난 것도 집사람에겐 충격일 텐데 집 사 준다 뭐 한다 그러면 더 서운해 하질 않겠

나? 나대로는 집사람 입장을 헤아린다고 한 게 하란이와 그 애 엄마한테는 결국 못할 짓 한 게 됐네. 얼마나 내가 원망이 될꼬. 생활비는 집사람이 계속 부쳐 주고 있다는데 얼마를 주고 있는지 모자라진 않는지 이쪽도 저쪽도 물어볼 수가 없네. 두 사람 다한테 내가 죄인이야. 전화번호가 그대론 걸 보면 아직까지 그 집에 사는 모양인데 독채라고 해도 남의 집이니……, 그렇게 살게 하려고 옆에 둔 게 아닌데 이 죄를 다 어찌 갚을꼬.

무엇이냐고 선우는 묻지 않았다. 자식들 앞에서 첫사랑이라고 말하며 울었을 만큼 하란 엄마에 대한 지정완의 마음이 어떠하리라는 건 충분히 짐작되는 일이었다. 나머지 잔을 단숨에 비운 지정완이 피곤하다며 자리에 눕자 선우는 그가 잠들 때까지 오래오래 그 방에 앉아 있었다. 걱정을 다 넘겼다고 여겨서일까, 지정완의 고른 숨소리가 선우의 무릎 아래로 낮게 퍼지고 있었다. 선우는 두 개의 봉투 중 자신에게 준 하나를 지정완의 베개 밑에 넣어 놓고 하란 엄마에게 전해 달라는 것만 손에 들고 일어났다. 돌아갈 때 꼭 들러 가라던 이 여사의 당부가 생각났다. 지정완의 방문을 닫으며 거실 소파에 놓아 둔 가방에 봉투를 넣기 위해 소파 쪽으로 걸어가던 선우의 뒤에서 이 여사의 목소리가 들렸다.

—그게 뭐지?

—아, 아닙니다.

정원의 희미한 가등 불빛이 창을 통해 들어오고 있는 넓은 거실이 순간 기우뚱거리고 있었다. 선우의 목덜미에서 식은땀이 배어

166

나왔다.

—좀 들렀다 가랬잖나?

—예, 그럴 참이었습니다.

—따라오게. 들고 있는 건 그대로 들고.

어느 틈에 향을 피웠는지 엉거주춤 따라 들어간 이 여사의 방엔 풀을 태운 듯한 향내가 자욱했다.

—늙으니까 노인 냄새가 날까 봐 자주 향을 피워.

방으로 들어간 이 여사가 다시 향을 꺼내 불을 붙이며 재가 떨어져 있는 향로 가장자리를 손으로 닦아 냈다.

—같은 재라도 향이 타고 난 재는 어찌 이리 부드러울까?

이 여사의 태연한 움직임과는 반대로 선우는 봉투를 어찌해야 좋을지 몰라 묵묵히 앉아 있었다.

—그거 하란이 엄마에게 가는 봉투 아닌가?

—……

—이리 주게.

—어머님.

—그 안에 뭐가 들었는지 알고 있나?

—모릅니다. 말씀하지 않으셨습니다.

—묻지도 않았고?

—예.

—나를 주게. 내 남편이 외간 여자에게 뭘 주든지 간에 나, 그걸 볼 권리 있잖은가? 나, 이 집에 들어와서 여섯 남매 다 키워 혼사

치렀고, 새파란 여자한테서 낳은 아이까지 인정했네. 그 아이와 어미가 이 집에 드나들도록 묵인도 했어. 더 이상은 안 되네.

—곧 돌아가실 분이지 않습니까? 이 안에 뭐가 들어 있는지는 모르지만 아버님의 마지막 건넴일 것 같습니다. 그러니……

—자넨 여자 입장은 통 모르는구면.

이 여사의 목소리가 날카롭게 높아진 것과 선우가 쥐고 있던 봉투를 이 여사가 낚아챈 것은 거의 동시에 일어난 일이었다. 풀로 단단하게 봉인되어 있던 봉투가 이 여사의 손에서 함부로 찢어졌다. 선우는 어처구니없어하는 눈길로 그 장면을 바라봤다. 찢어진 봉투 사이로 여러 장의 두툼한 서류 같은 게 보였다.

—내 이럴 줄 알았어. 어째 권 변호사가 뻔질나게 드나든다 했지.

봉투에서 나온 것은 집문서와 은행 예금통장, 그리고 지정완이 자필로 쓴 편지 한 통이었다. 이 여사의 손이 심하게 떨리고 있었다.

—전해 준 걸로 하게.

—하지만 어머님.

—줘도 내가 줄 거야. 이건 나에 대한 경우가 아닌 거야. 적선을 베풀어도 내가 베풀어. 내 남편의 돈이면 내 돈도 되는 게 아닌 가? 젊은 여자를 뭘 믿고 집을 사 주고 목돈을 줘? 그때그때 내가 줄걸세. 그리 알고 하수 아버지한테는 전해 준 걸로 해 줘. 늦었는 데 가 보게.

봉투를 챙겨 보료 밑으로 집어넣으며 이 여사는 이불을 폈다.

섬세하게 꽃 수가 놓인 이불을 바라보던 선우가 한 걸음 이 여사 앞으로 다가앉자 꼭 그만큼의 거리를 이 여사가 돌아앉으며 차갑게 내뱉었다.

—그만 가 보래도.

—어머님, 외람되지만 하란이는 아무 죄가 없지 않습니까? 어머님 호적에 올라 있는 어머님 자식이에요. 하란이를 봐서라도.

—그럼 걔더러 여기로 들어와 살라고 해. 같이 살면 내 호적에 있는 애 설마 내가 안 거둘까? 아니면 이거 받고 하란이를 이 집 호적에서 빼든지. 그렇게 태어난 애가 아비가 누군들 뭔 대수야?

—예에? 그게 무슨…….

—아무튼 이 봉투는 내가 관리할 테니 그리 알게. 자네는 전해 준 거야.

현관을 나와 정원을 걸어오다가 선우는 강한 전류로 자신을 잡아당기는 곳을 향해 고개를 돌렸다. 시선이 잔디밭 위의 벤치로 가 꽂혔다. 작은 학처럼 나풀거리며 벤치를 뱅뱅 돌던 아이. 선우는 가방을 벤치 위에 올려놓고 하란이 그랬던 것처럼 천천히 벤치를 돌기 시작했다. 자신의 의지와 상관없이 한 집안의 비밀스러운 장면 속에 얼굴이 찍힌 것 같은 느낌이 온몸을 휘돌고 있었다.

그때 그 봉투를 이 여사에게 들킨 것을 선우는 끝내 지정완에게 말하지 못했다. 이 여사가 하란 모녀에게 그 봉투를 건넸는지도 알 수 없었다. 그때그때 필요할 때 이 여사 자신이 알아서 하겠다고 했으므로 물어볼 수도 없는 노릇이었다. 다음 학기부터 효명여고로 옮겨 멀리서 하란이를 지켜보면서 선우는 지정완의 부탁을 들어주지 못한 자신에게보다 하란의 그늘을 벗겨 주지 못한 데 대한 자책으로 괴로웠다. 그날 지정완이 준 봉투는 이제 곧 그가 없는 세상에서 살게 될 하란 모녀에게 마지막으로 내려 주는 동아줄 같은 것이었다. 그 동아줄을 하란의 손에 쥐어 주는 역할을 지정완은 내게 부탁한 것이다. 그러나 나는 하란의 손에 그것을 떨어뜨려 주지 못했다. 속수무책이었다고 말한다면 하란은 내게 뭐라고 할 것인가.

"들어오세요."

노크 소리에 선우는 벗어 두었던 안경을 쓰며 문 쪽으로 고개를 돌렸다.

"교장 선생님, 결재 서류가 있어서……."

행정실 박 실장이 잘 정리된 서류철을 들고 들어서고 있다. 해마다 이때쯤이면 감기로 애를 먹더니 올해도 예외는 아닌 듯 벌겋게 달아오른 얼굴빛이 열이 심한 것 같다. 선우는 책상 위에 서류철을 놓고 앞에 서는 박 실장의 얼굴을 이리저리 살펴보았다.

"또 그 못된 손님이 오셨나 보군."

"예? 아……, 예. 글쎄 말입니다. 이번엔 더 독한 것 같은데요?"

"운동하는 거 뭐 있어요?"

"아니, 뭐 별로 없습니다."

"그럼 되나. 나하고 매주 등산이나 할까? 나도 이젠 힘이 좀 부

170

치네."

"좋죠. 제가 모시고 다니겠습니다."

"모시고 다니다니? 내가 노인인가? 박 실장, 속으로 날 노인네라고 여기나 보지? 등산 친구 하잔 말이야. 사실은 늘 같이 산에 오르는 친구가 서넛 있어. 처음부터 자네 혼자 산에 오르려면 심심하고 그래서 한 번 가고 그만둘 수가 있거든. 그래서 자네 친구도 해 줄 겸 같이 가자는 거야."

"예……, 예."

고개를 끄덕거리며 한 장 한 장 서류를 넘기고 있는 박 실장의 손을 따라 선우의 시선이 움직인다. 걸스카웃 단원의 경주 화랑의 집 입소를 위한 공문이 있었고, 야간 자율 학습에 대한 대구 시내 중등학교 교장 회의가 열린다는 안내문 등을 쭈욱 읽어 나가며 도장을 찍는데 제일 마지막으로 여러 장으로 묶인 서류가 나왔다.

"이건 뭐가 이리 두꺼워?"

"아, 예. 전국 교장 자격 연수 일정이 잡혔다는 공문입니다."

"그래? 어째 그게 안 내려오나 했지. 보자……."

선우는 천천히 서류를 읽어 내려가기 시작했다. 교장 자격 연수를 받기 전까진 학교에서는 교장 직함을 가지고 있다고 해도 공식적으로는 직무 대행일 수밖에 없었으므로 기다리고 있던 참이기도 했다.

"장소는 청주교원대학이라……, 날짜는 유월 십구 일부터 오 주간이고……, 이번에 해당자가 이렇게 많아? 오케이, 알았어요."

서류를 받아 든 박 실장이 나가고 선우는 의자를 창 쪽으로 돌렸다. 수업이 끝났는지 미술실에서 걸어 나오고 있는 아이들이 갑자기 나타난 우기의 햇살처럼 환해 보인다. 운동장에선 체육 수업이 시작되는 모양이다. 물뿌리개를 들고 운동장에다 둥글게 선을 긋고 있는 체육 선생의 하얀 모자가 이리저리 움직이고 있다. 청주, 라고 다시 한 번 발음해 본다. 대구에서 치자면 서울까진 반 이상이나 가까운 곳에 있는 도시다. 선우는 서둘러 수화기를 들었다. 하란의 번호를 누르고 있는 손끝이 저릿하게 저려 오는 것 같다. 그날 밤 이 여사에게 너무도 어이없게 봉투를 넘겨준 후로 사실 학교에서 하란을 보는 것도 괴로웠다. 갖은 핑계로 하수의 집에 발길을 끊은 것도 그 때문이었다. 지정완이 혼수상태에 빠졌다는 연락을 받고 2년 만에 찾아갔을 때 이 여사는 자기 방에서 나와 보지도 않았다.

"하란이니?"

그녀의 이름을 발음하는 선우의 입술이 잠시 파르르 떨린다. 늘 아득했던 이름이었다. 아득했던 만큼이나 떠오를 때마다 죄책감에 떨었던 지난 세월이었다. 하란은 지정완의 장례를 치르는 5일 동안 한집에 머물렀음에도 나를 보지 못했다. 자기가 다닌 여고 선생이었던 나를 어째서 그 아이는 알아보지 못한 걸까? 어쩌면 그 아이는 거기 있는 누구의 얼굴도 보지 않았을지 모른다. 상복을 입고 사람들 틈에서 긴 장례 일정이 끝나는 동안 그 아이의 시선은 그 누구에게서도 비켜나 있었음을 선우는 기억한다. 헬쑥한 얼굴이 시간이 흐를수록 푸른 잉크 빛으로 질려 가면서도 제 엄마의 손을 놓지 않고 있던 아이였다. 눈빛만으로라도 나를 발견하고 아는 체를 해 줬더라면, 그 아이가 잠시 마루 끝에 서 있거나 한밤중 정원의 벤치를 소리 죽인 걸음으로 돌고 있을 때 나는 곁에 가서 그 아이의 이름을 불렀을 것이다. 막 대학에 입학한 하란은 아름다웠고 차가움은 더 견고해져 있었다. 하얀 상복을 입은 그녀를 그녀의 시선 밖에서 지켜보며 그때 선우는 허방을 딛는 것처럼 몸이 사방으로 흔들렸었다.

"선생님?"

바람을 잔뜩 묻힌 목소리. 지금 하란의 시선은 어디를 향하고 있을까? 선우는 그녀의 책을 내려다보았다.

"오늘 서점에서 네 책을 사 왔어. 벌써 네 권이나 출간했더구나."

"그러셨어요?"

"오랜만에 서점엘 들렀더니 시스템이 아주 신식이지 뭐야. 컴퓨터로 다 찾아 주더라."

잠시 하란이 웃는 것 같은 기척이 느껴진다.

"내가 촌스럽지?"

"아니요. 저도 익숙해지지 않는 시스템인데요. 아직도 서점 하면 카운터에서 굵은 뿔테 안경을 걸치고 졸고 있던 주인아저씨가 사다리 타고 올라가 꼭대기에서 먼지 앉은 책을 찾아 주는 풍경이 우선 떠오르거든요."

"작가도 나하고 똑같네. 네 책, 내가 읽어 봐도 되니?"

"그럼요. 선생님께서 읽어 주신다면 저는, 저는……, 고맙지요. 그리고 행복하고요."

하란의 입에서 호명된 '행복'이라는 단어에 선우는 자신도 모르게 둥글게 쥐고 있던 오른손을 스르르 풀었다. 하란이 불러낸 행복이 어느 틈엔가 앞으로 달려와 눈앞에 앉아 있는 것 같다.

"선생님?"

"응?"

선우는 대답을 하며 생각한다. 한 사람이 다른 또 한 사람을 부를 때 지극히 짧은 그 부름 속에 내재되어 있는 부르는 사람의 감정을. 여러 사람의 이름을 동시에 부른다 해도 부르기도 전에 목에 걸리는 안타까운 이름이 있을 것이다. 부르면서도 이른 새벽 샘물가에 피어나는 안개를 닮은 정화된 영혼을 느끼게 하는 이름이 있을 것이다. 부르고 나서도 오래오래 다음 말을 참는 그런 이름도 있을 것이다. 하란아, 선우는 마음속으로 하란을 불렀다.

"혹시 옛날에, 저희 아버지 장례식 때 오시지 않으셨어요? 그때는 몰랐는데 자꾸 선생님 모습을 뵌 것 같은 느낌이 들어요. 제가 잘못 봤겠죠? 선생님이 거기 오실 리가 없는데 말예요."

"날 본 것 같다고?"

후드득, 비가 내리는 걸까? 선우는 순간 자리에서 일어났다. 머리에서 발끝까지 젖는 이 느낌은 무엇인가.

"오셨었죠, 그죠?"

수화기 저편에서 갑자기 물소리가 들려온다.

"무슨 물소리가 들리네?"

"소나기가 내리네요. 하늘은 맑은데."

소나기. 선우는 하늘을 올려다봤다. 앞산 쪽 하늘이 검정 물감을 푼 것처럼 회색빛으로 자욱해지고 있다. 운동장에서 체육 수업을 하던 반이 철수하는지 뜀틀과 매트를 거둬들이고 있는 모습이 보인다.

"여기도 오려나 보다. 캄캄해지고 있어."

"그래요? 그러니까 선생님과 멀리 떨어져 있다는 게 실감이 안 돼요."

"요즘 쓰고 있는 글은 뭐니?"

빗방울이 열어 놓은 창문 안으로 들이친다. 서울에서부터 짧은 시간에 도착한 소나기를 선우는 창문도 닫지 않고 그대로 맞이했다.

"요즘은……, 아무거나 막 써요. 엄마가 아프시거든요. 그래서 무조건 많이만 쓰려고 해요."

"그게 무슨……. 엄마가 어디 많이 편찮으셔?"

"뇌졸중이요. 육 년 전에 쓰러지셨어요."

수화기를 놓으면서 선우는 한참 동안이나 웅크린 가슴을 펴지 못했다. 이 아이가 그럼 고스란히 그 짐을 홀로 지고 있단 말인가. 지정완이 세상 뜰 때까지 남의 집 문간방에 살고 있더라던 하수의 말이 천둥을 뚫고 귓가에 박힌다.

이 여사의 갑작스런 죽음은 예고된 것이었을까? 지정완이 세상을 뜬 지 6개월 만에 이 여사도 세상을 떠났다. 교통사고였다. 절에 다녀오던 길이라고 했다. 인적 드문 국도 변에서 트럭에 치인 이 여사의 시신은 사고 지점으로부터 10여 미터나 떨어진 논두렁에서 발견됐다. 근처에 떨어져 있던 가방에선 갖가지 모양의 염주 뭉치가 서로 엉킨 채 들어 있었다고 했다. 담담하게 장례를 치르던 하수 형제들은 어쩌면 아버지 곁에 어서 가고 싶었는지 모른다고, 단 한 명의 자기 소생도 없는 집안에서 그나마의 기둥이던 남편마저 세상을 뜬 후 삶에 대한 의욕을 스스로 거두었는지도 모른다고 서로에게 말했다. 선우는 이 여사가 가지고 있는 지정완의 봉투에 대해서 아무에게도 물어볼 수 없었다. 혹 하란 모녀에게 전달됐을 가능성도 아주 배제할 순 없었으며, 설혹 전달되지 않았다고 하더라도 그것을 챙겨 늦게라도 하란에게 전달할 사람은 선우가 느끼기에 아무도 없었기 때문이었다. 이 여사의 장례를 치른 날 밤, 하수 형제들이 거실에서 술상을 벌일 때 선우는 잔디밭 벤치에 오래도록 앉아 있었다. 이제 이 집엔 하수의 맏형 하천이 들어와 살게 될 터였다. 그럼 선우가 이 집에 올 일도 이젠 없는 것이다. 미안하다, 하란아. 선우는 처음으로 소리 내어 하란을 불렀다.

한 사람의 글을 읽는다는 것은 그 사람의 심연을 들여다보는 것이다. 그 사람의 시간을 더듬고 그 사람의 꿈을 해석하며, 그 사람의 눈물 속 풍경에 발을 딛어 보는 것이다. 우리가 몰랐던, 혹은 알려고 하지 않았던 한 사람의 내면이 얼마나 많은 지층을 이루고 있으며 퇴적된 말들이 영혼의 탑을 쌓고 있는가. 그 사람이 쓰는 토씨 하나, 부호 하나에도 전설 같은 비밀이 숨겨져 있다.

하란의 책을 덮으며 선우는 바퀴 달린 의자를 창 쪽으로 돌렸다. 며칠 전부터 잔뜩 흐린 하늘이 운동장을 누르고 있다. 물오른 버드나무가 이따금 불어오는 바람에 출렁거리는 교정엔 수위 김씨가 한가로이 거닐고 있을 뿐 잿빛 하늘 아래 그것을 닮은 적요가 깔려 있다. 아침 출근길에 차에서 잠깐 들은 뉴스에선 오후 한때 비라고 했다. 이 비가 오고 나면 이제 여름이 올 것이다. 벌써 대낮엔 조금씩 더위를 느낀다. 선우는 자리에서 일어나며 와이셔츠 소매 단을 한 겹 접어 올리곤 교장실을 나왔다. 수업 중인 복도는 흐린 날씨 탓인지 그 어느 때보다도 조용했다. 복도 창틀에 놓여 있는 반반마다 가꾸는 화분들에서 제각각 다른 향기를 품어 낸다. 일주일에 서너 번씩 수업 중인 교실을 돌아보는 건 교장이 된 후로 변함없이 지키고 있는 선우의 버릇이었다. 스치면서 창문을 통해 간혹 수업 중인 교사들과 시선이 마주치면 선우는 잠시 걸음을 멈추고 그들을 향하여 고개를 끄덕여 주곤 했다. 평교사 시절, 당시의 교장이 수고로움을 다 안다는 미소와 함께 잠시 바라보아 주던 그 뿌듯함을 선우는 잊을 수가 없었던 것이다.

2학년 교실이 있는 2층 복도로 들어서자 어느 반에선가 아이들의 함성 소리가 들려왔다. 오전에 들러 본 교무실 칠판에 결근한 교사가 없었던 걸로 봐선 자습 시간이 아님은 분명했다. 선우는 소리가 나는 쪽을 향하여 빠른 걸음을 옮겼다. 함성은 2학년 5반에서 나는 소리였다. 창으로 음악 담당 이정미 선생이 쩔쩔매고 있는 모습이 보인다. 올해 대학을 졸업하고 첫 발령을 받아 부임한 처녀 선생이었다. 교단 경험이 아직 없는 만큼 어느 쪽으로 튈지 모르는 아이들을 매끄럽게 다스리기엔 힘이 들 터였다. 선우는 무슨 난처한 질문을 받고 저러나 싶어 안쓰러운 마음으로 지켜보았다. 몇몇 아이의 목소리가 웅성거리는 소음 속에서도 뚜렷이 들려왔다.

"선생니임, 말씀해 주세요. 사랑하는 사람이 있냐고요."

"첫사랑은 언제 하셨어요?"

"뽀뽀는요?"

"결혼은 언제 하실 건데요?"

"순결은 지켜야 되나요? 왜 여자한테만 그것이 강요되는 건가요?"

"선생님은 중학교 때 남자 친구 있었나요?"

질문이 하나씩 쏟아질 때마다 아이들은 책상을 두드리며 웃고 있었고 이정미 선생은 더 난감한 표정이 되어 갔다. 짧게 커트한 머리를 갸우뚱거리며 출석부로 교탁을 쳐 보기도 하지만 이미 아이들은 수업 중이라는 궤도를 벗어나 있었다. 저런. 선우는 아이들의 소란이 걱정되면서도 한편으론 이정미 선생이 어떤 식으로 대답할지 내심 재미를 느꼈다. 한창 그런 것이 궁금할 나이들이지 않은가. 어느 선생이고 할 것 없이 수없이 당하는 질문이었다. 더욱이 여학교일수록 선생의 사랑이나 애인에 관한 호기심은 남

학교에 비해 훨씬 더 강하다고 할 수 있다.

"아이, 매력 없어. 선생님은 그럼 여태 사랑 한 번 못해 봤단 말이에요?"

"헤어진 사람 이야기라도 좋아요. 짝사랑 스토리는 더 재미있고요."

"중간고사 끝나면 해 주신다고 하셨잖아요."

그때였다. 아이들의 소란을 단숨에 잠재우는 듯한 이정미 선생의 날카로운 음성이 들려온다.

"너희들, 사랑이 얼마나 외롭고 무서운 건지 알고나 하는 소리야?"

교실은 갑자기 조용해졌고 아이들은 일제히 이정미 선생을 바라보느라 미동도 하지 않았다. 앳된 얼굴에 천천히 내려앉고 있는 저 그늘은 흐린 날씨 탓인가. 선우는 갑작스런 어둠에 몸이 잠긴 것처럼 숨이 막혀 옴을 느낀다.

"못 먹고, 못 자고, 그리고 많이 울어야 하는 게 누군가를 사랑, 그래, 정말 사랑할 때 동반되는 감정이야. 너희들이 말하는 재미있고 예쁘고 솜사탕 같은 사랑은……, 어쩌면 너무 아프기 때문에 사람들이 반대로 만들어 낸 환상일지도 몰라. 사랑이란, 단순한 연애 감정하고는 달라. 새콤달콤, 아기자기, 그러다가 언제라도 관둘 수 있는 건 감히 사랑이란 말로 부를 수 없지. 그 사람이 아니면, 살…… 수…… 없는 것! 그와 함께가 아니면 아무것도 아닌 것! 그의 사소한 움직임도 내겐 우주가 되는 것! 그런 것을 우린 사랑이라는 말로 부를 수 있지 않을까?"

선우는 돌아섰다. 창문을 열어 놓은 복도로 굵은 빗방울이 튀어 들어오고 있다. 그 사람이 아니면 살 수 없는, 그와 함께가 아니면 아무것도 아닌, 그가 나의 우주가 되는 것. 이정미 선생의 말이 계단을 내려오는 선우의 걸음을 무겁게 잡고 있었다. 1층으로 내려오자 복도 전체를 순간적으로 푸른빛이 덮치며 번개가 친다. 곧 이어 천둥소리. 운동장의 버드나무가 빗줄기에 가려 아득하게 멀어 보인다.

교장실 문을 여는데 미스 임이 달려 나왔다.

"교장 선생님, 차 한 잔 드릴까요?"

"차?"

별 생각이 없다는 뜻으로 그냥 한번 반문해 본 것뿐인데도 미스 임은 교장실까지 따라 들어왔다.

"차 마시라고?"

"네, 선생님."

컴퓨터를 하다 나왔는지 피로해 보이는 눈을 깜빡거리며 미스 임이 배시시 웃는다. 방송통신대학 영문과를 다니면서도 재바르고 싹싹하여 선생님들의 궂은일까지 싫다 소리 없이 맡아 하는 아가씨다. 시험 때면 독해와 영작에서 안절부절못하는 미스 임에게 선우는 《성문종합영어》를 따로 특강해 준 적도 있었다.

"그래, 무슨 차 마실까?"

"으음, 커피요. 아주 뜨겁고 달콤한 커피. 어떠세요?"

"나 커피 안 마시는 걸 미스 임이 더 잘 알 텐데?"

"알죠. 하지만 비가 오잖아요. 그것도 소나기가요."

선우는 허허, 하고 소리 나게 웃었다. 젊은 사람의 감성이란 때론 엉뚱하리만큼 기발하다. 소나기가 온다고 커피를 마시라고 조르는 미스 임에게 고개를 끄덕이지 않을 수 없는 것이다.

효명여고에 첫 출근하던 날도 이렇게 소나기가 내렸었다. 첫 수업이 하란이 반이었다. 한 사람씩 일어서 자신의 이름을 말하게 했고 어느 순간 하란의 이름이 들렸다. 잔디밭에서 벤치를 뱅뱅 돌던 아이. 일어선 하란의 얼굴이 형광 빛으로 푸르게 곧 쓰러질 것처럼 보였던 것은 소나기가 왔고 어두웠고 그래서 켜 놓은 형광등 불빛 때문이었을까? 교복 위로 드러난 목선과 얌전히 아래로 내리고 있던 두 팔이 몹시도 가냘파 보였다. 아마 그때 천둥이 쳤으리라. 교실 창문에 매달려 있는 흰색 옥양목 커튼이 순간 환해졌다가 금방 어두워지며 양쪽으로 묶어 놓은 끈이 풀어졌던 것도 같다. 그날 난 하란이 일어서는 순간 그 애를 알아봤다. 한 아이가 일어서기 위해 몸을 일으켜 세우는 그 허공 위로 흡사 연기처럼 떠오르던 낮달의 형상을 봤기 때문이다. 희한한 일이었다. 나는 하란의 이름을 재차 물었다. 그 아이의 얼굴에 빗방울 같은 물기가 얼핏 스쳤다. 재차 자기 이름을 말하는 목소리는 작지만 아주 단호했다. 모든 것으로부터의 거리를 익숙하게 조절해 온 사람의 냉정한 지성이 그 아이한테는 있었다. 아니 어쩌면 타의에 의해

유폐된 사람이 세상 밖을 향하여 혼자 내지르는 독백의 울음 같은 것인지도 모르겠다. 선우는 앞에 서 있는 미스 임을 바라봤다. 비가 오는데도 무엇이 그리 좋은지 여전히 생글거리고 있다. 선우는 고개를 끄덕였다.

"그래, 그럼 마셔 보자. 소나기가 오니까. 이러다 장마 지면 매일 커피 마셔야 하는 거 아니야?"

미스 임이 놓고 간 커피를 두어 모금 마시다 선우는 다시 하란의 책을 펼쳤다. 빗줄기는 더욱 세차게 퍼붓고 있다. 눈앞의 모든 풍경이 지워진다. 운동장이 지워지고 버드나무가 지워지고 교문이 지워진다. 완벽한 차단이다. 모든 것이 그 자리에 있음에도 또한 없는 것, 사물은 지워지고 기억만 살아 펄펄 뛰는 세상은 어둡고 적막했다.

하란의 글엔 단호하고도 서늘한 슬픔이 그녀의 무심한 눈빛처럼 먼 곳을 향하여 뻗어 있었다. 한순간의 도약을 꿈꾸지도 않았으며 무모한 열정에 붉은 가슴을 열지도 않았다. '사랑은 나를 비켜 갔다'고 그녀는 단편 〈그믐달〉에서 주인공 영은의 입을 빌어 말하고 있다. 영은은 그믐달이 뜨면 서해로 차를 몰았다. 카 스테레오에선 'Moon river'가 흐르고 바다가 보이는 차 안에서 자신의 목소리를 또박또박 녹음한다. '시체 같은 세상이야. 빈 주머니, 헐거워진 외투야. 몸을 줄이고 줄여서 이제 난 동전만큼 작아졌어. 애드벌룬에 매달리면 한때라도 보름달, 그 빛깔 손톱에 적실 수 있을까? 그동안 아무 일도 없었어. 비켜 가는 모든 것, 더 가벼

워지라고 한 달 내내 몸을 깎아 길을 터 주었지. 더운 사랑도 그
길에선 몸이 식었어.' 선우는 벌써 식어 향기도 사라진 커피를 마
저 마시며 하란의 책을 덮었다. 그녀의 저장된 고독이 품어 내는
차가운 문장 속에서 가녀린 그 얼굴이 소나기를 맞고 있다.

노크 소리에 선우는 고개를 들었다. 빗줄기에 식은 운동장에서
불어오는 바람이 뒷목에 서늘하게 감기고 있다. 미스 임이다.

"교장 선생님, 손님 오셨어요."

용건을 전하면서도 책상 위 커피 잔에 시선이 가 있는 미스 임
을 보며 그는 웃었다.

"날궂이 커피, 잘 마셨어요. 가끔 마실 걸 그랬지? 아주 좋았어.
그런데, 누구? 손님이 오셨다고 했나?"

"네, 제자들이시라는데요."

미스 임이 커피 잔을 거둬 나가자 얼핏 보기에 기억이 잘 나지
않는 여인들이 교장실로 들어선다. 선우는 일어서서 소파 쪽으로
걸어 나오면서도 난감하지 않을 수 없다. 어색한 웃음을 지으며
앉을 자리를 권하는 선우를 보고 그녀들은 서로 마주 보며 무언가
를 소곤거렸다. 가까이서 본 그녀들은 족히 마흔은 되어 보였다.
염색을 들였어도 정수리에서 반짝이는 흰머리가 드문드문 보이고
있다. 선우가 먼저 입을 열었다.

"어서들 와요. 그런데 미안, 기억이⋯⋯."

그때 맨살이 보이는 검정 그물 부츠를 신은 여인이 선생니임,
하며 고개를 테이블 앞으로 쪽 내밀었다. 선우는 기억을 찾아내기

위해 그녀들을 향해 눈을 크게 떴다. 난감한 노릇이었다. 선생님이라고 부르는 것을 보면 분명히 제자임이 틀림없을 것이다.

"저희들 모르시겠어요? 저횐 대번에 선생님을 알아보겠는데요."

그러자 나팔 청바지를 입고 몸에 달라붙는 빨간색 티셔츠를 입은 여인이 앞에 앉은 선우의 손을 두 손으로 잡았다.

"저 희숙이에요. 얘는 명리, 또 쟤는 혜경이고요. 효명여고 졸업생이에요."

가물가물한 기억 속에 떠오르는 것 같기도 했지만 뚜렷이 각인된 그 무엇도 선우는 잡아낼 수 없다. 그때 단발 파마를 한 여인이 뾰로통해진 표정을 감추지 못한 채 핸드백에서 무엇인가를 꺼내 선우 앞으로 내밀었다. 그것은 한 장의 사진이었다. 교복을 입은 여고생 네 명과 자신이 담겨 있는, 사진 하단엔 '84년 10월 1일'이라는 글씨가 작게 박혀 있다. 선우는 안경을 벗어 티슈로 닦은 후에 다시 안경을 쓰고 그 사진을 자세히 들여다보았다. 하란이가 그 속에서 수줍은 듯 살짝 웃고 있다.

"하란이 아냐? 지하란. 아아……, 이제 알겠어. 문예반 학생 문사들. 졸업할 때 모두 특기상 하나씩을 꿰어 찬. 맞지?"

어려운 퀴즈를 통과한 듯한 만족감에 크게 고개를 끄덕이며 웃고 있는 선우의 눈에 한숨을 내쉬며 억지로 미소 지어 보이는 그녀들이 보인다.

"미안, 미안. 내가 몰라봤어. 이 사진을 보니까 이제 알겠네. 국군의 날이라서 학교를 쉬는데 문예반 작품 발표 준비로 그때 학교

184

에 모였었지? 국화 전시를 앞두고 있기도 해서 온 교정이 만발한 국화로 뒤덮였었고. 그래서 모두들 몰려 나가 사진 찍그 난리를 피웠지. 그런데……, 이렇게 완숙한 부인들이 되어 나타나니 모를 수밖에."

"어떻게 하란이는 기억하세요? 그것도 단번에 말이에요. 선생님, 지금도 저희들 이름은 기억 못하시죠?"

명리의 말에 희숙과 혜경이 고개를 끄덕이며 맞장구를 친다.

"왜 몰라? 희숙이, 명리, 혜경이 맞잖아?"

"그건 좀 전에 저희가 말씀드렸으니까 아시죠."

"허허허."

어색해진 선우가 웃으며 구내전화로 미스 임에게 차를 부탁했다. 붉은 주홍빛의 홍차를 한 잔씩 마시는 동안 소나기가 서서히 약해지고 있다.

"비가 그치나 보네? 그런데 갑자기 이 늙은 선생한테 웬 행차야?"

"선생님 뵙고 싶어서요. 곧 동문회도 있고요. 아시죠?"

"그러엄, 알지. 계속 날짜가 늦춰지는가 보던데 다들 연락은 순조롭게 되고 있나 모르겠네."

"서울 쪽은 경란이가 맡고 있고요, 대구와 그 밖의 지방은 연락망을 통해서 하고 있다나 봐요."

소나기가 멎은 창문으로 들어오고 있는 햇살에 비쳐 창틀에 매달린 빗방울이 반짝거리며 빛난다. 하란이는. 선우는 아직도 테이블 위에 놓여 있는 사진을 내려다보았다. 짙은 곤색 교복 위로 드러난 하얀 목선 위로 창백한 얼굴이 낮달처럼 떠 있다. 오겠지. 올까? 그 아이만 생각하면 마음속에 뻗어 있는 수만 갈래의 길이 하나로 엮이는 이 집중력은 무엇인가. 지정완의 부탁을 들어주지 못한 데 대한 미안함의 표출인가. 나는 지난 세월 동안 오빠도 아비도 선생님도 되어 주지 못했다. 불가항력이었다고는 해도 내가 그 아이가 겪고 있는 현재에 죽은 이 여사와 더불어 일조를 했음은 명백한 사실이지 않은가. 네 아이가 나란히 교정의 성모상을 배경으로 서 있고 그 뒤에서 선우가 두 팔을 벌려 아이들의 어깨를 감싸고 있는 그 옛날의 사진. 잠깐의 침묵을 깨면서 그때까지 찻잔의 모서리를 만지작거리고 있던 명리가 선우를 불렀다.

"저 선생님, 며칠 전에 경란이와 통화를 했는데요, 하란이는 못 온다고 했대요. 시 낭송도 일언지하에 거절하더라는데요?"

"아직도 그 일이 잊히지 않아서 그럴 거야."

"그래, 보통 일이었니? 개들 참 친했잖아?"

"어렸으니까, 민애와 연경이도 지금 같으면 그랬겠어?"

"하란이 상처가 꽤 깊었을 거야. 우리가 그런 꼴을 당했다고 생각해 봐."

"아유, 난 못살지."

선우는 자기도 모르게 불편한 한숨을 내쉰다. 자기들끼리 한참을 떠들다가 선우의 안색을 눈치 챈 희숙이가 옆에 앉은 명리의 옆구리를 살짝 치는 게 보인다. 그사이 혜경이 사진을 집어넣으며 말했다.

"그래도 많이들 오나 봐요. 하란이가 안 오는 건 선생님도 아실 거라고 경란이가 말하던데요? 직접 통화하셨으니까……."

"으……응, 확답은 안 했지. 그렇지만 올 줄 알았는데."

공연히 어색해진 선우의 손이 빈 찻잔을 만지작거리는 순간 '선생님, 많이 서운하신가 봐' 라며 약속이나 한 듯 셋이 동시에 터뜨리는 웃음소리가 들린다. 못 온다고, 하란이가 오지 않는다고……, 그러지 않아도 오늘쯤 하란에게 전화를 걸려던 참이었다. 책을 다 읽었다는 말을 해 주고 싶었다. 오래오래 너를 생각했다고 말해 주고 싶었다. 선우는 다시 미스 임을 불러 얼음을 띄운 냉수를 부탁한다.

"선생님, 오늘 저희들이 온 건요, 동문회 때는 개인적인 시간을 못 갖고 헤어질 것 같아서요. 그래서 선생님과 식사라도 하려고요. 괜찮으시죠? 비 온 뒤 날씨도 좋잖아요?"

일어서며 핸드백을 어깨에 걸치던 희숙이가 테이블을 건너와 선우의 팔을 살짝 잡아당겼다. 그 뒤를 따라 명리와 혜경이도 각자의 핸드백을 메고 따라 일어선다.

"허, 참. 어쩌지?"

선우는 그들을 따라 일어나며 세 사람을 번갈아 보았다.

"왜요, 선생님?"

"오후에 육성회 회의가 있어. 거기 참석해야 하거든?"

"아이, 몰라요. 모처럼 왔는데."

명리의 뾰로통해진 투정에 두 사람도 덩달아 선우의 팔을 잡고 흔들었다.

"교장 선생님이 그런 회의에 일일이 다 참석해야 되나요?"

"교장이니까 그래야지."

"그래도요. 네, 선생님?"

"미안해, 내 먹은 걸로 할게. 나도 아쉽네."

서운한 표정을 숨기지 못하고 교장실을 나가며 문 앞에서 희숙이가 부은 목소리로 선우를 부른다.

"그럼 저희들 동문회 때는 꼭 오시는 거죠?"

"그러엄, 가야지. 갈게. 거기서 봐."

"하란이 안 온다고 선생님도 안 오시면 안 돼요. 아셨죠?"

"그럴 리가……."

선우가 바지 뒷주머니에서 손수건을 꺼내 이마를 닦는데 발걸음을 돌리던 명리가 갑자기 돌아섰다.

"참, 선생님. 하란이 등단한 건 아세요?"

"응, 책도 여러 권 냈더군."

"역시 아시네요. 저 선생님, 혹시 하란이하고 친척 아니세요? 학교 때도 그런 말들이 많았거든요."

"그래? 아닌데. 왜, 성씨가 같아서 그런 생각을 했나?"

"그것도 그렇지만, 선생님 하란이 많이 예뻐하셨잖아요? 구체적이고 직접적이지 않아서 그렇지 하란이를 볼 때는 선생님 눈빛이 달랐다고요. 뭐랄까, 연정을 품은 소년 같았다고나 할까요?"

"그랬나, 내가?"

부정도 긍정도 아니면서 되묻는 듯한 선우의 대답에 세 여인이 동시에 빤히 바라본다.

"네. 민애와 연경이가 하란에게 그런 것도 사실은 선생님의 편애 때문인지도 몰라요. 느끼셨겠지만 선생님은 그때 효명여고 모두의 연인이었거든요. 게다가 효명 퀸에 하란이가 선발되면서 감정에 불이 붙은 거죠. 선생님도 아시죠? 걔들 사이에 일어난 일."

"그런데 그렇게 태어난 아이들이 재주 많고 또 미색이 많다는 말은 사실인 모양이에요. 하란이만 봐도 그렇잖아요? 두 가지 중 한 가지만 빠져도 세상 살기가 훨씬 수월할 텐데 그렇지가 않으니 시기, 질투를 받을 수밖에요. 걔, 아직 결혼도 안 했다던데, 저희 보세요. 대충 둥글둥글하니까 또 이렇게들 살잖아요?"

"학교 때는 철이 없어 하란이가 부럽기도 했는데 지금은 요 정 도로 태어난 게 복이다 싶어요."

"소문으로 들은 소리긴 하지만 결혼할 뻔했다가 관뒀대죠, 아 마? 꽤 괜찮은 집안 남자였는데 남자 아버지가 하란이 출생 문제 로 반대가 심했나 봐요. 그래도 남자는 끝까지 하란이를 놓지 않으려고 온갖 노력을 다한 모양인데 하란이가 거절했다고 그러 더라고요."

"꽤 오래 사귀었나 보던데……. 대학 다닐 때 여러 번 마주친 적이 있는데 늘 같은 사람이었거든요. 그런 사람이랑 헤어지는 걸 보면 하란이 걔도 참 독해요."

"얘는, 너나 입맛 따라 다양했지. 아무나 너처럼 어지러운 청춘을 보낸 줄 아니?"

"그 남자는 결혼했을까? 하란이하고 그렇게 깨지고 상심이 컸을 텐데……. 그래도 결혼은 했겠지?"

"바보같이, 그렇게 사랑하는 여잔데 자기 부모 하나 설득을 못하나 그래? 낳아 준 엄마를 욕보이면서까지 하는 그런 결혼은 안 하는 게 백 번 나아. 살인자라도 부모는 부모 아냐? 난 그 소문을 듣고 하란이한테 박수를 보냈어. 그런 나약한 인간한테 시집가 봤자 제대로 방패막이가 돼 주겠냐고."

"선생님 생각도 그렇죠?"

"그래도 그렇게만 생각할 것은 아닌 것 같아. 우리도 자식을 낳아 키우고 있지만 내 아들이 첩의 딸, 어머 이렇게 표현하면 안 되지 참. 암튼 밖에서 낳은 딸한테 장가를 가겠다고 해 봐. 끔찍하지 않니? 정상적으로 순결하게 만들어진 아이와 궤도를 이탈해 순간의 애욕으로 만들어진 아이가 정서적으로 같을 수 있겠냐고? 내 손자의 어미가 될 사람이라 생각하면 그 남자 아버지의 마음도 이해가 돼."

"그나저나 하란이가 안됐어. 사실 걔가 무슨 죄 있니? 그래서…… 글도 쓰는 거겠지. 같이 문예반을 하고도 우리는 이렇게 솥뚜껑만 닦고 있는데. 그런 한이 어쩌면 하란이를 작가로 만든 건지도 몰라. 어디 그 모든 걸 다 품어 줄 남자 없을까?"

"선생님 뵈러 와서 엉뚱한 말만 하고 가네요. 하란이 문제는 학교 때도 워낙 이슈가 됐었기 때문에 아직도 모이면 그때 이야기를 하게 돼요."

복도를 걸어가는 내내 세 사람의 말이 번갈아 가며 이어지고 있다. 아무 반응도 보이지 않고 걷고 있는 선우의 표정이 불편하게 일그러지자 머쓱해진 그들은 동문회 때 뵙겠다는 인사를 거푸 하며 서로 팔짱을 낀 채 운동장에 주차해 둔 각자의 차를 향해 걸어갔다.

현관까지 그녀들을 배웅하고 돌아오자마자 선우는 담배에 불을 붙여 책상 앞에 앉았다. 나이 든 여자 제자들과의 만남은 흐른 세월만큼이나 쉽지 않다. 그들은 대부분 상대를 탐색하려 하며 멋대로 추측해서 소문에 윤기를 돌게 한다. 적당히 권태로운 만큼 세상을 향한 잣대는 그들의 기분 따라 지그재그로 그어지기 일쑤다. 오늘도 그들은 결국 하루치의 불만 해소를 톡톡히 한 셈일 것이다. 하란의 이야기를 하며 자신에 대한 안도를 끌어내던 그들에게 선우는 진저리가 쳐졌다. 그는 담배가 꽁초까지 타들어 가도록 끝까지 빨았다. 검은 연기가 몸 안 구석구석을 휘돌며 예민해져 있던 신경을 흐릿하게 누르는 대신 목에서 기침이 터져 나오며 울컥하고 가슴이 치받쳤다.

하란, 민애, 연경은 유독 눈에 띄는 삼총사였다. 문예반에서도 학교를 대표해서 나간 각종 백일장에서 그 세 사람은 상을 놓치는 일이 거의 없을 만큼 두각을 나타내고 있었다. 하란이 운문과 산문에서 골고루 상을 받는 반면 민애와 연경은 줄곧 산문에서 상을 타는 것이 차이라면 차이였다. 졸업할 때도 그들은 '학교를 빛낸 동창상'을 똑같이 거머쥐었다. 상장과 함께 상품으로 받은 순금 한 냥짜리 목걸이를 걸고 나란히 단상에 선 그들의 모습은 그해 봄 교지의 표지를 장식했다. 모든 선생님들과 재학생들은 머지않은 장래에 그들이 끌어갈 한국 문단의 모습을 미리 예견했고 아낌없는 응원의 박수를 보냈다.

하지만 그날 하란은 전혀 웃지 않았다. 상장을 받을 때도, 재학생과 학부모 쪽을 향하여 돌아서 사진을 찍을 때도, 그녀의 입가엔 으레 있을 법한 미소조차 보이지 않았다. 추위에 질린 표정으로 아무것도 담지 않은 그녀의 시선만 주인으로부터 방치된 채 흔들릴 뿐이었다. 상처받은 자의 눈빛은 끔찍하도록 적요했다. 더욱이 그 상처가 자신의 잘못으로 입은 것이 아닌, 숙명적으로 가지고 태어난 것으로부터 비롯됐다면, 그래서 숨거나 회개하는 절차까지도 주어지지 않은 원죄 같은 것이라면? 선우가 그 익명의 편지를 받은 것은 하란이 고3이 된 직후였다.

모든 선생님들이 편애하는 지하란이 사실은 첩의 딸로서 거대한 집안의 그늘에 묻혀 살아가는 걸 선생님은 아시느냐, 라고 시작된 편지였다.

학교 선생 출신인 지하란의 엄마는 남의 남자를 빼앗은 장본인이며, 그렇다면 술집에서 몸 파는 여자와 하등 다를 게 없다. 우리는 사

192

회적인 제도와 질서에 어긋난 출생 성분을 가진 지하란과 같은 문예 반임이 수치스럽고, 한때의 욕정과 쾌락의 결과물인 그녀와 청순한 여고 시절을 한 울타리에서 보내야 한다는 것에 분노를 느낀다. 더욱 이 부모에 대한 효와 믿음을 순결과 순수와 함께 최고 덕목으로 익혀야 할 학창 시절에 우리들의 아버지도 혹시나, 하는 의구심마저 갖게 되니 이것이 전인교육을 지향하는 학교의 뜻이라고 할 수 있겠느냐. 어떤 것으로든 미화될 수 없는 게 있다면 '첩'이라는 존재일 것이다. 우리들의 어머니 입장에서, 혹은 선생님들 어머니를 생각해 보라. 용서가 되겠느냐? 첩이란 내 어머니를 죽이고 선생님들의 어머니를 죽일 수도 있는 최악의 사태다. 바로 지하란이 그런 첩의 딸인 것이다. 여기는 가톨릭 재단을 가진 학교다. 십계명에도 엄연히 남의 배우자를 탐하지 말라는 계율이 있지 않은가. 간음한 여자의 딸에는 간음의 피가 흐를 것이다. 우리는 오염되기 싫다.

편지는 거기서 끝나 있었다. 우편 소인이 찍혀 있지 않은 걸로 봐서 누군가가 직접 교무실 선우 책상 위에 가져다 놓았을 것이었다. 출근하자마자 그 편지를 읽은 선우는 그날 하루 수업을 모두 자습을 시켰다. 포탄 자욱한 전쟁 속을 뛰어다니듯 심장은 하루 종일 곤두박질쳤고 상담실 문을 걸어 잠그고 죽은 듯이 책상에 엎드려 있어도 귓속을 울리는 짐승의 울음이 가슴을 손톱으로 쥐어뜯었다. 순진한 여고생이 썼다고는 도저히 믿을 수 없을 만큼 잔인하고 섬뜩한 문장이었다. 하란을 비판하는 투서였다면 어쩌면 이해할 수도 있었으리라. 하지만 몇 번을 읽어도 그것은 일관되게 하란 엄마에 대한 비판과 분노였다. 어찌해 볼 수 있는 문제가 아닌 것이다. 이 편지를 나만 받은 것이 아니라면? 어디서부터 어떻게 해야 할지 선우는 머릿속이 터질 것 같았다.

　퇴근 후 새벽까지 술을 마셔 엉망으로 취한 선우는 상담 선생한테 전화를 했다. 만일 그 편지가 전 교사들을 상대로 뿌려진 것이라면 분명 무슨 말이 있을 것이었다. 그러나 상담 선생은 갑자기 새벽 전화를 한 선우에게 오히려 집안에 일이 있냐고 걱정을 했다. 술을 핑계로 요즘 애들 다루기 힘들다고 넌지시 투정도 부려 보았지만 그래도 우리 학교는 가톨릭 학교여서인지 아이들이 모두 바르고 착해서 학생부와 상담실이 할 일이 없다, 라는 대답만 들었을 뿐이었다. 그렇다면 아직은 선우 자신만 받은 것이 확실했다. 수습한다고 함부로 상의할 수도 없는 노릇이었다. 일이 일파만파로 커질 것임은 너무도 명백했다.

　다음 날 수업에 들어가서 지켜본 하란의 표정은 편지와는 상관없이 아무런 미동도 느낄 수 없었다. 수업 중에 가끔 운동장 쪽 창을 바라보는 건 그녀의 오랜 버릇이기도 했으므로 편지 영향과 관계 지어 생각할 일은 아닌 듯했다. 선우는 하란이 그 편지 사건을 제발 모르기를 간절히 바랐다. 그러나 날이 갈수록 점점 파리하게 굳어 가는 하란의 얼굴과 그림자도 남기지 않을 듯한 차가운 몸가짐을 보며 자신의 바람이 이미 무의미하다는 걸 깨닫지 않을 수 없었다. 그즈음엔 연경과 민애도 눈에 띄게 수척해져 있었다. 선우 자신의 몸에서도 낙엽 부서지는 소리가 계속되던 나날이었다.

선우는 그때 받은 익명의 편지 내용이 떠오르자 나뭇잎이 빗방울을 털어 내며 후드득거리듯 전신에 돋은 소름을 털어 내려 어깨를 떨었다. 왜 그런 편지의 수신인이 자신이 되어야 했는지 그건 지금도 알 수 없는 일이다. 좀 전에 다녀간 제자들의 말들로 봐선 아이들 사이에도 그 일이 퍼졌다는 건 자명한 일이었다. 그렇다면 하란도 알고 있었다는 게 된다. 그랬구나. 그래서 하란이 넌 네 둘레에 그토록 차가운 벽을 둘렀구나. 너만 보면 쓸쓸해서 마음이 저렸던 것도, 아무것도 담기지 못하는 네 눈빛에 질리도록 서늘한 슬픔을 느꼈던 것도 네 자신을 추켜세우기 위한 네 안간힘이었음을……. 어느새 하학종이 울리고 있었다.

육성회 임원 회의를 마치고 이어진 회식 자리에서 선우는 두통으로 중간에 일어나서 나왔다. 장 기사가 운전하는 차를 타고 집으로 돌아온 시간은 열 시가 조금 지나 있었다. 선우는 현관 앞에서 양복 상의 주머니를 뒤져 열쇠를 찾아냈다. 텔레비전 소리조차 새어 나오지 않는 걸로 봐서 아내는 이미 잠들었을 것이다. 열쇠를 열고 들어선 순간 거실 등조차 꺼진 캄캄한 실내가 훅하고 다가온다. 신발을 벗고 거실로 올라서며 선우는 현관 입구 아내가 자고 있는 방문을 살짝 열어 봤다. 딸아이가 시집가기 전에 썼던 원목 화장대 위에서 자명종이 녹색 빛으로 반짝거리고 있는 옆으로 잠자는 아내의 모습이 보인다. 깊은 숨소리로 보아 이미 잠든 지 오래인 것 같다. 아내의 방문을 닫아 주고 거실로 나오며 선우는 텔레비전을 켜고 볼륨을 낮추었다.

첫사랑 애인을 우연히 만난 가정주부의 혼란을 최대한 미화시킨 드라마가 방영되고 있다. 컴퓨터 미인이라는 찬사를 듣는 여주인공이 그 예쁜 얼굴로 눈물을 쏟으며 교회를 찾아가 독백하는 장면이 나온다. '결혼은 현실이라고 생각했어요. 사랑 같은 건 마음속의 보물 창고처럼 깊이 묻어 두고 외로울 때 꺼내 보면 될 줄 알았어요. 매시간 절벽 같던 희망 없는 사랑보단 푹신한 소파와 아름다운 커튼을 가진 안락한 삶을 원했어요. 그거면 되는 줄 알았어요. 하지만 사랑하지 않는 사람과의 결혼 생활이란 거대한 감옥에 갇혀 종신형을 선고받은 것과 같았어요. 매일 석탄을 씹는 것처럼 내 몸이 탄광이 되어 갈 때 그 사람을 다시 만났어요. 그 사람에게 가고 싶어요. 하루를 살아도 그의 숨소리를 들으며 그의 속옷을 빨며 그의 와이셔츠를 다리고 싶어요. 뭐라고 대답 좀 해 보세요. 당신은 전지전능한 분 아닌가요?' 선우는 텔레비전을 껐다. 방으로 들어오며 되돌아본 거실엔 달빛을 받아 붕붕 떠다니고 있는 듯한 가구들만 보일 뿐이었다. 늘 있어 온, 그래서 새삼스러울 것도 없는 메마른 단절감 앞에서 선우는 방문을 닫았다.

어디선가 때 이른 매미 소리가 가늘게 들려오고 있다. 아직 하란은 깨어 있을 것이다. 읽을 책이 없어 쩔쩔매고 있진 않은지, 오후에 회의 들어가기 전에 잠깐 한 통화에서 목소리가 유달리 가라앉아 있었음이 마음에 걸린다. 여고 때의 하란은 늘 아슬아슬하게 버텨 나가는 것 같았다. 체육이나 교련 시간이면 핼쑥한 얼굴을 하고 어디를 보는지 도무지 알 수 없는 시선으로 환자석에 앉아 있는 것이 자주 보였고, 수업 시간 중에도 쓰러져 양호실로 업혀 나간 적도 많았다. 그런 하란에게 여자 선생님들은 알프스의 소녀에 나오는 클라라 같다는 말을 하기도 했다. 프랑크푸르트에 사는 큰 부자 제제만 씨의 무남독녀 클라라, 약한 몸에 창백한 이미지만 가지고 동화 속 소녀와 하란을 연관 지우던 여자 선생님들에게 남자 선생님들은 여자들의 머리란 정말 알 수 없다고 핀잔을 보냈다. 클라라는 동화 말미에 두 다리로 일어설 수 있을 만큼 건강해졌는데, 교무실에 나도는 말을 들을 때마다 선우는 하란도 앞으로 건강해지리라고 동화의 줄거리에 의미와 희망을 걸고 있는 자신을 발견하곤 했다. 어쩌다 우연히 마주친 것처럼 해서 '괜찮니?' 하고 물으면 '네' 하고 짧게 대답하던 아이. 그 어머니의 살뜰한 손길을 느낄 만큼 언제나 하얗고 정갈하던 교복 칼라와 운동화를 보며 그는 지정완의 늦은 사랑에 자신도 알 수 없는 공감을 보냈다.

그 나이에 첫사랑을 한다고 하수는 황당한 표정으로 그의 아버지 얘기를 했다. 처음에는 선우도 하수 못지않게 당황했었다. 가질 것 다 가진 사람이었으므로 그 가슴에 연하고 말랑말랑한 사랑의 감상 따위는 허세고 위선이라고 생각하기도 했다. 사랑이라고 말은 하지만 결국은 젊은 여자와 바람을 피우는 거라고. 상대가 쉽게 취할 수 있는 유흥가의 여자가 아니라 학교 선생이라는 것이 또한 그의 사치한 감상에 일조를 했을 거라고. 그러나 지정완의 생일날 정원 벤치를 돌고 있던 하얀 블라우스의 하란을 보았을 때 그는 첫사랑이라고 한 지정완의 말을 이해할 수 있을 것 같았다. 환영도 그보다 더 신비로울 수 있을까? 그 아이의 주변엔 낮달이 보였고 작은 학이 보였고 그리고 아득한 허공이 보였다. 그걸 어떻게 설명할 수 있을까?

방문을 긁는 소리에 선우는 일어나 문을 열었다. 햇살이 환하게 퍼지고 있는 거실에 날개를 편 공작새 한 마리가 서 있다. 푸른 날개 빛이 햇살을 받아 꽃가루가 쏟아지는 것 같다. 숨을 죽이고 살며시 다가가 공작새의 눈을 들여다본다. 아주 낯익은 눈빛이다. 머리를 쓰다듬자 공작새는 조용하게 날개를 접고 선우의 겨드랑이에 부리를 부빈다. 따뜻한 숨결이다. 얌전하게 바닥으로 늘어뜨린 날개를 만져 본다. 어디서 날아왔는지 이슬에 젖어 있다. 수건을 가지러 방으로 들어오는데 공작새가 긴 날개를 끌며 따라 들어온다. 불을 켜지 않아도 그 맑은 눈빛으로 온 방이 환해진다. 시리도록 눈이 부시다. 선우는 눈을 감았다가 다시 떴다.

꿈이었다. 새벽이 끌고 오는 아침은 멀었는지 아직도 창밖은 캄캄하다. 일어나서 방문을 열어 본다. 어둠 속에 적막이 아직 잠자고 있다. 하란아, 너였니? 이 새벽에 내게로 와서 고단한 날개를 쉬던 공작새가 너, 맞니? 그렇게 믿어도 되니? 선우는 아침이 올 때까지 정물처럼 앉아 있었다. 하란이가 많이 힘든가 보다. 어머니가 아프다고 했는데, 그래서 무조건 글을 많이 써야 한다고 했는데, 도대체 어떻게 살고 있단 말인가.

주일 중심 미사를 앞두고 있는 성당은 미사 시간 30분 전인데도 술렁거리고 있었다. 중심 미사니만큼 성가대 전원이 미리 대기하여 연습을 하느라 각 파트별로 오르간 반주에 맞춘 화음이 계속 울려 퍼진다. 선우는 성가대 가운을 걸치고 2층으로 올라갔다. 지휘자가 연습을 중단하고 테너 파트에 앉아 있는 선우 앞으로 다가왔다.

"저 단장님, 오늘 영성체 때 솔로를 좀 해 주셔야 되겠는데요."

"저번 주에도 제가 솔로 했으니까 이번 주엔 다른 단원을 시키죠. 잠을 설쳐서 목이 좋지 않아요."

그렇지 않아도 꽉 막힌 목이 부담스럽던 참이었다.

"어쩌죠? 오늘 중심 미사는 삼덕성당에서 오신 김 니꼴라오 신부님께서 특별 미사로 봉헌하시게 됐다고 주임 신부님께서 특별히 단장님께 솔로를 부탁해 보라고 하셨는데……, 목이 많이 불편하세요?"

"네, 피로가 계속 쌓였나 봐요. 미사 끝나고 주임 신부님께는 제가 사정 설명을 드릴 테니 정 바오로 형제한테 솔로를 맡겨 보세요. 바오로가 갈수록 목이 트이고 있는 것, 지휘자님도 인정하시잖아요."

뒤늦게 도착한 바오로는 솔로로 내정됐다는 말을 듣자 불안해하면서도 금방 청아한 목소리로 노래를 소화해 내어 성가대원들을 안심시켰다. 곧이어 미사 시작을 알리는 성가대의 자비송이 신자들로 꽉 들어찬 성당 안에 흘렀다. 선우는 자꾸 복받치는 감정을 삼키며 자매들이 머리에 쓴 하얀 미사보가 물결처럼 술렁이는 아래를 내려다보았다. 주님, 자비를 베푸소서. 그리스도님, 자비를 베푸소서. 악보를 들고 있는 손이 뜨거운 물에 젖은 것처럼 축축하게 땀으로 밴다. 지휘자가 걱정스러운 눈빛으로 선우를 바라본다. 자비송에 이어 대영광송이 시작됐을 때 선우는 그만 자리에 주저앉았다. 차갑고 날카로운 바람이 머릿속에서 윙윙 소리를 내며 휘돌고 있다. 이어 어깨를 사정없이 흔드는 오한이 찾아왔다. 그때 솔로를 하기 위해 앞으로 걸어 나가던 바오로가 엎드려 있는 선우의 어깨를 잠시 감싸 안았다. 따스한 손이었다. 천주의 어린 양 세상의 죄를 없애시는 주여, 우리를 불쌍히 여기소서. 바오로의 목소리가 들려오고 있다. 선우의 눈에서 기어코 눈물이 흘러내린다. 자비를 베푸소서. 불쌍히 여기소서. 마음속에서 그 두 마디가 쉴 새 없이 터져 나왔다.

미사가 끝나고 성가대원이 모두 내려간 2층에 선우는 그대로 앉아 있었다. 미사를 집전한 김 니콜라오 신부와 함께하는 회식 장소를 가르쳐 주던 부단장의 시선이 계속 눈에 밟혔지만 소매 단이 눈물로 젖어 있는 성가대 가운을 벗을 엄두가 나지 않는다. 선우는 주머니에서 묵주를 꺼내 들고 아래로 내려와 텅 빈 제단 앞에 무릎을 꿇었다. 예수님의 현존을 상징하는 감실의 붉은 불빛을 바라보자 다시 목이 메어 온다. 묵주를 돌리는 손끝이 뿌옇게 흐려지며 입속에선 같은 말만 되풀이되어 나온다. 자비를 베푸소서. 불쌍히 여기소서……. 여름에 가까운 날씨지만 사람들이 다 빠져

나간 성당 안은 계절을 비켜서 서늘한 한기에 휩싸여 있다. 무릎에 닿는 제단의 차가움이 몸 구석구석으로 스며들어 온다. 보속으로 기도를 하는 사람들의 발자국 소리인가, 조용히 내딛는 발걸음 소리가 간간히 들려온다. 누군가가 선우의 옆으로 와서 손을 잡았다.

"시몬 단장님."

도미니카 주임 수녀의 목소리였다. 조용하게 늙어 간다는 게 저런 거로구나, 하고 모든 신자들이 느낄 만큼 일흔이 가까운 나이에도 흐트러짐 없는 자세로 모두의 큰누님 같은 분. 세월을 비켜 갈 수 없는 듯 양 볼과 손등에 피어난 검버섯마저 그녀의 신앙 생활이 농축된 향기로 편안하게 바라볼 수 있게 하던 분이다. 선우는 그녀에게 잡힌 손을 그대로 둔 채 천천히 고개를 들었다.

"시몬."

고개를 드는 선우를 향해 다시 한 번 조용한 도미니카 수녀의 목소리가 들린다.

"시몬, 저기 저 감실을 봐요. 예수님이 계시잖아요? 시몬을 지켜 주실 거예요."

도미니카 수녀의 목소리를 따라 올려다본 감실의 불빛이 사방으로 그 빛을 뿌리고 있다. 그것은 바람에 날리는 예수의 머리카락 같기도 했고 성화에서 볼 수 있는 예수의 심장 같기도 했으며 꿈에서 본 공작새의 날개 같기도 했다.

"시몬, 우리 모두가 예수님을 아무리 그리워해도 우린 그 누구도 그분을 움켜잡을 수가 없지요. 그냥 가슴에 지닐 뿐이랍니다. 그래서 오래 그분을 사모하고 흠숭할 수 있는 건지도 모르죠."

선우는 순간 전신을 빠른 물살로 휘도는 청량한 소용돌이를 느꼈다. 그리움은 움켜잡는 것이 아니라 그냥 지니는 것. 옆을 돌아보니 어느새 도미니카 수녀의 모습은 보이지 않는다.

학교에 출근해서 막 교장실 문을 들어서는데 전화벨이 울렸다. 벌써 후덥지근한 날씨다. 선우는 수화기를 어깨와 귀 사이에 대고 한쪽 팔로 양복 상의를 벗어 옷걸이에 걸었다. 효명여고 전병국 교장한테서 걸려 온 전화였다. 국사 전공의 전병국은 원래 효명여중에 있었는데 같은 해 교감으로 승진되면서 선우와 재단 내 이동으로 효명여고로 부임했다. 나이는 선우보다 한 살 위였지만 평교사 시절 같은 동네에 오래 산 인연에 S대 동문이라는 결속감이 더해진 데다 선우의 선도로 성당을 다니게 된 점 등으로 해서 선우와는 막역한 사이였다.

"지 교장, 오늘 우리 학교 동문회 날인 건 알고 있지? 거, 날씨 한번 좋네."

모처럼 대규모의 동문회를 준비하는 전 교장의 목소리가 쨍쨍한 하늘을 가로질러 건너온다. 선우는 선 채로 창밖을 내다보았다. 며칠 소나기가 내린 뒤 모처럼 맑은 하늘이 운동장의 모래에 부딪쳐 반짝이고 있다.

"한 시에 그랜드호텔 사파이어룸. 안 잊어버렸지? 같이 움직일까?"

책상 위의 다이어리를 뒤적이고 있는데 교직원 회의가 준비됐다고 미스 임이 들어와서 말했다. 선우는 고개를 끄덕거리고 자리에서 일어나며 다시 윗도리를 걸쳤다. 수화기 저편에선 분주한 기척이 계속 들려온다.

"일단 회의가 끝나 봐야 오늘 스케줄을 정확히 알 것 같은데? 각자 가자고."

"그래? 그럼 한 시에 봐. 자네, 오늘 좋겠어. 옛 제자들이 무더기로 오니. 자네가 효명여고 교장이었으면 더 좋을 뻔했어, 하하하."

무더기로 오는 옛 제자들 속에 하란은 없을 터였다. 교무실로 향하는 선우의 발걸음이 어느 때보다 무겁다. 이미 그랜드호텔엔 효명여중에서 보낸 대형 화환이 당도해 있을 것이다. 어제 서무주임은 그 사실을 통보하며 우리 학교에도 효명여고 출신 학부모가 많으므로 남의 잔치가 아니라는 설명까지 곁들였다.

아침에 나올 때 아내는 선우가 옷장에서 와이셔츠를 꺼내자 설거지하던 걸 멈추고 달려 들어와 서랍에서 분홍색 와이셔츠와 은회색 실크 넥타이를 꺼내 내밀었다. 전에 없던 일이었다. 선우의 의아해하는 눈빛을 읽었는지 아내의 오른쪽 입가가 조금 올라가며 배시시 웃는 소리가 들렸다. 무엇인가에 겸연쩍거나 스스로 베푼다는 걸 의식할 때 아내는 늘 그런 식으로 웃었다.

—왜?

—왜는요? 입으라는 거지. 곱지 않아요?

—민망하게 분홍색을 어떻게 입어?

—드라마 '애인' 도 못 봤어? 거기 주인공 남자는 하늘색, 분홍색, 연두색 같은 와이셔츠만 입어. 그래서 지금 온통 이런 유색 와이셔츠가 유행이라고요.

선우는 며칠 전에 잠깐 본 드라마가 생각났다. 여자의 첫사랑으로 나오는 남자는 그날 하늘색 와이셔츠를 입고 있었다. 물빛 반짝이는 강가에서 행복해 보이지 않는 첫사랑 여자를 생각하며 눈물을 흘리며 괴로워하는 장면이었는데 수면 위로 부서지는 물빛과 그가 입고 있던 하늘색 와이셔츠가 묘하게 드라마의 수위를 낮추지 않는 역할을 하고 있었다. 자칫 통속으로 갈 수 있는 내용을 색깔만으로도 끌어올릴 수 있다는 게 무심히 보고 있으면서도 연출자의 세심하게 계산된 센스를 느끼게 했다.

—오늘 효명여고 동문회잖아요? 당신 옛날 제자들 많이 올 텐데 젊어 보이면 좋잖아? 사실 지금의 전 교장이야 현재 그 학교 교장이어서 그렇지 오늘 오는 애들이 직속 제자들이라고 할 수 없지 뭐. 결국은 다 당신 제자들 아니야? 어서 입어 봐요. 분홍이라도 이건 아주 연한 분홍이니까 야하지는 않아. 생기만 있어 보이지.

모처럼 아내가 베푸는 선심을 모른 체할 수는 없었다. 선우가 옷을 다 입자 아내는 10년은 젊어 보인다고 몇 번이나 추켜세웠다.

—오랜만에 선생님 만났는데 늙어 보이면, 난 그렇더라. 도대체 어떤 여자하고 살기에 남편을 저 모양으로 해서 내보내나. 아유, 난 그런 말 듣기 싫어. 특히 남자는 나이들수록 집에서 챙겨 주는

사람과 안 그런 사람이 표가 확 나더라고요. 그래서 만년 애 같다고 하나 봐요.

현관까지 따라 나오며 아내는 자기가 한 일에 스스로 만족해하는 표정을 감추지 못했다. 엘리베이터를 기다리고 있는데 양복 어깨를 털어 주며 부산을 떨던 아내가 갑자기 생각난 듯이 선우를 불렀다.

—참, 하란이도 오겠네요?

선우는 말없이 고개만 흔들었다.

—연락 안 돼요?

—못 온다고 했대.

—어떻게 사는지 갑자기 궁금하네. 걔 오빠들도 너무 무심한 거 아니야? 그래도 핏줄인데 그렇게 나 몰라라 할 수가 있느냐고요. 걔 엄마도 이제 연세가 많을 텐데.

—나도 통 소식 몰랐는데, 뭐, 엄마가 뇌졸중에 걸려 투병 중이신가 봐. 육 년 정도 됐대는데…….

—어머, 어떡한대? 하필이면 뇌졸중이야? 그거 환자도 힘들지만 간병하는 사람 잡는 병이잖아?

선우는 또 멋대로 생각 없이 내뱉는 아내의 말에 인상을 찌푸렸다. 13층에서 멈춘 엘리베이터는 아직 내려오지 않고 있었다. 선우는 공연히 엘리베이터 스위치를 다시 한 번 눌렀다.

—우리야 남이니까 그럴 수, 아니 모르는 게 당연하지 안 그래요? 어제 하수 씨 부인이랑 같이 백화점에 갔는데 동문회 이야기가 나와 하란이에 대해 물어봤더니 통 모른다고 하더라고요. 그

말 들으니 사람 다시 보이네. 같은 아버지 자식인데 아무리 배다른 형제라고 그렇게 팽개치나 그래. 그나저나 그 비용을 누가 다 감당한대? 하수 씨 아버지가 뭐 좀 물려줬겠지? 그 나이에 자기 애를 낳은 여잔데.

아내는 모처럼 선심을 베풀어 기분이 좋은지 옆에서 뭐라고 계속 지껄이고 있었다. 선우는 제발 쓸데없이 남 간섭에 열 올리지 말고 그만 들어가라고 소리를 지르고 싶었지만 꾹 참았다.

'알뜰하겠어. 얼굴선이 얇아 다소 가볍고 새침해 보이긴 해도 자기 식구 잘 챙기고 알뜰하게 일궈 가며 살 거야. 그게 최고지. 죽을 만큼 사랑하는 것? 그거 사람 못할 짓이네. 살아 보니 그래. 이 사람이다 싶은 꼭 한 사람은 너무 일찍 만나거나 너무 늦게 만나지는 것 같아. 그래서 사랑이 인류의 영원한 테마가 아니겠나.'

선본 뒤 두 달 만에 결혼 날을 잡고 인사 간 날 지정완이 한 말이 떠올랐다. 그때 엘리베이터 문이 열렸다.

선우가 그랜드호텔에 도착한 시간은 12시 40분이었다. 산기슭에 새로 지어진 호텔이라 호텔 표시가 보이는 곳부터 본관까진 잘 닦인 산길이 이어져 있다. 녹음이 짙어지고 있는 산길을 올라가며 장 기사는 뭐가 좋은지 계속 흥얼거렸다. 곳곳에 효명여고 총 동문회를 알리는 현수막이 주인공들을 기다리며 나부끼고 있는 모습이 보인다. 지하 주차장으로 차를 주차시키러 가는 장 기사를 보내고 선우는 본관 입구에 내렸다. 회전문 옆에 세워져 있는 금속 띠를 두른 안내판에 '1시 사파이어룸 효명여고 총 동문회'라는 글씨가 적혀 있는 게 보인다. 사파이어룸은 14층에 있다. 선우는 엘리베이터를 향하여 걸어갔다.

"어, 같은 시간에 도착했네?"

엘리베이터 앞에서 먼저 기다리고 있던 전 교장이 반색을 하며 반겼다.

"서울에서는 벌써 도착들 했나 봐. 우리 기사가 주차시키고 오더니 서울 버스가 있다고 하더라고."

스테인드글라스로 된 바닥이 순간 출렁거리는 것 같다. 수천 가지의 색깔이 한꺼번에 일어서는 느낌에 선우는 잠시 안경을 벗었다가 눈을 닦은 뒤 다시 꼈다.

"근데 오늘 웬 패션이야? 좋은데? 이거 나만 늙어 보이는 것 아냐?"

"사람도, 우리가 뭐 선보러 가? 집사람이 평소에 안 하던 짓을 하며 하도 입으라고 성화를 부려 입긴 했는데 영 불편하네."

"아니야, 아주 좋아. 제수씨 돈 깨나 썼겠는걸?"

전 교장이 어깨를 툭 치며 엄지손가락을 높이 쳐들어 보였다.

"오늘 몇 명 정도가 참석하는지 모르겠네."

"이백 명 정도 되지 않을까? 그렇게 들었는데. 그래도 다들 주부들인데 그만하면 많이 오는 거야, 그치? 개중엔 의사도 여럿 있고 변호사, 교수, 갈비집 주인 등 다양하더라고. 그런 직종을 가진 사람의 부인들은 더 많고. 참, 작가도 있어."

"작가?"

엘리베이터의 숫자 판이 9층을 가리키고 있다. 선우는 순간 손잡이를 부여잡았다. 외부로 난 창으로 바깥의 풍경이 까마득하게 보인다. 호텔로 올라오며 차에서 바라보던 것보다 훨씬 더 진한 울창한 녹음이 사방으로 번져 가고 있는 하늘에 비행기 한 대가 빠른 속도로 날아가고 있다.

"그래, 작가. 왜 자네도 알 텐데? 지하란이라고."

"못 온다고 했다는 소릴 들은 것 같은데……."

마음이 바빠지며 선우는 전 교장의 입술을 바라보았다. 엘리베이터 숫자 판이 14층에서 멈추는 게 보인다. 전 교장이 입구 쪽으로 몸을 돌리며 안주머니에서 무엇인가를 꺼내더니 말했다.

"아니야. 여기 있네. 서울서 출발할 때 차에 탄 사람 명단을 우리 행정실장이 전화로 받아 체크했거든. 내가 인원 파악을 위해 그렇게 하라고 지시했어. 봐, 여기 지하란, 있네."

소란스럽던 분위기가 일순간 조용해진다. 양쪽으로 화환이 즐비하게 서 있는 단상으로 올라가고 있는 하란의 옆모습을 선우는 제일 중앙에 마련된 원탁 테이블에 앉아 지켜본다. 책에 나온 사진과는 다르게 하란은 머리를 하나로 묶어 둥글게 위로 틀어 올린 모습이다. 발목까지 내려오는 검정 원피스는 허리 부분을 끈으로 여미게 되어 있어 얼핏 보면 사복 수녀 같은 느낌을 준다. 드디어 단상에서 하란이 앞을 보고 마이크 앞에 서자 사람들이 일제히 박수를 친다. 선생님들께 바치는 시 낭송이 있겠다는 사회자의 목소리가 들려온다. 선우는 자기 앞에 놓인 맥주를 서너 모금 마셨다. 조명을 받고 있는 하란의 시선이 잠시 무엇인가를 찾는 듯 실내를 더듬다가 다시 무심해진 표정으로 손에 들고 있던 두루마리 종이를 향하여 떨어진다. 하란의 목소리가 들려온다.

아름다운 출발

말씀드릴까요?
기억 속의 길이 아직도 환한 사람은 행복하다고
해 질 녘 기울어지는 자신의 그림자를
울지 않고 돌아볼 수 있는 사람은 복되다고
오늘
당신은 그런 사람입니다

팔뚝에 힘줄 붉던 초승달 같던 청춘과
스산하게 돋아나는 흰머리의 세월까지도
당신이 서셨던 칠판 앞에선
목메게 그리운 수채화로 남았지요
자식 같은 제자들 하나하나 햇살 되어
그 빛이 퍼진 자리에 양지가 생겼어도
살다 보면 시린 마음 들어 울고 싶을 때

먼 길 달려와 찾는 이름

바로 당신이 아니겠는지요

눈 돌리면 사방에 핏줄 눈에 밟히듯

사랑하는 제자들 꿈에서도 염려되어

긴 밤 불면도 차라리 기쁨이어라

당신의 기도는 그리도 뜨거웠지요

스승의 자리에 꽃밭을 일구신 당신

참교육의 향기엔 하늘문도 열렸지요

오늘 당신은

새로운 꽃밭 앞에 서 있습니다

뒷모습이 아름다워 그림자도 적막하지 않은 사람

이제

당신은 다시 출발입니다

스승의 이름엔 정년이 없습니다

"거, 사람 시큰하게 만드네. 꼭 퇴직이 가까운 우리 들으라고 쓴 시 같잖아. 안 그래, 지 교장? 사실은 이 꽃다발 당신이 줘야 제격 인데, 거 자꾸 자리가 바뀐 것 같아 영 쑥스럽네."

맞은편에 앉은 전 교장이 준비해 둔 꽃다발을 건네기 위해 단상 으로 걸어 나가며 선우를 돌아보고 말했다. 여기저기서 역시, 하 는 소리와 함께 손수건으로 눈가의 물기를 닦고 있다. 전 교장으로부터 꽃다발을 받은 하란이 다시 허리를 굽혀 앞을 향해 인사하고 있는 모습이 보인다. 살다 보면 시린 마음 들어 울고 싶을 때 먼 길 달려와 찾는 이름 바로 당신이 아니겠는지요. 선우는 머릿속에 뚜렷하게 각인된 하란의 시구절을 되뇌이며 비어 있는 잔에 다시 맥주를 따랐다. 전 교장이 돌아와 자리에 앉는가 싶더니 그때 자신을 부르는 하란의 목소리가 아주 가까이서 들려왔다. 잔을 입가로 가져가던 선우의 손이 목 부근에서 멈춘다. 하란이 서 있다. 아침부터 서둘러서 오느라고 힘들었는지 뒤로 빗어 넘긴 하얀 이마에 열 기운이 있는 것 같다. 사파이어룸은 여기저기 자리를 옮겨 다니며 서로의 안부를 묻고 동창을 찾느라고 다시 술렁거리고 있다.

"선생님. 지.선.우.선생님."

테이블 위에 세팅되어 있던 빈 잔을 선우 손에 쥐어 주며 하란이 맥주를 따랐다. 선우는 푸른 정맥이 선명하게 비치는 하란의 손등을 바라보며 고개를 끄덕였다. 이 아이가 나를 부르고 있구나. 학교 때도 대답하는 것 외엔 나를 부르는 목소리를 들어 본 기억이 거의 없는데, 지금 이 아이가 나를 부르고 있다.

'오빠처럼 아비처럼 선생처럼 잘 돌봐 주게.'

오래된 적산 가옥처럼 무너지는 기력을 간신히 붙들며 지정완은 자신이 세상에서 마지막으로 떨군 하란을 부탁했었다. 그런데 난, 그동안의 나는. 그래, 결국 받은 은혜도 잊고 살았다. 이 여사에게 봉투를 뺏긴 것도 내 힘으론 어쩔 수 없는 일이라고 믿었으며, 20년 동안 내 피붙이들 건사하기에도 나는 바쁘고 힘들었다. 어쩌다 지정완의 꿈을 꾼 날조차도 나는 남이라고, 내가 할 수 있는 건 아무것도 없다고 오히려 항변했다. 그렇게 막내딸이 걱정되고 마음 아프면 당신 자식들 꿈에 나타나 호통이라도 치시지 피한 방울 안 섞인 나한테 자꾸 나타나시냐고, 이런 짐을 지우려고 학비를 대 준 것이냐고 신발 벗겨지는 줄도 모르고 나는 도망치곤 했다. 그런 날 아침이면 눈을 떠도 한동안 아무것도 보이지 않았다. 그리고 목이 아팠다. 하란의 술을 받고 있는 선우의 가슴이 오래 묵힌 자책으로 겨울 벌판처럼 쓰라린다. 어머니 몫의 인생까지 저 손으로 받치고 있는 것이다, 하란은. 저 가녀린 팔로.

"잘 왔어. 정말 잘 온 거야."

목소리에도 음계가 있다면 최상의 높이로 말하고 싶었다. 그러나 선우는 자신의 목소리가 가장 낮은 상태에서 수평으로 밋밋하게 흘러나오는 걸 느꼈다. 극한의 반가움은 그렇게 몸의 반응을 일시에 정지 상태로 끌고 갔다.

"부르는 소리가 자꾸 들렸어요. 많은 목소리들이 들렸어요."

하란의 목소리에서도 높낮이는 찾을 수 없었다.

거품이 삭은 맥주잔에 시선을 떨어뜨리고 있는 선우의 눈에 또다시 선명하게 떠오르는 낮달이 보인다. 환영도 너무 자주 나타나면 이미 환영일 수만은 없다. 낮달의 실재! 그래, 간절함이란 실재하는 그 무엇에 대한 뜨거운 갈구일 것이다. 존재하지 않는 것이라면 간절함은 그 부피를 키우지 않는다. 선우는 얼른 잔을 들어 단숨에 맥주를 들이켰다.

"잔 받을 수 있겠어?"

"주시면요."

"지하란, 아니 이젠 이렇게 부르면 안 되겠지? 지 작가."

어느 틈에 왔는지 이영훈 선생이 다른 테이블에서 의자를 당겨 선우 옆으로 앉으며 하란을 불렀다. 선우로부터 술잔을 받고 있던 하란이 순간 자리에서 일어난다.

"앉아, 앉아. 나 알아보겠어?"

하란은 고개를 끄덕이며 조금 웃어 보였다.

"누군데?"

평소에도 나이답지 않게 천진하여 장난기가 많은 이영훈 선생은 아예 목을 길게 빼 하란 앞으로 들이밀었다. 선우는 혹시 하란이 곤혹스러워하지 않을까 염려되었다. 가까이서 본 하란은 손등이며 목에 푸른 정맥이 선명하게 들어날 만큼 많이 야위었고 불안하게 뻗은 가녀린 목선이 받치고 있는 얼굴은 어딘가 몹시 아픈 기색을 숨기지 못했다. 선우는 자신도 모르게 치받치는 숨을 들이마셨다.

"문예반 이영훈 선생님이요."

"어? 진짜 기억하네. 교장 선생님, 그러고 보면 저도 꽤 인상적인 얼굴인가 봐요. 벌써 세월이 얼만데 말예요."

"이 교감 인상 좋은 거야 우리 재단에서 모두 인정하는 바니까."

"그렇게 됩니까? 하하하."

하란이 술잔을 들어 목을 축이는 게 보인다. 선우는 과일 접시를 당겨 하란 앞으로 밀어 놓았다. 하지만 하란은 안주를 입에 대지 않았다. 대신 이영훈 선생이 오렌지를 들어 껍질을 까서 입에 넣으며 말한다.

"지 작가, 또 한 번 학교에 내려와야 하는 걸 알지? 경란이가 전했다던데."

하란이 대답 대신 선우를 바라본다. 너무 맑아서 그 눈빛을 받는 사람의 심장에 배가 띄워지는 듯한 눈빛. 선우는 하란이 띄운 배에 그대로 몸이 실린 듯한 착각을 순간 느끼곤 얼른 시선을 이영훈 선생에게로 옮겼다.

"참, 그 일도 있지? 선배 초청 특강, 그건 깜빡했네."

선우가 포크를 하란 앞으로 놓아 주며 이영훈 선생 말을 받았다.

"언제가 좋을까? 우리 애들은 벌써 난린데."

"저, 선생님. 그건 좀……."

하란이 뒷말을 잇지 못하고 고개를 떨어뜨린다.

"왜? 같은 재단 학교 특강은 보람 있는 일일 텐데, 특히 문예반 아이들은 모두 지 작가 팬이라고. 교장 선생님, 안 그렇습니까?"

"그거야 그렇지만……."

선우는 하란을 바라보았다. 곤혹스러운 표정으로 테이블만 뚫어져라 응시하고 있는 하란은 말없이 술잔만 계속 만지작거리고 있다.

"힘들면 안 해도 돼."

"아니 교장 선생님까지 그러시면 어떡해요? 다소 힘든 사정이 있더라도 해 주는 게 효명재단 졸업생의 도리죠."

하란이 여기까지 오는 데도 많은 생각과 주저함이 있었을 거라는 걸 알고 있는 선우였다. 꼭 와야 한다고 몇 번이나 다짐을 주면서도 혹시 새로운 상처를 주게 될까 봐 마음 졸였었다. 선우는 담배를 피워 물었다.

"그날 자네가 특강할 때 그때 문예반이었던 졸업생들도 모두 초청할 거란 말이야. 왜, 지금도 기억나는데 자네를 포함해 거 유명했던 삼총사, 거의 전설이지. 효명여중까지 소문이 자자했으니까. 오늘도 왔을 텐데 먼저 인사하지 않으니 쉽게 찾을 수가 없네. 서로 연락들은 하고 있나?"

이영훈 선생은 쉽게 물러날 태세가 아니다. 선우는 빈 잔에 맥주를 따라 이영훈 선생 앞에 놓았다.

"이 교감, 그 문제는 차후에 다시 얘기하기로 하죠. 본인 스케줄도 있을 텐데."

"그러니까 미리 예약하자는 거죠. 지 작가, 어때?"

도무지 물러설 기세가 없는 이영훈 선생의 몰아붙임 앞에서 선우는 난감했다. 하란에게 삼총사 이야기는 오래된 상처를 다시 건드리는 일일 것이었다. 어떻게든 이런 순간에서 벗어나게 해 주고 싶은데 학교 행사를 말하고 있는 이영훈 선생을 저지할 명분이 교장 입장에서 있을 리 만무했다. 그때였다. 말없이 이영훈 선생의 말을 계속 듣기만 하고 있던 하란의 목소리가 들렸다. 선우는 반

사적으로 하란 쪽으로 고개를 돌렸다.

"할게요. 하겠습니다, 선생님."

"오케이. 날짜 잡히면 미리 이 주 전쯤 연락할게. 그러면 되겠지? 그럼 난 또 오라는 데가 많아서……. 잘 가라."

하란으로부터 기어코 약속을 받아 낸 이영훈 선생이 의기양양하게 자리를 뜨자 선우는 갑자기 자신이 못할 짓이라도 한 것 같아 걱정스러운 표정으로 하란을 바라보았다.

"무리한 부탁을 한 건 아닌가 모르겠네."

하란이 웃으며 고개를 젖는다. 그래, 그렇게 웃는 걸 보니 참 좋구나. 선우도 하란의 미소를 맞받아 막 미소 지으려는 순간이었다. 어느새 핏기가 사라진 하란의 시선이 어느 한곳에 고정되어 있는 게 보였다. 선우는 자신도 모르게 하란의 시선을 따라 고개를 들었다. 대각선으로 테이블 세 개를 건너 연경과 민애가 앉아 있는 게 보인다.

서울로 돌아가는 버스에 하란의 모습은 보이지 않았다. 인원 파악을 끝낸 경란이 본관 앞에서 자신들을 배웅하고 있는 선생님들께로 작별 인사를 하러 왔다. 적당히 몸이 불은 대신 잡티 하나 없이 깨끗한 피부가 여고 때보다 경란을 더 돋보이게 하고 있었다. 무난하게 살아온 삶이었음이 느껴지는 얼굴이다. 하란은 어디로 갔을까. 파랗게 굳어지던 그녀의 얼굴을 찾아 선우의 시선이 헤매고 있을 때 버스에 오르려던 경란이 갑자기 몸을 돌려 선우 앞으로 뛰어왔다.

"선생님, 저 오늘 임무 완수한 것 맞죠?"

"그래, 탁월한 총무였어."

"저 갈게요. 건강하세요, 선생님."

"수고 많았어. 또 보자. 참, 하란이 특강하기로 했는데 그때 같이 오지. 그날은 내가 한턱 낼게."

"어머, 하기로 했어요? 안 한다고 펄쩍 뛰던데. 이영훈 선생님한테 졌나 보죠?"

"응."

버스에서는 모두들 창밖을 향해 시끌벅적하게 떠들며 손을 흔들고 있다. 이 교장과 몇몇 선생님들이 두 팔을 들어 그들에게 손을 흔들고 있는 모습이 보인다. 기사가 시동을 거는 소리가 들리자 동시에 합창을 하듯 안녕히 계세요, 하는 소리가 버스 안에서 터져 나왔다. 버스가 떠날 때까지도 하란의 모습은 보이지 않았다. 아마도 하란은 어머니 집에 갔을 것이다. 작별이 번거로워 잠시 미풍이 다녀간 듯 스스로를 조용히 숨긴 것이리라. 장 기사가 주차장에서 차 빼 오기를 기다리며 선우는 하란에게 전화를 하기 위해 주머니에서 핸드폰을 꺼냈다. 그때 낯선 차가 다가와 앞에서 멈추더니 연경과 민애가 양쪽에서 동시에 내려 걸어왔다. 선우는 핸드폰을 든 채로 앞에 선 두 여자에게 차례로 악수를 했다.

"선생님, 오늘 반가우셨죠?"

"그럼, 모두들 건강하고 씩씩해 보여 보기 좋았어."

"그건 부수적인 것일 테고요."

"응?"

선우가 잠시 말뜻을 헤아리고 있는 사이 뒤늦게 호텔을 걸어 나가고 있던 졸업생들이 손을 흔들며 인사를 한다. 연경이 그들에게 같이 손을 흔들며 뭐라고 말을 주고받는 동안 민애는 선우의 대답을 재촉하는 듯 빤히 바라보고 있는 시선을 풀지 않았다.

"하란이가 왔잖아요. 바랐던 대로 시 낭송도 하고요. 선생님들 모두 감동받은 표정이시던데요?"

"아아, 하란이 온 것? 그래, 반가웠지. 그런데 나보다도 자네들이 더 반가웠지 않나? 삼총산데, 어때? 얘기들은 많이 했어?"

상대가 대답하기 전에 그사이를 못 참고 원하는 답을 먼저 말하고야마는 민애의 버릇은 세월이 흘렀다고 변하진 않았다. 선우는 찌푸려지려는 인상을 억지로 펴고 허리를 젖혀 큰 소리로 웃었다. 웃지 않으면 금방이라도 싫은 소리가 터질 것 같았다. 어렸을 때는 어리다는 이유만으로 용서되는 일이 많은 법이다. 하지만 지금 이들은 이미 마흔이란 나이가 아닌가. 살아갈 시간보다 살아온 시간이 어쩌면 더 많은 나이인 것이다. 이제쯤은 미안한 게 무엇인지, 반성은 또 왜 필요한 건지 자연스럽게 익혀야 당연한 것을 도대체 이 아이들은. 선우가 큰 소리로 웃는 걸 의아하게 보고 있던 민애와 연경의 표정이 파르르 떨리고 있다

"어땠어요? 많이들 왔겠네?"

218

선우가 문을 열고 들어가자 웬일로 깨어 있던 아내가 안방으로 따라 들어오며 말했다.

"응."

선우는 양복을 벗어 옷걸이에 걸며 심드렁하게 대꾸했다. 평생 옷을 받는 일도 옷을 거는 일도 없는 아내였다. 신혼 몇 년 동안은 아내의 그런 점에 짜증을 내기도 했다. 하지만 세월이 흐르며 자기 옷도 대충 쌓아 두고 입을 때마다 찾느라 법석인 아내를 보며 선우는 자신의 바람을 줄여 나가는 방법을 배워야 했다. 아내 역시 타자로 이해하는 것. 같은 현관을 쓴다고 해서 마음의 문도 하나일 순 없었다. 그러면서 편해졌다.

"하란이는 역시 안 왔어요?"

"왔더군. 시 낭송도 했어."

"어머, 그래요? 글은 여전히 잘 쓰나 봐?"

"작간데 그럼."

"작가라니? 소설 같은 걸 쓰는?"

양말을 벗어 들고 욕실로 가는데 아내가 따라오며 정말이냐고 자꾸 묻는다.

"거짓말을 왜 해? 그리고 거기 계속 서 있을 거야?"

"걔 엄마가 입장은 그래도 애는 잘 키웠나 보네. 선생 출신이라 더니."

순간 치약을 짜던 선우가 아내가 서 있는 문 쪽으로 휙 몸을 돌리며 소리쳤다.

"입장이 그래도라니? 무슨 입장 말이야? 말 함부로 하지 마. 당신이 함부로 말해도 괜찮을 사람 아니야."

"이이가? 왜 소린 지르고 그래? 내가 무슨 말을 함부로 했다는 거예요, 지금?"

"그게 함부로 하지 않은 거야? 그분은 하수 아버지 아내라고. 당신 또래 대하듯 할 수 있는 사람이 아니란 말이야."

어이없다는 표정이 역력한 채로 아내가 눈을 치켜뜬다. 얼굴이 파르르 떨리는 걸로 봐서 무슨 말을 참고 있는 것 같다. 속사포처럼 말을 쏟아 낼 때의 표정이 아니다. 선우는 못 본 체한다. 그러자 기어이 참을성을 넘긴 아내의 말이 줄줄이 터져 나왔다.

"아내라니? 누가 누구의 아내라는 거예요? 남자들은 밖에서 바람피운 여자도 아내라고 생각하나 보죠? 당신이 아무리 부처 가운데 토막 같은 사람이라고 하지만 남을 좋게 말해 주는 것도 한계가 있어요. 하란이 엄마가 정상적인 입장이에요? 까놓고 말한다면 그 여자는 조강지처 뻔히 살아 있는 남자의 아일 낳은 여자라고요. 그것도 자기 아버지뻘 되는 사람하고요. 뭐? 아내? 아내라는 말이 아무한테나 쓸 수 있는 그런 헤픈 말인 줄 알아요, 당신? 왜 하란이 엄마가 당신 같은 선생 출신이라서 입장과 상관없이 달리 보여요? 온 세상 조강지처들한테 길을 막고 물어 봐. 그런 여자한테 어떻게 대하는지. 내가 무슨 말을 함부로 했다는 거예요? 대놓고 한 것도 아니고 딴 데 가서 박자 맞추듯 거든 것도 아닌데 우리끼리 그 정도도 말 못한다면 우리가 부부야? 배는 다르지만 반쪽은 핏줄인 제 형제들도 남처럼 대하는 애, 걔 아버지가 당신 학비도 주고 그랬대서 관심 갖고 물어봐 줬더니만."

발꿈치를 쾅쾅 울리며 아내는 자기 방으로 들어가 소리 나도록 문을 닫았다. 선우는 샤워기의 물을 틀어 놓고 욕실 바닥에 주저앉았다. 지정완과 하란 엄마의 관계에 대한 세상의 인식을 바꿀 수도, 바꿀 당위성도 없다는 걸 안다. 사랑과 욕정은 다르다고 아무리 항변해 봤자 그건 결과에 대한 허약한 변명으로 들릴 뿐이다. 그러나 하란은, 그 애는 무슨 죄가 있는가. 지정완은 죽었고 하란 엄마는 뇌졸중으로 쓰러진 지 6년이 됐다고 했다. 그리고 모든 건 하란의 몫이 됐다. 도대체 어떻게 감당해 오고 있는 건가. 선우는 급하게 방으로 들어와 문갑의 서랍을 열었다. 몸에서 물기가 방바닥으로 뚝뚝 떨어지고 있었다.

3

어머니 아파트로 올라가는 입구에서 하란은 택시를 세웠다. 아침에 동창들과 버스로 같이 출발하느라 아무것도 준비하지 못했기 때문이었다. 입구에서 조금만 올라가면 오른쪽으로 아파트 상가가 있다. 상가로 들어가는 입구에서 방금 유치원 버스에서 내린 아이 두 명이 버스 안에 타고 있는 친구들을 향해 손을 흔들고 있다. 아이들이 똑같이 입고 있는 빨간색 조끼에 장미유치원이라고 쓰인 글씨가 그들의 움직임을 따라 이리저리 날아다니는 것처럼 보인다. 그 애들은 눈앞에서 흔들리는 장미꽃 같다. 상가 입구로 들어서자 눈에 익숙한 공간이 여백 없이 이어져 있다. 문방구를 지나고 세탁소를 지나고 정육점에 들러 쇠고기 두 근을 산다. 그리고 화장품 가게에서 어머니와 진도 할머니의 로션과 스킨을 산 뒤 쌍방울 대리점을 지나 코너에 있는 약국에 들른다. 미니 소파에 앉아 텔레비전 유선방송을 보고 있던 약사가 하란이 들어서자 쓰고 있던 안경을 얼른 벗으며 아는 체를 한다.

"벌써 또 한 달이 됐나요?"

약사는 벌써 마시는 우황청심원 다섯 통을 테이블 위로 가져온다. 하란은 그 모습을 보고 핸드백에서 수첩을 꺼냈다. 어머니와 진도 할머니에게서 주문받은 사야 할 약들이 더 있었기 때문이다.

"또 있어요? 아니 할머니는 약만 드시고 사시나?"

"불안하니까 그럴 거예요. 여기, 뇌선 두 통하고요, 베아제 한 박스, 삐콤 두 통, 케펜텍 두 통, 가글 큰 걸로 한 통, 비타민 C 한 통, 그리고 변을 잘 못 보시나 봐요, 아락실 한 박스, 또…… 에프킬라 뿌리는 걸로 두 통, 이렇게 주세요."

부르는 대로 약을 다 찾은 약사가 계산기 스위치를 올리면서 하란을 빤히 쳐다본다.

"매달 이 약값을 그래 어떻게 다 감당하세요? 병원 약도 계속 드실 텐데. 슈퍼 미정이 엄마도 전에 그러더라고. 비누 하나 치약 하나까지도 딸이 다 나른다고. 정말 대단해요. 우리 같으면 도저히 그렇게는 못해. 봐, 이렇게만 해도 십만 원이 훌쩍 넘잖아."

쓰러지기 전부터도 어머니는 하란이 서울에서 오면 상가로 은행으로 같이 다니기를 좋아했다. 자식이 있는 걸 알면 사람들이 함부로 하지 못한다는 게 그 이유였다. 하란은 어머니가 가자는 대로 어린아이처럼 어머니 팔짱을 끼고 따라다녔다. 속사정을 모르는 사람들은 시집간 딸이 저렇게 자주 친정어머니를 찾아뵈니 아들보다 낫다고 어머니께 덕담을 하곤 했다. 그러면서 아들은 장가보내면 그날로 끝인데 딸은 시집가면 그때부터 친정에 더 애틋해진다는 말로 어머니의 기대를 충족시켰다. 어머니는 하란과의 짧은 순례에서 사람들이 하는 말로 자신의 외로움을 잠시나마 덜어 내곤 했을 것이다. 그래서 낯이 익게 된 사람들이었다.

하란은 약사의 말이 끝나기를 기다려 카드를 내밀었다. 3개월 할부로 해 달라는 소리가 입 안에서 계속 맴돈다. 약사가 아무 말도 하지 않았다면 그럴 참이었다. 지난달엔 몸도 아팠지만 원고 청탁도 눈에 띄게 줄어 하란의 지갑은 텅 비어 있었다. 현금 서비스와 마이너스 통장도 이미 한도를 채운 지 오래다. 그래서 빌라 잔금을 받을 때까지 가능한 모든 결재를 카드로 해야만 했다. 이번 달 진도 할머니 월급을 못 채워 정화 선배에게 전화했을 때 선배는 통장 번호를 부르라고 하면서도 한숨 소리를 숨기지 않았다.

─하란아, 너 언제까지 이러고 살 수 있다고 생각하니?

─이러지 않으면요. 다른 수가 없잖아요.

─주위에 도와줄 사람이 그렇게도 없어? 벌써 몇 년째야? 남편이 있어 벌어 주는 돈으로 먹고사는 여자라도 몇 년씩 너처럼은 못해. 그걸 봐주는 남편도 없겠지만. 결국 엄마도 죽고 너도 죽어. 아무리 배다른 형제라고는 하지만 네 오빠들한테라도 말해 보지 그래? 참, 잘사는 네 외사촌 언니들도 있잖아? 조금씩이라도 도와

달라고 사정 좀 해 봐. 십시일반이란 말도 있는데. 네가 말 안 하면 아무도 네가 힘든 걸 몰라. 네가 작가랍시고 다 해낼 만하니까 꾸려 가겠지, 그렇게 생각할 거란 말이야. 친형제 같으면야 네가 말 안 해도 우선 안쓰럽고 애틋한 마음이 앞서니 먼저 나서서 도와주겠지만 한 다리 건너 천 리라고 누가 네 속을 헤아리고 네 처지를 마음 아파하냔 말이야.

─아니요. 절대 그러고 싶지 않아요. 오빠들은 제 사정도 알고 있지 못할 뿐더러 그 사람들에겐 제가 제 자리를 지키고 있어야 형식적인 핏줄으로라도 인정받을 수 있어요. 그리고 외사촌 언니들? 그 언니들은 엄마한테 잘해요. 어쩌면 저희 엄마가 마음속으로 진짜 의지하고 있는 사람은 딸인 제가 아니라 조카인 큰언니인지도 몰라요. 지금도 엄마는 큰언니만 보면 얼굴이 환해지며 안심하는 표정이 된다고요. 마음이든 뭐든 여태 받은 것만 해도 넘치고 흘러요.

─그래, 네 입장이 남과 다르니 오빠들에게 도움을 바란다는 게 남보다 어려운 일일 수 있어. 하지만 네 사촌 언니들은 오빠들하고는 또 다르잖아? 엄마한테 그동안도 잘했다는 걸 너한테 여러 번 들어서 나도 알아. 하지만 그런 건 냉정하게 말하면 널 도와준 게 아니고 네 엄마를 도와준 거야. 자기들 고모를 도와준 거란 말이야. 너한테 필요한 건 네 짐을 하나라도 덜어 주는 거라고. 한번 생각해 봐. 자기들이 꼭 너 같은 입장이라면, 그러니까 너처럼 홀어머니에 외딸이고 가진 건 없는 데다 그 어머니가 병든 지 육 년

이나 됐는데 그 짐을 고스란히 혼자 떠맡아야 하는 입장이라면 그 마음이 어떨거라는 게 이해되지 않을까? 네게 물질이든 정신이든 같이할 형제가 하나만 있어도 나 이런 말 안 해. 나는 남이라도 네 생각하면 이렇게 가슴이 아리고 불쌍한데…….

하란은 정화 선배의 보편적인 상식에 기가 막혔다. 말을 꼭 해야만 사정이 짐작되는 건 아닐 것이다. 모른 체할 때는 그러고 싶기 때문일 것이고, 그리고 진숙 자매는 그동안 어머니에게 넘치도록 베풀었다. 고모한테 그렇게 할 수 있는 조카는 세상천지에서 진숙과 진영이밖에 없다고 어머니는 자나 깨나 말했었다. 그건 하란도 충분히 인정하는 일이었다. 바로 그런 점이 진숙 자매 앞에서 하란이 떳떳할 수 없었던 이유이기도 했다. 하지만 어머니에겐 조카가 있는지 몰라도 자신에게 사촌 언니가 있다는 따스함을 하란은 철든 후론 만족스럽게 가져 본 적 없었다. 어머니가 쓰러진 뒤 진숙은 자신의 고모에 대한 걱정과 연민으로 상심했지만 그 모든 걸 떠맡게 된 하란에겐 표정의 변화조차 보이지 않았다. 부모 봉양과 수발은 자식으로서 당연히 해야 할 일이라는 무언의 채찍질, 당연한 의무를 수행하고 있는 자에게 입에 발린 칭찬이나 값싼 동정은 어울리지 않는다는 진숙의 사고는 이론적으로는 지극히 합당했다. 더구나 진숙은 친척들 사이에서 소문난 효녀였다. 그녀의 사업이 커지고 부가 늘어 가는 것과 비례해 그녀의 부모는 이미 다른 친척들과는 확연히 구분되는 위치로 올라섰고, 올라선 위치만큼 진숙은 부모를 통하여 친척들한테 베풀었다. 모든 선행을 부모를 통하여 베푸는 진숙은 돈을 버는 방법도 돈을 쓰는 방법도 현명했다. 부모가 추앙받는 존재가 된다면 자식들은 당연히 그 대열에 합류하게 되는 법이며, 더욱이 경제적 부를 이룬 당사자가 진숙이라는 건 삼척동자라도 아는 사실이 아닌가. 매사에 이성적이고 경우가 바르며 자기 처신에 있어서도 속내를 보이지 않는 강인함을 지닌 진숙이었다. 그런 진숙이 떠받드는 외삼촌 내외는 자연스럽게 모든 친척이 떠받드는 대상이 되었다. 차가운 진숙에 비하면 진영은 따뜻하고 밝았으나 역시 더 이상의 친밀감은 허락지 않았다. 따뜻해서 다가가다가도 어느 순간 그것이 하란 자신의 일방적인 느낌이라는 것에 움찔하며 돌아 나오곤 했다. 상대가 자신을 온 마음으로 흡수하고 있는지, 그저 다가오는 사람 내치지는 않을 뿐인지는 전해 받는 온도가 다르므로 알 수 있는 일이다. 내가 잘못 느끼고 있는 걸까? 그러나 그것은 사실이었다. 그런 진숙 자매 앞에서 하란의 외로움은 날이 갈수록 커졌고 그들만 떠올려도 저절로 심장은 졸아들었다. 보통의 외사촌 관계와는 분명히 달랐다. 먼 친척들은 짐작도 못할 미묘함이었다.

관계를 지칭하는 모든 용어에는 그 관계만큼의 거리와 정이 내포되어 있다고 할 수 있다. 가령 친형제라면 같은 부모의 피를 받은 만큼 너 나의 구분보다는 우리라는 일체감이 우선될 것이다. 사촌이라면 친형제와는 다르겠지만 담을 넘어선 관계에서는 최우선으로 가깝기 때문에 그 또한 허물없이 가까운 사이라고 할 수 있다. 그러나 하란에게 진숙, 진영 자매는 멀고도 어려웠다. 하란

은 그들이 그어 놓은 선 안으로 들어갈 수 없었으며 그 사실을 깨
닫고부터 하란도 어머니의 조카들을 바라보는 심정으로만 그들을
느껴야 했다. 어머니가 쓰러지고 울며불며 대구를 오르내리는 동
안 그들은 어머니의 안부에는 걱정을 숨기지 못하면서도 하란에
게는 어떠한 연민의 말도 하지 않았다.

　말로만 하는 부주라고는 해도 다른 친척들은 앞으로 하란이 감
당해야 할 일에 대한 걱정과 그 모든 걸 홀로 떠맡게 된 하란의 운
명에 한숨을 쉬며 눈물을 보이기도 했다. 그러나 어머니를 병원에
두고 홀로 어머니 아파트에서 울면서 밤을 지새도 그들에게선 마
음을 헤아려 주는 전화 한 통 받지 못했다. 틈을 보이면 무조건 의
지하고 도와 달라고 엄살을 부릴 것이라 생각했을까? 다른 걸 원
하지 않았다. 어머니 걱정 끝에 자신을 걱정해 주는 단 한마디, 밥
은 먹고 다니니? 꼭 챙겨 먹어. 그 말 한마디면 하란은 행복했을
것이다. 그리고 밤에 홀로 어머니 아파트에서 두려움에 떨고 있을
때 한 번이라도 하란아, 혼자 그렇게 있지 말고 언니 집으로 와.
넌 혼자가 아니야, 언니들이 있잖아, 라는 전화를 해 주었더라면
아, 언니들이 날 걱정하고 있구나, 라는 생각으로 마음이 덜 추웠
을 것이다. 나를 걱정해 주는 사람이 필요했다. 내가 누군가한테
참 소중한 사람이구나, 하는 존재감이 정말로 필요했다.

　어쩌다 병원으로, 어머니 집으로 문병 온 그들은 파리하게 지쳐
있는 하란에 대해선 당연히 네가 할 일을 하고 있는 것이라는 식
으로 무관심했다. 촌수가 먼 친척들이 하란의 얼굴을 살피며 '애

가 먼저 죽겠어. 얼굴에 핏기라고는 없으니 저걸 어쩌나 그래' 라며 눈물을 글썽일 때도 진숙 자매는 스치듯 한번 바라볼 뿐 대꾸가 없었다. 날아갈 듯한 옷차림에 다이아로 목과 손가락을 감은 외숙모가 병원에 들어섰을 때 미리 와 있던 혜경 이모는 어처구니 없는 표정으로 하란을 복도로 잡아끌었다.

―사람이 쓰러져서 입이 돌아가고 수족을 못 쓰고 호스에 연결돼 누워 있는데 저러고 오고 싶을까? 아무리 남편 죽으면 시누이도 남이라지만 여기가 파티 장소냐? 남 보기 창피해서 원. 죽은 네 삼촌 같으면 지금 세수할 정신이라도 있겠어? 불쌍해서 울고 불고 난리가 났을 거다.

혜경 이모는 외부로 난 비상계단에서 담배를 연거푸 태우며 몸을 떨었다.

―그래도 이모가 있잖아? 이렇게 매일 와 주고, 진심으로 날 걱정해 주는 이모가 있으니 괜찮아.

하란은 어머니가 쓰러진 뒤 어머니의 내사촌인 혜경 이모가 세상에서 제일 가까운 혈육같이 생각되었다.

―나야 마음만 동동거릴 뿐 형편이 이러니 널 볼 면목이 없다. 이모는 사실 언니보다도 네가 더 불쌍해.

그 마음만이라도 넘치도록 고맙다고 하란은 마음속으로 말하고 있었다. 같이 걱정해 주고 같이 있어 주고 무엇보다도 자신의 안색과 형편을 살펴 주는 그 마음이 지금은 제일 필요하다는 걸 혜경 이모는 알까? 혼자라는 외로움이 실은 제일 큰 두려움인 걸.

깡패 남동생이라도, 가난에 찌든 언니라도 하나 있었으면 외롭지는 않을 텐데, 적어도 그들이 있다면 돌아가며 어머니를 지킬 수도 있고 서로를 위로하며 의지할 수 있을 테니까, 사촌한테 정을 구걸하는 일은 없을 것이다. 돈을 구걸하는 것보다 정을 구걸하는 게 얼마나 사람을 외롭고 비참하게 하는지, 하란은 다시 목이 메었다.

"엄마는 좀 차도가 있어요?"

커다란 비닐봉지에 약을 담으면서 약사는 결재가 끝난 카드를 하란에게 주었다.

"네, 그만그만하세요. 더 나빠지지만 않으면 다행이죠."

카드와 영수증을 받아 수첩에 넣은 뒤 약 봉투를 들고 나오는데 약사의 잘 가라는 인사와 함께 혀를 차는 소리가 들린다.

"긴 병에 효자 없다, 라는 말도 틀리나 봐. 앞으로도 저 감당을 어째? 중풍이 금방 어떻게 되는 병도 아닌데……."

어머니 아파트 동으로 가는 언덕길을 오르는데 누가 뒤에서 하란을 불렀다. 5층 할머니였다.

"맞구나. 뒤태가 비슷해서 불러 봤어. 엄마한테 오는 길이야?"

"네, 잘 계셨어요? 건강은 좋으시죠?"

"나야 뭐, 아픈 네 엄마가 걱정이지."

5층 할머니 손에는 방금 뜯어 온 것 같은 나물이 바구니에 들려 있었다. 챙 있는 모자를 썼어도 발갛게 익은 얼굴이 바깥에서 오랜 시간을 보냈음을 말해 주고 있다.

"그나저나 그 진도댁이라는 할망구는 왜 그렇게 주책이 없어? 앉을 자리 설 자리 구별도 못하고……."

하란은 할머니를 돌아보았다.

"자기만 고향이 있나? 고향에 한번 다녀와야 한다고 저 타령이다 글쎄. 병든 사람 옆에서 구완해 주러 온 사람이 그게 할 말이냐고? 말이 병자 구완이지 네 엄마가 대소변을 못 가리길 하나, 정신이 없나, 할 일이 뭐가 있어? 그냥 같이 먹고 자고, 그러면서 매달 꼬박꼬박 월급 받지. 네가 올 때마다 약이야 옷이야 다 사다 주지. 도무지 사람이 고마운 걸 몰라요."

"고향이라면? 진도에 가고 싶다는 말인가요?"

"그렇겠지 뭐. 사람이 죽기 전에 고향은 꼭 가 봐야 한다고 네 엄마까지 들쑤셔 놓고선……, 사는 데가 고향이지 떠나온 지 몇 십 년 된 데가 무슨 고향이야? 안 그러냐? 그래서 내가 그런 말 하니까 그래도 안 그렇다고 우기는데, 나 참. 거기 물들었는지 네 엄마도 은근히 가 보고 싶어 하는 눈치야. 그 몸을 해 가지고 그 먼 데를……."

어머니 집 앞에서 잠시 들어왔다가 가시라는 하란의 말을 뿌리치고 5층 할머니는 계단을 올라갔다.

"나물국 끓여서 갖고 갈게. 어여 들어가 봐."

하란은 계단을 올라가는 5층 할머니를 안 보일 때까지 바라보고 서 있었다. 한 손으로 허리를 받치기는 했지만 자신의 힘으로 원하는 곳은 어디든 갈 수 있는 할머니가 새삼 부럽다. 직립할 수 있

다는 것은 나약한 인간이 만물의 영장이 될 수 있었던 첫째 조건
이라고 할 수 있다. 이제 벨만 누르면 한쪽의 기운이 상실된 어머
니를 보게 된다. 평생 음지의 이끼처럼 눈물과 외로움에 젖어 있
는 것만으로는 이 세상을 덮기에 부족했을까? 어머니의 삶에서
말년에 수족마저 불편한 그 모습이 앞으로도 오래오래 기억될 내
어머니의 마지막 모습인가. 벨을 누르는 손가락 끝이 저릿하게 떨
려 온다.

"하란아, 엄마 지금 혼자 섰어. 봐."

진도 할머니가 열어 주는 현관문을 막 들어서는데 안방에서 어
머니의 목소리가 들렸다. 하란은 들고 있던 짐을 바닥에 팽개치고
안방으로 달려 들어갔다. 요 위에서 어머니가 지팡이도 짚지 않은
채 서 있었다. 손등의 뼈가 불거져 나올 만큼 두 주먹을 힘껏 말아
쥐고 간신히 균형을 잡고 있는 어머니는 하란을 보자 혼자 섰다는
말을 반복하며 상기된 얼굴빛으로 웃었다.

"이제 다 컸네. 혼자 서기도 하고."

진도 할머니가 하란의 뒤에서 봉지들을 안으로 들여 놓으며 어
린아이 다루는 듯한 말로 대꾸한다.

"엄마, 한 발자국만 앞으로 내디뎌 봐."

하란은 어머니 앞으로 두 손을 뻗었다. 제발, 한 걸음만이라도
엄마 스스로 걸어서 내게로 와. 간절한 바람이 조마조마하게 하란
의 가슴에 인다. 어머니의 얼굴에 살얼음판 같은 불안한 기색이
퍼지고 있다.

"욕심내지 말어. 저렇게 혼자 서는 것만 해도 어디야? 어여 그만 앉어."

진도 할머니가 하란을 밀치며 어머니 앞으로 간다. 그런데 어머니는 선 채로 꼼짝도 하지 않고 방바닥만 뚫어지게 내려다보고 있다.

"앉을 수가 없어. 서긴 했는데……."

하란은 얼른 어머니의 몸을 부축해 요 위에 앉혔다. 얼마나 안간힘을 쓰며 서 있었는지 부축하며 잡아 본 어머니의 등과 목덜미에 땀방울이 흥건하게 맺혀 있다. 하란은 수건을 물에 적셔 어머니를 닦았다.

"파이프 손잡이를 잡고 얼마나 서고 앉는 연습을 했는지 몰라. 왼쪽이 얼마나 무거운지 천근만근이나 되는 것 같아서 사람이 죽어서 늘어지면 장정도 혼자서는 못 든다는 말이 실감이 돼."

하란의 손길을 따라 이리저리 몸을 돌리고 있는 어머니는 아직도 숨이 차는지 쌕쌕거린다.

"엄마, 좀 누워요."

"아니야, 이렇게 숨이 찰 때는 좀 앉아 있는 게 훨씬 수월해. 하란아, 엄마 자꾸 연습하면 걸을 수 있겠지? 처음엔 감각도 전혀 없어서 반은 이미 죽었구나 그렇게 여겼는데 지금 이렇게 감각이 돌아온 걸 보면 신경이 살아 있다는 거겠지?"

하란은 고개를 끄덕이며 어머니를 바라보았다. 쓰러진 뒤로 염색을 전혀 하지 못해 거의 백발이 된 머리가 땀으로 촉촉이 젖어 있다.

"고향에 한번이라도 갈 거라고 네 엄마가 더 열심히 운동했어."

하란이 사 온 약봉지를 바닥에 풀어 진도 할머니는 자신의 약과 어머니의 약을 익숙한 솜씨로 분리해 각자의 서랍에 넣었다.

"사람이란 희망이 있어야 사는 거거든. 몸이 좀 웬만해지면 나랑 손잡고 진도에 가기로 약속했어. 늙고 병들었을 때 고향만큼 그리운 데가 어디 있나? 뭘 모르는 오 층 할망구는 속도 모르고……."

하란은 일어서 밖으로 나가려는 진도 할머니의 손을 잡아 바닥에 앉혔다.

"엄마 조금 더 좋아지면 제가 두 분 모시고 갈게요. 저도 엄마 고향에 한 번도 못 가 봤거든요."

"정말 그럴래?"

어머니가 반색을 하며 하란의 팔을 흔들자 진도 할머니도 하란에게 잡힌 손을 빼내어 눈물이 그득해진 눈을 손등으로 닦아 낸다.

"응. 그러니 엄마 운동 열심히 해서 지팡이 짚고는 혼자 걸을 수 있도록 해야 돼, 알았죠? 근데 할머니는 진도에 누가 계세요?"

"아무도 없어."

"엄마는?"

어머니는 고개를 저었다. 괜한 질문을 했다 싶어 하란이 잠시 다음 말을 찾기 위해 두 사람에게서 시선을 거두고 딴청을 부리고 있는 사이 울먹이는 진도 할머니의 목소리가 들린다.

"있다고 해도 만날 수도 없어. 나도 생사 모르는 영감이 육이오

때 이북으로 갔다는 소문이 퍼져서 도망치다시피 떠나온 고향인걸."

몸집이 좋은 진도 할머니의 등이 갑자기 너무도 작고 왜소해 보인다. 하란이 할머니의 어깨를 두 팔로 안으려는 순간 고개를 떨어뜨리고 있던 어머니의 한숨 소리가 들린다.

"당시만 해도 진도에서 유일하게 선생이 나왔다고 온 마을이 떠들썩했는데……, 네 아버지를 만나고, 널 낳고 하면서 고향과는 등을 지게 됐으니……. 먼 친척이야 있지만……, 그래도 형님 말을 들으니까 참 가 보고 싶은 것 있지. 빛났던 세월과 훼손되지 않은 꿈을 진도에 가면 다시 만날 수 있을 것만 같아서……. 설령 아는 사람이 있대도 반신불구가 된 지금의 날 알아보겠니? 그냥 그 하늘, 그 공기, 그 바닷바람을 죽기 전에 한번 봤으면 하는 거지. 말이 그렇지 언제 나아서 갈 수 있겠어? 네 아버지를 봐라. 좋다는 약 다 쓰고 갖은 정성 다 드렸어도 어디 차도가 있든? 괜히 늙은이들이 해 보는 소리니까 부담 갖지 마."

"아니야, 엄마. 안 나으면 어때? 차로 가는 건데. 가서 엄마하고 할머니 고향도 보고 회도 먹고 한 바퀴 빙 돌아오자고요. 나도 가고 싶어. 엄마 고향인데 딸이 한 번도 안 가 본데서야 말이 돼? 그리고 나 작가잖아. 많이 보고 많이 느끼고 그러려면 많이 다녀야 한다고. 그죠, 할머니?"

무슨 말을 하고 있는지도 모를 만큼 떠드는 동안 어느새 하란에게 진도는 반드시 가야만 하는 성소가 되어 있었다. 그래, 가야 해. 어머니의 삶에서 어쩌면 가장 자유롭고 떳떳했던 시간이 거기에 있을지도 몰라. 그 시간을 어머니께 다시 느끼게 해 줘야 해. 세상의 잣대에서 어긋난 사랑을 했다는 이유로 평생이 감옥이었던 어머니의 삶을 내가, 딸인 내가 빗장을 끌러 줘야 해. 언젠가 뉴스에서 보았던 진도 앞 바닷길이 열리는 장면이 하란의 머릿속에 떠오르고 있었다. 모세의 기적을 본다고 하여 해마다 그때쯤이면 전국에서 많은 사람들이 그곳을 찾는다고 했다.

정신과 육체가 분리된 것이 아니라면 어머니에게 찾아온 뇌졸중은 사방 통로가 막힌 정신의 억압에서 비롯된 것인지도 모른다. 혈압이 높지도, 술 담배를 하지도 않는 어머니에게 뇌졸중이 온 것에 대해 친척들은 한결같이 의아해했다.

—오죽 간절하고 그리우면 병까지 네 아버지를 닮겠니? 나는 지금도 언니가 그 병에 걸렸다는 게 도무지 믿어지지가 않아. 그렇게 사랑하면서도 함께 살아 보길 했나, 살 형편은 못 된다 치더라도 네 아버지가 죽을 때까지 건강하게 오가길 했나, 마지막 떡잎 떨어뜨리듯 너 하나 달랑 언니 품에 떨어뜨려 놓고 병들어 누웠으니 네 엄마 속이 속이었겠냐?

혜경 이모는 속이 상할 때마다 하란에게 전화를 걸어 넋두리를 하곤 했다.

—아이들을 가르치던 여자가 하루아침에 남한테 손가락질 받는 신세가 되어 평생을 살아왔으니 저런 병이 온 것도 무리는 아니

야. 네 아버지가 병만 안 났어도 그 곁에서 그럭저럭 시름을 잊었 겠지만 혼자 널 키우고 살면서 무섭기는 얼마나 했겠냐고. 그게 다 병이 된 거야. 그동안 안 돌고 산 것만 해도 대단하지. 어쩌면 정신을 놓지 않기 위해 몸이 저렇게 병든 건지도 몰라. 만약에 네 가 결혼해서 잘 살고 있는 상태였다면 네 엄마, 아마 쓰러질 때 정 신을 놓아 버렸을지도 몰라. 그나저나 넌 언제까지 그렇게 혼자 살래? 하긴 이젠 수족 못 쓰는 엄마까지 있는데 누가 그 치다꺼리 를 하려고 하겠어? 연애도 결혼도 다 때가 있는 건데.

한번 시작된 혜경 이모의 넋두리는 언제나 하란의 결혼 이야기 로 끝을 맺곤 했다.

그새 다 끓였는지 5층 할머니가 구수한 나물 된장국이 담긴 냄 비를 들고 들어선다. 좁은 어머니 집이 금방 된장국 냄새로 가득 찬다. 하란은 얼른 어머니 약이 담긴 서랍에서 삐콤을 꺼내 5층 할 머니 앞에 놓았다.

"이게 뭐야?"

하란 앞으로 도로 밀어 놓으며 급하게 일어설 채비를 하는 할머 니를 어머니가 붙잡았다.

"형님 드리려고 사 왔대요. 아이 정성이니 나무라지 말고 갖다 드세요."

손사래를 치는 할머니 앞에서 무안해진 하란을 대신해 어머니 가 삐콤을 기어이 할머니 손에 쥐어 준다.

"성성한 사람이 약은 무슨?"

"할머니, 비싼 약 아니에요. 입맛 없을 때잖아요. 드시고 건강하셔야 저희 엄마도 자주 들여다보시죠."

"내가 갑자기 무슨 호강인지 모르겠다. 앞으로는 이런 짓 하지 말아. 네 엄마 뒷수발만도……."

갑자기 어머니의 안색이 초라하게 떨궈지는 걸 본 5층 할머니가 말을 끝내지 못하고 가스 밸브 잠그는 걸 잊었다면서 서둘러 돌아간다.

"잘했다. 엄마는 아직 있어. 저 형님이 늘 고마웠는데 이제 좀 맘이 편해."

"엄마가 그런 마음일 것 같아서 드린 거야. 이제 좀 누워요."

하란의 부축을 받으며 어머니는 자리에 누웠다. 하란은 어린이처럼 작아진 어머니의 몸을 구석구석 천천히 만지기 시작한다. 진도 할머니가 방에서 나가며 손으로 눈물을 훔치는 게 보인다.

"힘들지? 너 이 고생 시키려고 내가 여태 산 게 아닌데……, 인생이 어떻게 원대로 되는 게 하나도 없는지……. 남의 눈에 눈물 낸 죄가 이렇게 클 줄 몰랐어."

자신의 몸에 닿는 하란의 손을 두 손으로 꼭 잡으며 어머니는 울먹였다. 싱크대 쪽에서 진도 할머니의 쌀 씻는 소리가 들려오고 있다. 하란은 어머니의 시선을 피한 채로 계속 팔이며 다리를 주무르며 가슴속을 메우고 있는 자신의 목소리에 귀를 기울였다. 엄마, 제발, 제발 내게 약한 말 하지 마. 어차피 엄마는 병들었고 나는 그걸 감당해야만 해. 그게 우리 현실이라고요. 차라리 남들처럼 좀 뻔뻔해져 봐. 나는 사랑을 했고 평생 그 사랑에 충실했다. 늙으면 누구나 병들 수 있는데 그 병이 내게 온 것뿐이다. 다른 자식이 없으니 힘들겠지만 이것도 네 몫이다. 이렇게 좀 당당해져 보란 말이야. 내가 진짜 힘든 건 엄마의 그 한숨과 눈물이야. 같이 받아 낼 형제라도 있으면 반쯤은 건성으로 듣고 흘릴 수도 있겠지만 나는 혼자잖아. 그게 미치도록 날 외롭게 한다고. 나오지 못한 말들이 머릿속에서 윙윙거리며 아우성을 쳐 대고 있다.

어머니가 쓰러졌다는 전화를 진영으로부터 받았을 때 하란은 차라리 어머니가 정신마저 놓아 버렸기를 바랐다. 자신에게 일어난 일을 기억할 수 없다면 어머니 자신은 어쩌면 훨씬 수월하리라 생각되었기 때문이었다. 사람들은 어머니가 정신은 맑다고 그나마 다행이라고 했지만, 맑은 정신의 어머니가 겪어야 할 절망을 곁에서 지켜봐야 한다는 게 얼마나 생살 찢는 아픔인지는 하란만이 알 수 있는 사실이었다. 사실 그랬다. 돈 구하는 일보다, 한 달이면 두 번 세 번 서울과 대구를 오르내리는 일보다, 수족을 못 쓰고 누워 있는 어머니를 보는 일보다 하란을 힘들게 했던 건, 약할 대로 약해진 어머니 마음을 추슬리는 일이었다. 다른 건 어떻게든 하란 스스로 감당하면 되는 일이었지만 어머니의 절망과 눈물, 자신에게 미안해하는 한숨은 감당되는 일이 아니었다. 힘들어서 외롭고 정말 지쳤을 때도 어머니의 감정 상태를 살피느라 하란은 늘 얼굴이 경직되는 걸 느껴야 했다. 어머니의 눈물은 하란에겐 막다른 절망이었던 것이다. 어머니의 삶이 실패로 끝나지 않으려면 이제라도 어머니는 뻔뻔해져야 한다고 하란은 마음속으로 수십 번 말했다. 어느새 어머니는 하란의 손을 꼭 쥔 채 잠들어 있었다.

잠든 어머니를 한참 바라보다가 하란은 그제야 지선우 선생에게 인사도 못 드리고 왔다는 생각이 들었다. 그렇게 올 생각은 아니었는데, 민애와 연경과 말을 섞은 게 잘못이었다. 어디서 불거진 상처였든 그것을 공유하는 사람들은 마주치지 않는 게 좋다는 걸 하란은 알고 있었다. 설령 화해라는 대반전이 이루어진다고 해도 그렇게 되기까지는 그때의 역사에 대한 회상을 필요로 하기 때문이었다. 두 번 다시 말로든 생각이든 재생하기 싫었다. 더욱이 아직도 전혀 변하지 않은 채 시샘과 빈정거림으로 번들거리던 그들의 눈빛을 보자 그런 생각은 더욱 굳어졌다. 모르는 사람 대하듯 하면 되는 것이다. 이 자리가 끝날 때까지 그들과는 생면부지라고 여기면 되는 것이다. 그런 생각을 하고 있는데 마침 입구 쪽 테이블에 앉아 있던 1학년 때 담임 정재홍 선생이 멀리서 손짓으로 하란을 불렀다. 하란은 그쪽으로 가기 위해 일어섰다. 그때까진 그대로 호텔을 나오리라는 생각은 하지 않았다. 정재홍 선생님께 인사만 드리고 다시 이 자리로 오리라. 와서 지선우 선생님께 작별 인사를 하고 어머니 집으로 가리라. 그런데 하란은 그러지 못했다. 정재홍 선생과 인사를 나누고 지선우 선생 자리로 돌아오기 위해 테이블 사이를 걷는데 자신을 부르는 목소리가 들렸다. 세월이 흘렀지만 알 수 있었다. 비음이 섞인 평균보다 조금 느린

240

말투, 연경이었다.

—오랜만이지?

—그러네.

하란은 선 채로 그들을 바라보며 짧게 대답했다. 앉으라는 말도 없었지만 가능한 더 이상의 말이 오가지 않기를 바랐다.

—근데 넌 여전히 말랐다. 아니 여고 때보다 더 마른 것 같애. 힘드니? 결혼도 안 했다던데. 하긴 작가 생활이 넉넉할 리는 없지.

맥주잔을 홀짝거리던 민애가 술기운이 가득한 눈으로 서 있는 하란을 위아래로 훑어 내렸다. 하란은 대꾸하지 않았다. 마흔에도 저런 눈빛과 말투를 쓸 수 있다는 게 다시 기가 막혔다. 지선우 선생이 전 교장과 머리를 맞대고 이야기하고 있는 모습이 멀리 보였다. 대꾸 없이 서 있던 하란이 막 걸음을 떼려던 순간이었다.

—어떻게 된 게 이 학교는 한 번 스타는 이십 년이 지나도 스타니? 참, 하란아. 네 엄마는 잘 계시니? 불쌍한 분인데 네가 잘해야겠다. 웬만하면 결혼하지 그러니? 천지에 너밖에 없을 텐데 사위 사랑이라도 받게 해 드리면 좀 좋으니? 우리 엄마 보니까 남편과 자식이 주렁주렁해도 사위 탐은 많던데. 참, 시 잘 들었어. 새삼 능금축제가 생각나대?

민애의 빈 잔에 연경이 맥주를 따르고 있었다.

—고맙다, 우리 엄마까지 걱정해 줘서.

—삼총사잖니, 우리. 그나저나 너, 네 출생이 결혼에 걸림돌이 된 거야? 왜 남들 다 하는 결혼을 안 해?

새삼스럽게 의자를 내 주는 시늉을 하며 연경이 주위에 들으라는 듯이 큰 소리로 말했다. 하란은 자신 쪽으로 놓여 있는 의자 앞으로 바싹 다가섰다. 연경과 민애의 눈빛이 동시에 하란을 향했다. 하란은 똑바로 그들을 바라보았다. 그리고 천천히 질긴 고기를 씹듯이 말문을 열었다.

　―본성은 바뀌지 않는다더니. 너희들 보니까 성선설을 주장한 공자보다 성악설을 주장한 순자가 옳았다는 생각이 드네. 이십 년 가까운 세월도 너희들 인간성은 못 바꿨으니 말이야. 자식들 키우지 않니? 더 이상 죄짓지 마. 벌은 사선으로 내린다고 했어. 죄지은 당사자가 벌 받는 게 아니고 그 자식이나 가장 사랑하는 사람이 대신 받는다는 소리야. 무섭지 않니?

　하란은 그대로 사파이어룸을 빠져나왔다. 위가 뻐근하게 뭉치는 것 같더니 극심한 통증이 몰려왔다. 잠시 로비에서 배를 움켜쥐고 있는데 길길이 날뛰는 연경과 민애의 목소리가 들려왔다.

　―뭐? 뭐라는 거야 쟤가?

　―죄라니? 우리가 지금 없는 소릴 한다는 거야 뭐야?

　―야, 관두자. 출생이 그러니 분밖에 더 남았겠어? 너, 쟤 씹듯이 말하는 거 봤지? 많이 변했다. 쟤 저러지 않았잖어? 혼자 살면서 악만 늘었나 봐.

　―작가라면서? 작가가 저런 말투 써도 되나 몰라.

　며칠이나 흘렀을까? 눈을 뜨고도 침대에 그대로 누운 채로 하란은 낯선 사방을 두리번거렸다. 고장 난 세면기 수도꼭지에서 물 새는 소리가 틈이 맞지 않은 문 사이로 계속 새어 나오고 있다. 이 사하던 날 하란이 물이 샌다고 하자 주인 여자는 월세는 입주자가 고쳐 가며 사는 거라면서 보수 센터 전화번호를 알려 주었다. 4층 인데도 창문이 작은 탓에 방 안은 대낮에도 어둑어둑했다. 급하게 한 도배로 싱크대 쪽 벽지가 부풀어 오른 벽에선 아직도 풀 냄새 가 실내를 덮고 있다.

일어나서 커피 물을 끓이려다 하란은 도로 침대 속으로 파고 들 어갔다.

—위궤양도 심한 위궤양이에요. 신경 써서 낫게 하지 않으면 암 이 될 수도 있다고요.

중앙병원 소화기내과 과장은 내시경 결과가 적힌 차트를 보며 몇 번이고 그 말을 되풀이했다.

—그럼 현재는 암이 아니죠?

불안했던 마음이 개이며 편안해진 하란이 그렇게 물었을 때 의 사의 표정은 황당하게 구겨지고 있었다.

—이봐요, 지하란 씨. 이 정도의 위궤양도 아무나 걸리는 건 아 니에요. 심하다고요. 지금부터 서너 달 처방대로 약을 먹고 다시 내시경을 해 봐야 해요. 물론 오늘도 조직 검사는 했어요. 결과는 일주일 후에 나오니 그때 다시 들러요. 알았어요?

책상 서랍에서 식전에 먹는 약을 꺼내 삼키는데 다시 위가 쥐어 짜듯 아파 온다. 동문회 참석 후 어머니께 들렀다가 밤 열차를 타고 서울로 돌아와 한숨도 못자고 병원에 도착했을 때, 의사는 하란을 뚫어지게 바라보았다.

　—어디 다른 데도 많이 불편한 거 아니에요? 안색이 너무 나빠요. 오늘은 위 내시경만 하더라도 조만간 종합검진을 받아야 할 필요가 있을 것 같은데…….

커튼을 걷고 불을 켜자 침대 맞은편 화장대 거울에 하란의 모습이 비친다. 살고 싶지 않아서 그래. 너무 힘들어 죽고 싶어서 그래. 외로워서 얼어 죽을 것 같아서 그래. 하란은 자신도 모르게 입술을 뚫고 새어 나오는 소리를 들었다.

"이거 수도꼭지를 교체해야 되겠는데요? 밸브가 낡아서 조여지질 않아요."

욕실에서 세면기 쪽을 살펴본 보수 센터 남자가 문 옆에 서 있는 하란을 돌아보며 말했다.

하란이 고개를 끄덕거리자 남자는 공구 가방에서 새 수도꼭지가 들어 있는 포장을 꺼내 익숙한 솜씨로 금방 세면기의 모습을 바꿔 놓았다.

"오만 원인데 사만오천 원만 내세요. 그리고 다른 곳도 탈나면 언제라도 불러 주시고요."

만 원짜리 다섯 장을 건네자 주머니에서 5,000원을 꺼내 식탁 위에 놓으며 남자는 사방을 한번 둘러보았다.

"추워지면 아마 위풍이 셀 거예요. 문짝이 조금씩 다 벌어졌네요. 문풍지 같은 것도 여자 분이 붙이기엔 힘이 들거든요. 어디 시멘트 못 칠 데는 없나요? 온 김에 박아 드릴게요."

남자가 드릴러를 꺼내더니 스위치를 찾아 콘센트에 꽂는다. 하란은 남자가 움직이는 대로 신문을 들고 따라 움직였다. 요란한 소리와 함께 벽에서 시멘트 가루가 신문지 위로 떨어지고 있다. 어머니 집에 쇠파이프 봉을 부착할 때도 저런 소리와 먼지가 났었다.

남자가 가고 바닥에 놔 둔 액자와 시계 등을 건 다음 하란은 세탁기 버튼을 누른 뒤 청소기로 구석구석 먼지를 빨아냈다. 청소기와 세탁기가 동시에 돌아가는 소리로 좁은 실내가 머리카락 엉키듯 굉음 속에서 흔들리고 있다. 〈작가 사상〉에서 청탁받은 단편 마감이 사흘밖에 남지 않았기 때문에 이제 며칠은 무조건 글에 매달려야 할 판이었다. 어머니가 쓰러진 뒤 처음으로 발표하게 되는 단편이니만큼 하란은 청탁받은 이후부터 계속 마음이 편치 않았다. 우선 자신의 현재 감정이 냉정하게 가라앉아 있지 못하다는 게 마음에 걸렸고, 사고의 폭과 관심사가 어느 한쪽으로 치우쳐 객관성 확보에 자신이 없었기 때문이었다. 우편으로 배달된 청탁서를 받은 날 하란은 〈작가 사상〉에 전화를 걸어 편집장을 찾았다. 개인 사정으로 당분간은 도저히 소설을 쓸 수가 없을 것 같다는 하란의 말이 채 끝나기도 전에 강 편집장의 목소리가 들렸다.

—지 선생님, 이제 소설 안 쓰실 겁니까?

부드럽고 낮은 음성이었지만 순간 하란은 귀가 얼얼할 만큼 날카로운 무엇인가에 머리채를 휘어잡힌 기분이었다.

―벌써 사 년째 한 작품도 발표를 안 하고 계시잖아요? 물론 작가한테 발표가 목적이 되선 안 되겠지만 그렇다고 근래에 작품집을 따로 묶어 내신 것도 아니잖습니까? 결국은 소설을 안 쓰고 계시는 거예요?

강종휘 편집장의 말은 계속 이어졌다. 하란보다 한 해 먼저 신춘문예에 평론이 당선된 그는 〈글과 몸〉이라는 평론집을 냄으로써 이미 평단에서 확고한 자기 자리를 차지하고 있었다.

―잘 아시겠지만 시인이 시를 쓰지 않을 때는 시인이라고 할 수 없는 것과 마찬가지로, 소설가가 소설을 쓰지 않으면 그는 작가라고 할 수 없어요. 너무 오래 쉬면 모든 게 녹슬어요. 도대체 통 뵐 수도 없고 요즘 뭘 하시는 겁니까?

편하게 쉬고 있는 게 아니라고 말하고 싶었지만 하란은 아무 말도 할 수 없었다. 여기저기 잡문에 아동 출판사 아르바이트까지 눈이 빠지도록 글만 들여다보고 살고 있다고 하란이 마음속에서 자신의 말을 챙기고 있을 때, 강 편집장은 이번엔 반드시 써서 발표하라는 말로 하란의 생각을 잘랐다.

―사정 때문에 작가가 글을 안 쓴다면 나중에 그 사정이 사라지고 난 후 이미 거덜나 버린 지난 시간을 어떻게 감당하고 바라볼 수 있겠어요? 대문호일수록 가장 힘든 시기에 명작을 탄생시켰다는 걸 기억하세요.

하란은 청소기를 돌리면서 일인칭 화자가 내면에 숨어 있는 또 하나의 자신을 이인칭 '너'로 바라보면서 집요하게 자신의 의식을 추적하고 있는 형식의 단편을 구상했다. '자기 자신을 엿보기'가 될 것이기도 한 그것은 시작하기도 전에 산 채로 까발려지는 수치의 한기를 몰고 왔다.

욕실에서 걸레를 빨아 나오는데 핸드폰 벨이 울린다. 하란은 물기가 마르지 않은 손으로 급하게 폴더를 열어 귀에 댔다. 손에서 흘러내린 물이 귀를 타고 목덜미 쪽으로 몇 방울 미끄러지는지 차고 보드라운 느낌이 속살로 전해진다.

"하란이니?"

지선우 선생이다. 동문회 때 잠깐 본 그의 모습이 눈앞에서 떠오른다. 시 낭송을 하기 위해 단상에 섰을 때 하란은 단박에 중앙 원탁 테이블에 앉아 있는 지선우 선생을 찾을 수 있었다. 짙은 회색 양복 아래 받쳐 입은 연분홍 와이셔츠와 은회색 넥타이가 단아하게 나이 들어가는 선생과 잘 어울려 보였다.

그날 아침 동문들이 모이는 장소에 하란이 도착하자 경란은 자기 체면 살려 줘 고맙다고 하란의 팔을 흔들며 좋아했다. '시 낭송은?' 하란의 귀에 대고 속삭이던 경란은 하란이 고개를 끄덕이자 '와, 44기 재경 효명여고 동창회 총무 누군데 이렇게 일을 잘하는 거야?'라며 큰 소리로 버스 안을 휘젓고 다녔다. 동문회에 참석하기로 갑자기 마음을 바꾼 건 하란 자신이 지금 생각해도 알 수 없는 일이었다. 더구나 다음 날은 아침부터 병원에 예약이 돼 있는 상태였기 때문에 당일치기로 대구를 다녀온다는 것은 불가능한 일이기도 했다. 병원에 가기 전 어머니를 본다는 것도 사실은 두려웠다. 떨리고 두려운 마음에 어머니의 영상까지 겹쳐지면 진찰받을 엄두조차 나지 않을 것 같았다. 그런데 이상했다. 멀고 먼 어느 곳으로부터 자신을 부르고 있는 누군가의 손짓과 목소리가 사방에서 들려오는 것 같았다. 그것은 원망할 때 말고는 떠올린 적도 없는 아버지의 목소리 같기도 했고, 사이가 좋았을 때 민애와 연경의 손짓 같기도 했으며, 그리고 오래전 늘 따스한 시선으로 바라봐 주던 지선우 선생의 눈빛 같기도 했다. 그들은 한결같이 하란을 부르고 있었다. 아니 가물가물 꺼져 가는 하란의 의식을 깨우고 있었다는 게 더 옳은 표현일 것이다. 시 제목을 '아름다운 출발'이라고 한 것도 어쩌면 하란 자신에게 강력하게 주입시키는 주문이었을지도 모른다. 태어날 때부터 이미 자신의 의지와는 동떨어진 충격에 상처 받아 왔던 시간에서 한 번쯤은 감행하고 싶은 꿈이 말 그대로 '아름다운 출발'이었던 것이다.

"숨이 찬 것 같구나."

하란이 생각에 잠겨 있는 동안 기다려 준 지선우 선생의 목소리가 다시 들린다.

"예, 청소를 하던 중이었어요. 이사를 했거든요."

"이사?"

하란은 주위를 한번 둘러봤다. 이제 이 분위기에 익숙해져야 하리라. 작은 저 창문도, 틈이 벌어진 문도, 부풀어 오른 저 벽지도.

"네가 와서 참 좋았어. 낭송했던 시도 좋았고. 선생님들이 코가

시큰거렸다고 다들 그러시더구나."

"전날 밤에 급하게 쓴 시라 걱정했는데……, 다행이네요. 학교 세요?"

하란은 핸드폰을 든 채로 노트북을 열어 시가 저장된 파일을 찾아 다시 한 번 '아름다운 출발'을 읽어 본다. 급하게 쓴 만큼 미흡한 구절이 많이 들어나는 게 들쑥날쑥한 자신의 상태를 그대로 보여 주는 것 같아 얼른 창을 닫는다.

"학교 아니고 여기는 청주야. 교원대학에서 교장 연수가 있어서 어제 입소했어."

"청주요? 그럼 서울에서 가깝네요, 선생님?"

"대구에 비하면 절반 거리지. 토요일쯤……, 선생님 좀 볼 수 있을까?"

하란의 시선이 책상 위의 달력을 찾고 있다. 토요일이라면 〈작가 사상〉 원고를 마감해야 하는 날이다. 망설이는 하란에게 어색했는지 지선우 선생도 순간 말이 없다. 달력을 보다가 하란은 토요일에 볼펜으로 동그라미를 쳤다. 이제 원고는 그 안에 마쳐야 하는 것이다. 날짜가 빠듯하자 마음도 바빠진다.

"예, 선생님. 제가 맛있는 걸 사 드릴게요."

"맛있는 거야 내가 사 주지. 시간이 되겠니? 어디로 가면 될까?"

밝아진 지선우 선생의 목소리에 하란은 자신의 결정이 옳았음을 확신한다. 그런데 갑자기 마땅한 장소가 떠오르지 않는다. 누군가와 따로 만나 본 적이 거의 없었던 것이다.

"제가 갈게요."

궁여지책으로 나온 말이었다. 그러자 제자가 스승을 뵈러 가는 게 옳다는 쪽으로 생각이 굳어지고 있었다.

"그럴 수 있겠니? 그럼 갈 때는 선생님이 택시로 서울 보내 줄게. 네게 해 주고 싶은 말이 많아."

전화를 끊고 하란은 달력에 친 동그라미 밑에다 '1시, 교원대학교 대강당 1층 로비'라고 적어 넣었다. 이제 이틀은 밤을 꼬박 새야 할 것이다. 하란은 서둘러 소설 파일을 열었다.

사실 넌 대책 없이 나약하지. 겉으로 오만하게 무장된 네 표정과 사람을 질리게 하는 낮고 짧은 음절로 이어지는 네 목소리. 사실은 세상 속으로 투입되지 못한 네 변장술이라는 걸, 나는 알아.

문장은 거기에서 끝나 있었다. 하란은 오래 참았던 울음을 터뜨리듯 자판을 두들기기 시작했다.

너는 말이야, 네가 만든 거울로만 세상을 바라봐. 네가 만든 거울은 네가 비추는 것만 담기 때문에 넌 또 그것만 믿지. 넌 사람들에게 예의바르고 또 끊임없이 참아 주며 최선을 다하지. 그래서 널 오래 안 사람일수록 넌 그들에게 착한 사람이라는 말을 듣지. 하지만 사실 네 가슴속엔 네가 오래 참아 준 사람일수록 벌써 그들을 밀어 버린 절벽이 가파르게 서 있어. 죽을 만치 외롭다고, 사람의 정이 그립다고 눈물 글썽이지만 넌 네가 그어 놓은 선 안으로 침입하려는 사람들을 또 못 견뎌하잖아? 넌 네가 가진 거울로 끊임없이 네 주위를 비추지. 사람들은 그 안에서 성녀와 마녀로 구분되곤 해. 하지만 넌 내색을 하지 않기 때문에 사람들은 너에게 이해심 많고 너그럽다는 찬사를 보내. 마녀로 비친 사람일수록 결국은 네 앞에서 무릎을 꿇게 되지. 넌 용서하는 데 익숙해 보이지만 사실은 용서할 줄을 몰라. 가차 없이 잘라 버린 뒤 뜬구름 같은 시선만 거두지 않을 뿐이야. 네가 진저리치며 혐오하는 것들은 타협의 여지가 없어. 너는 많은 걸 양보하는 것처럼 보이기도 해. 그건 쏟아지는 말을 거두면서 미세하게 흘린 정도 순식간에 거둬 들이기 때문이야. 네 눈빛은 무심해서 세상 밖을 떠도는 것 같지만 사실 너는 세상과 매시간 혼신을 다해 정면 대결을 하고 있지. 네 꿈은 하나야. 어떻게든 네가 편해지는 것. 너의 모든 최선이 결국은 네가 편해지기 위해서라는 말이지. 너무 소박하다고? 천만에! 넌 타고난 에고이스트야.

누가 불러 주는 걸 받아 적고 있는 것처럼 빠르게 움직이던 손가락이 어느 순간 멈춘다. 하란은 모니터에 떠 있는 글씨들을 읽어 보다 소스라치게 놀랐다. 자기가 토해 낸 토사물을 바라보는 심정이었다. 불쾌함과 그것에 겹치는 연민에 어깨와 가슴이 떨린다. 괴물에 대한 묘사도 이렇게는 하지 않을 것이다. 눈을 감자 다시 그 풍경이 선연하게 보인다.

언제부터라고 꼬집어 말할 수는 없지만 하란은 산을 바라볼 때면 그 산꼭대기에서 하얀 속치마만 걸친 채 내려오는 길을 몰라 울고 있는 자신의 모습을 보곤 했다. 날은 어두워지고 바람은 몰아치는데 속옷 바람으로 산꼭대기에서 무서움에 떨고 있는 그 영상은 시시각각으로 하란의 뇌리에 침범해서 식은땀을 솟게 했다. 차로 고속도로를 달릴 때면 양쪽으로 보이는 산들 위엔 여지없이 찢긴 속치마를 입고 떨며 서 있는 자신의 모습이 있었다. 왜 그런 환영을 보게 되는 건지, 하란이 여행을 싫어하고 외출도 가능한 자제하는 건 어디서나 멀리라도 보이는 산을 피하려는 무의식인지도 몰랐다. 그런 환영을 본 날이면 하란은 며칠씩 죽도록 앓았고 앓고 난 다음에는 자신에게 무섭게 독해졌다. 산 위에서 속치마 바람으로 떨고 있던 그 영상에선 아무도 구조해 주러 오지 않으리라는 참담한 체념이 늘 함께 읽혔다. 어떻게든 산을 내려와야 한다면 그것은 오로지 하란 자신의 의지뿐이라는 걸 알게 된 것이다. 아무도 도와주지 않는다. 가슴속의 벼랑은 그렇게 생겨났다. 불필요한 말도 불필요한 교제도 불필요한 관심도 하란은 그 밑으로 떨어뜨렸다. 그러면서 스스로 고립돼 갔다. 최소한의 상처라도 여기에서 더 받는다면 이미 캄캄해진 산 위에서 내려갈 시도도 못해 본 채 자신은 얼어 죽고 말 것이었기 때문이었다. 하란은 그걸 알았다. 쓸쓸해서 죽을 것 같던 가슴은 그렇게 억지로 빗장이 채워졌다.

어쩌면 불행의 많은 부분은 타인을 타인으로 의식하지 못하고,

내가 갈구하는 바를 달라고 기대하는 데서 비롯되는 것인지도 모른다. 안부를 물어 주는 따뜻한 말 한마디, 열에 들뜬 이마를 짚어 주는 부드러운 손, 넘어졌을 때 달려와 주는 사려 깊은 두 다리, 힘들고 지친 눈빛을 그대로 받아 내 주는 조용한 숨소리……. 자신이 그러한 것들에 천길만길 손을 내밀고 있음을 깨달을 때마다 빈손에 쥐어지는 공허함에 하란은 마음이 상하고 몸이 아팠다.

진숙 자매에게 느끼는 거리감도 사실은 하란의 터무니없는 기대에서 시작된 것이었다고 할 수 있을 것이다. 사촌에게 친자매의 정을 하란 자신이 가진 것부터가 잘못이었다. 자라면서 하란은 친자매끼리나 통용되는 큰언니, 작은언니란 호칭으로 그들을 불렀다. 사촌이라면 당연히 진숙 언니, 진영 언니로 불렀어야 옳았다. 그들의 자식이 하란을 그냥 이모라 부르지 않고 하란 이모라 부르듯이 말이다.

진영의 큰아이가 초등학교에 들어갈 때까지 하란은 해마다 성탄절이면 아이에게 카드를 보냈다. 어릴 때부터 진영을 유달리 따랐던 하란은 진영을 빼닮은 아이가 무조건 사랑스러웠고 '내 조카'라는 데 한 치의 의심도 없을 만큼 아이의 존재가 소중했다. 보낸 카드에 답장 한 번 받지 못해도 카드 보낼 조카가 있다는 것만으로도 충분히 기뻤다. 그러나 우연히 그 아이들이 제 이모인 진숙에겐 꼬박꼬박 카드를 보냈다는 사실을 알게 되었을 때, 하란은 얼굴이 화끈거리는 부끄러움을 느끼지 않을 수 없었다. 자신의 사랑과 관심이 그 아이에게 아무런 감동도 되지 않았음을, 그리고 제 언니에게 보낼 카드를 아이에게 사 주는 진영의 머릿속엔 애초에 하란의 이름은 메모되지 않았다는 걸 깨달았기 때문이었다. 그 뒤로 하란은 카드를 보내지 않았다. 정이란 상호 교환이 이루어질 때 깊어지는 법이다. 정을 주면 또 그만큼 받고 싶은 게 인간의 속성인 것이다. 하란은 그때 이후 나 같으면 이렇게 할 텐데, 라는 생각을 버렸다. 나 아닌 타자 그 누구도 나와 같은 생각을 해야 할 의무가 없을 뿐더러 세상에는 사실 균형 잡힌 시소 같은 정의 관계는 존재하지 않는다는 걸 알게 된 탓이었다.

외롭지 않은 사람에게 세상이 벌판 같으니 나 좀 돌아봐 달라고 아무리 애원해 봤자 그들에겐 구질구질한 나약함으로만 보일 뿐, 외로움을 감싸 줄 손은 여전히 차갑게 뒤로 숨긴 채일 것이다. 하란은 자신의 잘못을 인정하지 않을 수 없었다. 사촌에게 친형제의 정을 구하려고만 하지 않았다면 진숙 자매와 그저 그런 사촌으로 무심하게 편안한 관계가 성립되었을 것이다. 형제가 없는 자신이 느끼는 사촌과 형제가 있는 사람들이 느끼는 사촌은 분명히 다를 것이란 걸 왜 그렇게 인정하기 싫었을까? 하란의 친구들은 그녀가 진숙 자매 이야기를 하면서 '우리 언니들'이란 호칭을 쓸 때마다 무남독녀인 네가 무슨 언니들이 있냐고 반문하곤 했다. 그때마다 하란은 우린 다른 사촌과는 다르다고 허약한 변명을 늘어놓으면서도 가슴엔 서늘한 바람이 불었다. '그 언니들은 널 '내 동생'이라고 하지 않을걸?' 친구들의 말이 옳다는 걸 하란도 모르지 않았다. 하지만 덜 외롭기 위해서라도 하란에게 진숙 자매는 '우리 언니들' 이어야 했다. 그것이 잘못이었다.

석 잔째 커피를 끓이기 위해 책상 위의 커피 잔을 들고 일어서
는데 누군가 현관문을 두드리는 소리가 들렸다. 하란은 현관 쪽으
로 걸어 나갔다. 문 안쪽에 매달아 둔 종이 바깥에서 두드리는 충
격에 따라 소리를 내며 흔들리고 있다. 올 사람을 떠올렸으나 아
무도 떠오르지 않는다. 그러나 분명히 하란의 문을 두드리는 소
리다.

"누구세요?"

"여기, 저……, 글 쓰는 사람이 이사 온 데가 아닌가요?"

101호 할머니의 목소리였다. 하란은 종소리가 시끄럽도록 문을
급하게 활짝 열었다.

"맞네. 옳게 찾았어. 덕현 엄마한테 듣긴 했는데 오다 보니까 숫
자가 가물가물하지 뭐야?"

한 손으로는 지팡이를 짚고 다른 손으로는 박카스 한 통을 들고
서 있는 101호 할머니가 하란을 보자 웃는다. 엑스 자로 맨 가방
이 계단을 오른 할머니의 걸음에 받쳐 엉덩이 쪽으로 돌아가 있
다. 하란은 얼른 할머니를 부축해 안으로 모셨다. 땀에 밴 촉촉한
손이 만져진다.

"계단 오르시느라 힘드셨을 텐데……, 어쩐 일이세요?"

급한 대로 박카스 한 병을 따서 내미는 하란에게 101호 할머니
가 손사래를 친다.

"그냥 물 한 컵 줘. 박카스는 작가 선생이 좋아한다고 해서 마시라고 사 온 거야. 얼굴이 전보다 더 안됐네. 그거라도 어서 마셔."

하란이 따라 준 컵의 물을 단숨에 들이키고 난 뒤 101호 할머니는 사방을 찬찬히 훑어보았다. 하란의 시선도 자연히 할머니를 따라 움직인다.

"내가 그동안 얼마나 고마웠는데 이사 갔다고 해서 맘이 많이 아팠어. 혼자 병든 엄마 구완하느라 애쓴다는 소리를 듣고 요즘 세상에……, 참말로 장하대. 형제간이 있어도 서로 미루는 세탠데……, 그런 마음이니까 나한테도 그렇게 잘했구나 싶어서……, 어찌나 짠하던지……."

하란의 손을 잡고 말하는 101호 할머니의 눈에서 눈물이 글썽이고 있다. 하란은 할머니에게 손이 잡힌 채 한동안 말없이 앉아 있었다. 이사하기 며칠 전부터 둘째 아들네에 가 있었던 101호 할머니는 하란의 이사 사실을 몰랐다. 그 주에 경로당에 모셔다 드리면서도 하란은 말을 하지 않았다. 가까운 곳으로의 이사였으므로 경로당엔 해 오던 대로 모셔다 드릴 참이었다. 그래서 이사를 간다고 하면 혹시나 할머니가 부담을 느낄 수도 있다는 생각이 들었던 것이다.

스스로의 아픔에만 갇혀 남을 돌아볼 여유가 전혀 없었던 하란의 삶에서 101호 할머니는 특별한 의미가 아닐 수 없었다. 먼저 손 내밀고 살펴 주는 배려의 기쁨을 가르쳐 준 소중한 존재였기 때문이었다. 가끔은 경로당 앞에서 차를 세우고 차 안에서 할머니

랑 커피를 마실 때도 있었다. 하란이 커피를 뽑아 올 동안 할머니
는 창문을 내리고 하란이 틀어 놓은 배호의 노래를 들으며 앉아
있었다.

—요즘 가수 노래는 콩 주어 먹고 배 앓는 소리 같아서 통 알아
들을 수가 없어. 노래는 이미자나 배호가 정말 잘했지.

세 번째 경로당에 가면서 라디오에서 나오는 노래를 듣던 할머
니가 말했다. 그날 하란은 돌아오는 길에 배호의 테이프를 하나
샀다. 어머니도 좋아하는 가수였다. 다음번에 차에 탄 할머니는
배호의 노래가 나오자 말없이 하란의 등을 두드리며 먼 데로 돌아
가자고 말해서 골목을 세 바퀴나 돌기도 했었다.

커피를 뽑으러 갈 때면 '동전 줄까?' 하고 늘 묻는 할머니에게
매번 있다고 대답을 하다가도 어떤 날은 일부러 동전을 받기도 했
다. 동전 주머니 지퍼를 열어 하란의 손바닥 위에 동전을 하나씩
올려놓는 할머니의 표정에선 귀여운 손녀에게 과자를 사 주는 즐
거움이 읽혔다. 베풀 대상이 있고 뭔가를 베풀었을 때 사람은 평
화 속에서 안온한 휴식을 느낀다. 자신이 준 동전으로 커피를 마
신 날은 경로당 문 앞에서 손을 흔드는 할머니의 얼굴엔 미소가
두 겹 세 겹으로 넓게 퍼졌다. 하란은 그런 기쁨을 할머니에게 주
고 싶었다. 그러면서 잠시나마 자신도 평화로워졌다.

"어디 몸이 나쁜 건 아니야?"

그대로 손이 잡힌 채 생각에 잠겨 있는 하란에게 101호 할머니
가 안색을 살피며 걱정스런 목소리로 묻는다. 하란은 그 틈에 뺀

손을 들어 손바닥으로 얼굴을 몇 번 두드렸다.

"위가 좀 탈 났어요. 약 먹고 있으니 곧 나을 거예요."

"병도 나게 생겼지. 의논할 데도 없고, 도와줄 핏줄도 없으니, 그동안 그 속이 속이었겠어?"

101호 할머니의 눈에 다시 눈물이 번지고 있다. 하란은 티슈를 꺼내 할머니의 눈을 닦아 낸다.

"걱정 마세요, 할머니. 저 힘들지 않아요. 딸이 돼서 엄마를 모시지 못하고 있으니까 마음이 돼서 그러지 몸이 된 건 아니잖아요?"

"몸이 왜 안 돼? 밤낮 글 쓴다던데. 생활비다 병원비다 그게 어디 한두 푼이겠어?"

"그래도 모셔야 도린데……, 제가 이렇게 불효하네요."

"아서! 아서라고!"

"예?"

갑자기 목소리가 커지며 말을 막는 101호 할머니를 하란이 놀라서 바라본다.

"모시지 않는 건 잘하는 일이야. 아무리 모녀 사이라 해도 작가 선생 나이도 있고, 이젠 서로가 불편해서 안 돼. 엄마도 그런 몸으로 딸과 종일 있으면 더 병나. 글 쓴다고 고생하는 딸을 보면 그 맘이 편하겠어? 차라리 안 보고 모른 체하는 게 그래도 낫지. 자식 입장에서야 모시는 게 도리 같겠지만 얹혀 있는 부모는 가시방석이라고. 괜히 엄마 위한다고 모시고 오려는 생각은 하지 마. 그리고 아픈 엄마 수발들어 가면서 이 좁은 공간에서 어떻게 글을 쓰겠어? 엄마는 또 편하게 누워 있을 수 있을 것 같어?"

"……."

"노인 마음은 노인이 잘 알아. 못 모셔서 맘은 되겠지만……, 사람도 구해 놨다며? 수족 불편한 사람을 혼자 뒀다면 문제는 달라지겠지만 그만 했으면 잘한 거야. 나도 자식들이 있지만 이렇게 혼자 살잖아? 이게 편한 거야. 모셔 봐, 사람이니까 서로에게 짜증도 날 거고, 그러면 엄마는 엄마대로 딸은 딸대로 그게 무슨 지옥이야? 멀리서 자주 들여다보고 돈 걱정 없이 해 주는 게 진짜 효도라고. 더구나 시집도 안 간 딸 하루 종일 바라보면 안쓰러움에 엄마는 지레 죽고 싶을 거고, 또 그 모습을 보는 딸은 그 마음 알면서도 부담스러우니 생지옥이지. 알고도 모른 체할 수 있는 지금이 엄마한테는 훨씬 편할 거야."

101호 할머니는 하란이 말리는 데도 기어이 냄비에 흰죽을 끓여 주고야 일어섰다. 전에 살던 빌라 앞까지 차로 모셔다 드리자 할머니가 내리면서 다시 하란의 손을 꼭 잡는다.

"모실 생각 말어. 그건 외려 불효야, 알았지? 대신에 몸 챙겨서 더 열심히 일해. 그게 효도하는 거니까. 여기 오셔 봐, 아는 사람이 있길 하나, 들여다봐 줄 친척이 있나, 몸이 성해 경로당에라도 다닐 수 있나. 엄마한테는 감옥 생활이 시작되는 거야. 떨어져 있는 엄마 때문에 걱정 많다는 소릴 덕현네한테 듣고 내 오늘 이 말 해 주러 겸사겸사 간 거야. 내 말이 곧 엄마 생각과 같을 테니 두고 봐. 늙으면 남하고는 같이 살아도 자식하고는 못 사는 법이야.

정 깊은 사이일수록 거리가 있어야 해. 정이 원망으로 바뀌는 건 순간이라고."

집으로 돌아와 101호 할머니가 끓여 준 죽을 먹으며 하란은 오래오래 할머니의 말을 생각했다. 논리적이기도 했지만 하란이 어렴풋하게 계속 느껴 오던 생각과 거의 들어맞는 말이었다. 자신보다는 어머니가 못 견뎌 할 것이다. 낮밤이 바뀐 생활과 혹사할 정도로 글과 씨름하는 하란을 보면 어머니의 죽고 싶다는 타령은 늘어날 것이 뻔했다. 공간 구분도 없이 좁아터진 이곳에서 어머니는 하란의 노동을 보는 것만으로도 누가 숨을 틀어막는 것 같은 압박감을 느낄 것이다. 빌라를 판 돈으로 일단 그동안 진 빚은 대충 정리가 되었지만 앞으로가 더 문제였다. 두 집 살림에 어머니의 병원비를 충당해 내려면 가야 할 길은 아직도 멀고 아득하다. 위장은 죽조차 쉽게 받아들이지 않는지 자꾸 통증이 몰려온다.

〈작가 사상〉에 메일로 원고를 전송한 뒤 하란은 시계를 보았다. 새벽 4시. 꼬박 이틀 밤을 샌 것이다. 낮에 잠깐씩 눈을 붙이기는 했지만 밤낮 모니터 화면과 씨름한 눈이 불에 댄 듯 시큰거린다. 75매로 끝낸 소설은 이제 비단옷을 입든 누더기를 걸치든 사람들에 의해 무엇인가를 걸치게 될 것이다. 하란은 침대에 누워서 끝 문장을 떠올렸다.

결국 에고이스트란 그만큼 상처를 많이 받은 사람이 최후로 몸을 감추는 자기 변장술이 아닐까? 세상으로부터 거절당했을 때 상처 받은 자아는 자신에게 내장되어 있는 이타성조차도 그 껍질이 금속처럼 차갑게 굳을 테니까. 메아리 없는 진실이란 게 맨발로 빙벽을 오르는 것과 같다는 걸 깨달은 네가 얼어 죽지 않으려면 네 심장으로 화로를 만들어야 했을 거야. 하지만 네가 가진 거울에 비치지 못한 세상을 넌 영원히 모르고 갈 거니? 아직은 윤기 나는 네 머리카락으로 크고 빛나는 새 거울을 만들어 봐. 키 낮은 꽃들의 따뜻한 미소가 그 안에서 왕창 쏟아질지 혹시 모르잖니? 이 어설픈 에고이스트야!

결국 소설 속의 화자는 또 하나의 자기에게 어설픈 에고이스트라고 말하는 걸로 기나긴 독백을 끝냈다. 타고난 에고이스트라고 비난을 퍼부을 때에 비하면 연민과 사랑으로 가득 찬 결말이 아닐 수 없다. 크고 빛나는 새 거울. 그 안에서 어쩌면 보게 될지도 모르는 따뜻한 세상. 하란은 벌떡 일어나 욕실로 들어갔다. 1시까지 청주에 도착하려면 지금 잠이 들면 안 되는 것이다. 그러자 해 줄 말이 많다던 지선우 선생의 말이 비로소 궁금해진다.

청주로 가는 고속버스는 텅텅 비어 있다. 두 시간도 채 안 되는 거리에 있는 곳이지만 초행길이니만큼 버스에 오르는 순간부터 하란은 자신이 긴장하고 있음을 깨달았다. 사람보다 빈 의자가 많은 버스는 그런 하란의 마음은 아랑곳하지 않은 채 익숙하게 도심을 빠져나가 고속도로를 달린다. 여름 초입에 들어선 한낮의 햇살이 따끔거리도록 창문에 부딪혀 왔다. 하란은 창문의 커튼을 쳤다. 도착할 때까지 따라올 산을 본다는 게 두렵다. 이토록 맑고 화창한 날씨에도 산 위에는 어둠이 내리고 속치마 차림의 자신은 그 위에서 울고 있을 것이다. 그것은 언제부터 시작됐는지도 알 수 없고 언제 깨어날지도 알 수 없는 악몽과도 같았다. 커튼을 내리고 의자를 조금 뒤로 눕히자 비로소 마음이 편안해진다.

잘 정리된 잔디밭을 끼고 단정한 건물들이 일정한 거리로 균형 있게 서 있는 교원대학은 조용했다. 전국 중등학교 교장 자격 연수를 알리는 현수막이 붙어 있는 대강당 앞에서 하란은 택시를 내렸다. 커다란 유리로 된 문을 열고 들어가자 정면에 2층으로 올라가는 계단이 보인다. 계단을 좌우로 화장실과 커피 자판기가 나란히 서 있다. 시계는 12시 45분을 가리키고 있다. 하란은 우선 화장실로 들어갔다. 세면대 앞에서 거울을 보니 잠 못 잔 퀭한 얼굴이 긴 머리카락 속에서 창백하게 드러난다. 손을 씻기 위해 수도꼭지를 트는데 손등의 푸른 정맥이 불거져 나온 게 보인다. 이틀 낮밤을 쉬지 않고 노트북 자판을 두드린 손이다. 하란은 손수건으로 손의 물기를 닦은 뒤 두 팔을 위로 올려 손을 털었다. 피로한 손의 정맥을 숨기기 위해선 손을 심장 위로 올리면 된다는 것을 오랜 경험으로 알고 있었기 때문이었다.

화장실에서 나와 자판기에서 커피를 뽑아 입구 유리문 앞으로 걸어가는데 계단 쪽에서 웅성거리는 소리와 함께 사람들이 내려오고 있다. 한눈에 보아도 교장 연수에 참석한 전국의 선생님들이다. 계단을 내려오던 사람들은 자신들의 무리가 아님이 분명한 하란을 한 번씩 쳐다보곤 현관을 빠져나갔다. 하란은 계단을 뒤로하고 바깥을 바라본 채 커피를 마시며 서 있었다.

"먼저 와 있었구나. 오느라 힘들었지?"

등 뒤에서 나는 소리에 하란은 고개를 돌렸다. 지선우 선생이었다.

"어머, 선생님."

고개를 숙여 인사하는 하란에게 지선우 선생이 환하게 웃으며 그녀의 어깨를 가볍게 잡았다 금방 놓는다.

"시장하겠다. 어디 가서 맛있는 것 먹자."

본관 앞에서 택시를 기다리며 서 있는데 지나가던 사람들이 지선우 선생을 향하여 손을 흔든다. 교장 연수에 참가한 사람들 중에는 여자들도 적지 않게 눈에 띄었다.

"가장 가까운 곳에 있는 가장 맛있는 집으로 갑시다. 가장 귀한 손님을 대접해야 하니까."

택시에 오르면서 지선우 선생이 말하자 기사는 '교장 연수에 오신 선생님이시군요'라며 백미러를 통해 하란을 본다.

"따님이라기엔 선생님이 너무 젊으시고, 청주 분은 아니신 것 같은데, 숙녀 분이 미인이십니다."

"제잡니다."

"좋은 제자 분을 두셨네요. 선생님 연수받으시는 데 위문도 오고."

택시가 멈춘 곳은 정문에서 한 블록쯤 벗어난 곳에 있는 갈비집 앞이었다.

"이 집 고기가 좋아요. 갈매기살로 드셔 보세요. 이곳 청주에서
는 소문난 곳이랍니다."

식당은 비교적 한산했다. 그들은 넓은 방 창가 테이블로 안내됐
다. 테이블을 사이에 두고 지선우 선생과 마주 앉자 하란은 습관
적으로 몰려오는 어색함에 자신이 서서히 불편해지고 있음을 느
꼈다. 그런 하란의 기분을 읽었는지 지선우 선생이 하란의 잔에
맥주를 따르며 입을 열었다.

"얼굴이 많이 창백한데……, 힘든가 보구나."

"오랜만에 단편 하나를 썼어요."

"어떤…… 내용인데?"

하란은 두어 모금 마시던 잔을 테이블에 놓았다. 가스버너 위에
서 고기 익는 냄새가 나고 있다.

"화자가 자신의 내면을 들여다보는, 뭐 그런 거예요. 말도 안 되
는 것 같기도 하고……."

"힘든 글이었겠구나."

"결국 괴물을 묘사한 것 같았어요. 보내면서 다시 읽어 보니."

"누구나 내면엔 괴물 한 마리를 키우고 있는 법이지. 읽는 사람
모두 각자의 모습을 보는 것 같겠다."

빈속에 들어간 맥주가 처음엔 위장을 뒤틀어 놓더니 어느새 경
직된 마음을 부드럽게 풀어 준다. 천천히 숨을 내쉬자 알코올 기
운이 가슴에서 올라와 식도를 타고 머리로 잔잔하게 퍼진다. 지선

264

우 선생이 하란의 빈 잔에 다시 맥주를 따르고 자신의 잔에도 술을 채운다.

"어머니는 좀 어떠시니?"

하란의 접시에 익혀진 고기를 놓아 주는 지선우 선생의 목소리가 부드럽고도 따뜻하다. 어머니라는 말에 하란은 고기를 집으려던 젓가락을 자신도 모르게 테이블에 놓았다. 늘 목에 걸려 있는 이름이란 이런 것일 것이다. 지팡이를 짚고도 한쪽으로는 누군가를 의지해야 걸음을 떼는 어머니의 모습이 선연하게 보인다. 알코올이 퍼지는 속도 따라 어머니는 하란의 몸 안에서 흔들리고 있다. 하란의 모습을 지켜보던 지선우 선생의 입에서 낮은 한숨 소리가 새어 나오고 있는 게 들린다.

"더 나빠지신 건 아니지?"

"네."

고기가 타고 있는 게 보인다. 같이 얹어 놓은 양파와 버섯도 가장자리가 까맣게 오그라들고 있다.

"하란아, 저번에 전화할 때 아버지 장례식에 왔었느냐고 물었지?"

하란은 고개를 들어 지선우 선생을 바라본다. 담배에 불을 붙이는 그의 손가락이 가늘게 떨리고 있다. 급하게 빨아들이는 담배에서 불꽃이 연기를 가르며 빨갛게 타오른다.

"갔었어. 왜냐하면 말이지……."

중간에서 말을 끊고 지선우 선생은 창문 쪽으로 시선을 돌린다.

한길가로 늘어서 있는 플라타너스들이 조금씩 제 그림자를 만들고 있는 모습이 창을 통해 보인다. 그 그림자를 밟으며 자전거를 탄 사람들이 일렬로 달리고 있다.

"내겐 아버지 같은 분이니까. 아버지. 그래, 아버지."

아버지? 하란은 자신도 익숙하지 않은 아버지를 말하고 있는 지선우 선생을 낯설게 바라봤다. 그리운 사람을 떠올릴 때의 표정이 지선우 선생의 얼굴에 일고 있다. 돌아가신 후에도 부재감을 못 느낄 만큼 하란은 아버지에 대해선 거의 무감각했다. 아버지의 죽음을 계기로 냉동 창고 같던 아버지 집과의 결별이 오히려 신선했었다. 그런데 피 한 방울 섞이지 않은 지선우 선생의 얼굴에 일고 있는 저 그리움은 대체 무엇인가. 오래 가꾸고 키워 온 것이 분명한, 저 슬프도록 뜨거운 그리움은. 하란은 가슴에서 썰물처럼 쓸려 나가는 오래된 적요를 보았다. 켜켜이 봉인된 고요가 빠져나간 자리에 우수수 머리를 들고 일어서는 전설 같은 이야기가 준비도 없이 밀고 들어오고 있었다.

지선우 선생의 침묵이 계속되고 있다. 하란은 그의 이마에 아프게 돋아나는 그리움의 말들을 왠지 다 읽을 수 있을 것 같은 생각 속에서 기다렸다. 따뜻했던 한 사람을 추억해 내고 그 추억을 누군가에게 들려준다는 것은 어쩌면 상실감을 확인하는 슬픔일 것이다. 사람들은 현재에 대해선 추억이란 말을 쓰지 않는다. 지나가 버린, 한때 있었던, 그래서 추억을 부르는 목소리는 외로움이란 물살과 상실감이란 소용돌이를 온몸으로 버텨 내야 한다. 지선우 선생은 그 물길을 지금 건너고 있는 것이다. 얇은 습자지가 바람에 떨리듯 지선우 선생의 목소리가 가늘게 들려왔다.

"친구의 아버지이자 대학 학비를 대 주신 분이기도 했지만 무엇보다 날 믿어 주신 분이었다. 그런데……."

"친구라면?"

하란의 시선이 지선우 선생과 정면으로 부딪친다.

"그래, 너의 셋째 오빠 하수가 내 고등학교 동기 동창이야. 너에 대한 얘기를 제일 처음 들은 것도 하수한테서였지. 아버지의 사랑을 말하는데 싫지 않은 표정이었던 게 잊히질 않아. 속이 깊은 친구라 생각했지."

"사랑이라뇨? 아버지가 저희 엄마를요?"

구겨진 종이처럼 하란의 입술이 날카로운 말에 눌려 짓이겨지고 있었다. 몸을 지탱하느라 테이블 위에 올려 양손을 깍지 끼고 있던 두 팔이 덜덜 떨리면서 자꾸 미끄러진다. 그 모습을 보고 있던 지선우 선생이 하란의 잔에 맥주를 채우며 걱정스런 눈길로 하란의 안색을 살핀다.

"하란아."

겨우 손을 풀어 앞에 놓인 잔을 드는데 맥주가 자꾸 출렁이며 쏟아진다. 하란은 소리 나게 술잔을 놓고 지선우 선생을 쏘아보듯 쳐다봤다.

"해 줄 말씀이 많다고 하셨죠? 이건가요? 아버지가 선생님 학비를 대 줘서 고마운 분이고 우리 엄마를 사랑했다는?"

노려보는 하란의 시선을 받으며 지선우 선생은 말없이 고개를 저었다.

"그럼요? 또 뭐가 있는데요? 그런 건 저하곤 상관없는 일이에요. 저요, 오늘 들으니 아버지가 꽤 괜찮은 사람처럼 보이는데요. 남도 대 줬다는 그 학비, 전 고등학교 때까지 큰어머니란 분에게 일 년에 네 번 등록금 받은 게 다예요. 선생님은 대학 학비를 받았다지만 전 대학 입학금이 없어서 사촌 언니한테 사정해서 빌려야 했다고요. 그리고 평생 엄마랑 셋방살이를 했어요. 사랑요? 아버지가 엄마를? 그렇게 무책임하게 던져 놓고 사랑이라고요?"

목이 자꾸 잠긴다. 어쩌면 이렇게 다른가. 한 사람에겐 가슴 저리도록 아름답게 추억되는 사람이 마주 앉은 사람에겐 없어지지 않는 흉터를 돋보기로 들여다보듯 끔찍했던 순간을 기억하게 하는가. 괜히 왔다고 생각하며 앉아 있는데 가슴이 터질 것같이 부풀어 오르며 눈물이 쏟아졌다.

"다 내 잘못이야. 그래, 선생님이 못나서……."

"선생님과 무슨 상관이 있어요?"

"하란아, 아버지는 하란이와 어머니에게 사실…… 많은 걸 준비하셨어. 그리고 그 전달을…… 내게 부탁……하셨는데…… 내가 못한 거야. 내가…… 죄인이다. 아버지에게도, 너와 어머니에게도."

"무……슨 말씀……을 하시는 거예요?"

테이블을 건너가기라도 할 것처럼 하란의 몸이 바싹 앞으로 당겨지면서 다음 말을 재촉하자 그때 빈 맥주병을 들어 보던 지선우 선생이 바깥을 향해 큰 소리로 술을 더 시킨다. 쟁반에 맥주 세 병을 가져온 주인 여자가 테이블 위에서 손도 대지 않은 채 굳고 있는 고기와 두 사람을 의아한 눈빛으로 번갈아 바라보더니 횡 하니 밖으로 나간다. 지선우 선생은 두 잔을 연거푸 마신 뒤 담배에 불을 붙여 길게 연기를 빨았다.

"하란아, 아버지에 대한 너의 원망, 충분히 이해해. 하지만 아버지가 모른 체한 게 아니란 건 이제라도 네가 알아야 할 것 같아서……, 그리고 그 오해만은 내가, 다른 것은 못했지만, 그것만은 내가, 해야 될 것, 같아서……."

"제가 오해하고 있는 게 뭔데요? 그리고 선생님이 못하셨다는 게 무엇을 말씀하시는 건지, 편하게 말씀하세요."

"그래, 말할게. 너와 어머니에게 전달하라는 집문서와 예금통장을…… 내가…… 잃어버렸어."

갑자기 텅 빈 허공이 눈앞에 보인다고 생각했다. 너무도 텅텅 비어서 위태로움조차 느낄 수 없는 허공이 보이고 있었다. 하란은 곧추세우고 있던 허리에 힘이 빠지면서 어깨며 등이 아래로 아래로 허물어지고 있음을 느꼈다. 테이블 높이보다 더 낮아진 자신의 모습이 자꾸 눈앞에서 어른거린다. 환영이라지만 너무 작고 초라한 모습이다. 다시 지선우 선생의 목소리가 들렸다.

"하수가 그러더구나. 아버지에게 하란이 어머니는 첫사랑이었다고. 아버지가 그렇게 말씀하시면서 우셨다고. 아버지는 긴 병환

중에도 너와 어머니가 걱정 없이 지낼 수 있도록 살뜰하게 준비를 하셨는데 그만 내가……."

"그만 하세요, 선생님. 지금 거짓말하시는 거잖아요."

하란의 목소리에 지선우 선생이 들고 있던 잔이 부르르 떨리는가 싶더니 맥주가 테이블로 쏟아진다. 그 틈에 하란의 눈앞에 계속 어른거리던 텅 빈 허공과 작아진 자신의 몸이 아스라하게 멀어지는 것 같다. 하란은 안다. 지선우 선생은 지금 거짓말을 하고 있는 것이다. 집문서와 통장을 잃어버렸다니, 그걸 믿으라니, 왜, 무엇 때문에 이제 와서 저런 거짓말을 내게 해야 되는가. 게다가 자기 탓으로 책임을 떠안는 이유는 또 어디 있는가. 아버지에 대한 내 원망이 걱정됐다면 이런 거짓말도 지금보단 훨씬 오래전에 했어야 하지 않는가. 하란은 지선우 선생과 아버지가 어쩌면 아는 사이일지도 모른다는 생각을 사실 고등학교 다닐 때부터 했었다. 교사 한 사람이 전근을 오는데 아버지가 미리 말씀하시는 것부터가 평범한 일은 아니었던 것이다. 그리고 학교 다니는 내내 자신에게 드리워져 있는 지선우 선생의 시선을 홀로 있는 시간이면 우연처럼 나타나곤 하던 부딪침에서 은연중에 느낄 수 있었다. 하란의 잔이 비워진 걸 본 지선우 선생이 맥주를 따르려다가 갑자기 멈추고 하란을 쳐다봤다. 더 마셔도 괜찮겠니, 라고 묻는 눈빛이다. 하란은 고개를 저었다.

"그만 할게요."

"그래, 또 먼 길 올라가야 하니까. 선생님은 좀 마실게."

"선생님."

하란은 고개를 끄덕거리며 조용히 불렀다. 잔을 입가로 가져가 던 지선우 선생의 시선이 하란의 목소리에 붙잡힌다.

"왜, 왜……, 그런 거짓말을 하세요? 아버지는 돌아가신 지 이 미 오래전이고, 저는, 저는……, 이제 그것이 사실이었다 해도 필 요 없는 나이가 됐는데요."

"아니야, 하란아."

지선우 선생의 목소리가 어느 틈에 높아진다.

"거짓말하는 게 아니야. 사실이야. 아버지는 너와 어머니에게 사 줄 집문서, 그리고 생활비와 네 학비를 할 돈이 예금되어 있는 통장을 분명히 내게 맡기셨어. 그건 믿어야 돼."

"그래요? 믿는다 쳐요. 그럼 누가 가로챈 거군요, 그렇죠? 제가 기억하는 저희 오빠들은 그럴 사람들이 아닌데, 그래요, 절대 그 런 일을 할 수 있는 사람이 아니에요. 절 챙겨야 한다고 먼저 나설 사람들도 아니지만 제게로 오는 걸 뺏을 사람들은 아니라는 건 알 아요. 그렇다면? 아, 아닐 거예요. 큰어머니도 뭐가 아쉬워 서……."

대답할 말을 못 찾는 사람들의 표정이 지선우 선생의 얼굴에도 나타나고 있음을 하란은 똑똑히 보았다. 낯선 길에서 이정표조차 지나쳐 버렸을 때의 황망함과 모르는 길에 대한 본능적인 두려움 이 뒤범벅된 것 같은 참혹함. 그랬구나, 그랬던 거였어. 하란은 방 학 때 가 있곤 했던 아버지 집에서 지내는 데 어려움은 없냐고 묻는 아버지에게, 얘들이 무슨 어려움이 있겠냐고 대답하곤 하던 큰 어머니 얼굴이 갑자기 떠올랐다. 전화번호가 바뀌면 안 된다고 이 사도 멀리는 못 가고 한동네서만 뱅뱅 돌던 어머니도 생각났다. 어머니는 큰어머니와 무슨 밀약이 있었기에. 거기까지 생각하자 하란은 갑자기 소름이 끼친다.

언젠가 어머니가 혜경 이모에게 하던 말이 생각났다. 또 이사를 가던 날이었을 것이다. 짐을 싸면서 잦은 이사를 해 대는 어머니 에게 화가 난 혜경 이모가 뭐라고 하자 '집, 돈? 그게 뭐가 필요 해? 내 새끼 제 아버지 딸로 당당하게 입적돼 있는 게 중요하지. 집, 돈 가지는 대신 애 호적 파내어 버리면 근본도 없는 자식 만드 라고?' 아아, 그거였어. 하란은 두 손에 얼굴을 묻고 울음을 터뜨 렸다. 갯벌처럼 붉고 황량한 울음이 멈춰지지 않는다.

"아마 그분도 그렇게 교통사고로 갑자기 가시지만 않았다 면…… 어쩌면 아버님 돌아가신 뒤…… 네게 건네려고 하지…… 않았을까? 당신은 철저히 빠진 상태에서 아버님 마음이 혈육도 아니고 남인 나를 통해 전달된다는 게 서운하셨을 거야. 아버님이 돌아가신 후라도 네게만은 당당하고 싶으셨겠지. 네 오빠 언니들 하곤 달리 넌 그분의 호적에 올라 있는 유일한 법적 자식이니까 뭘 해 주든 당신 손으로 말이야. 난 그렇게 믿는다. 우리 모두 알 다시피 외로우셨던 분이라……그런 속내를 감추려고 강한 척은 하셨지만…… 가방에서 갖가지 염주가 엉킨 채로 나왔다는…… 얘길 듣고…… 마음이, 아팠어."

272

지선우 선생의 목소리가 담배 연기에 묻혀 가물가물 꺼지는 듯 낮아지고 있다. 하란은 엎드린 채로 그의 말을 들었다. 한 소절도 매끈하게 이어져 나오지 못하고 중간 중간 끊어지며 힘겹게 토해 내는 말 속엔, 아무것도 모른 채 죽은 아버지와 아내라는 이름을 붙잡고 투쟁의 삶을 살다 비명횡사한 한 여자, 그리고 자식의 호적을 지킨다는 것에 모든 것을 참아 낸 어머니가 각자의 삶만큼 비틀거리는 지팡이 소리로 걸려 있었다. 주인 여자가 테이블 위에 뭔가를 가져다 놓는 기척이 들린다. 엎드려 있는 머리칼 사이로 따뜻한 기운이 느껴진다. 지선우 선생의 말이 계속 이어진다.

"그것이…… 죄가…… 되어…… 그동안 널, 한 번도 찾지 못……했다. 어떻게 살고 있는지 늘…… 걸렸지만, 내가, 무엇을, 어떻게……할 수 있는 게, 없다고 생각했어. 사실대로 말한다면 그것도 돌아가신 어머님께…… 누가 될 것 같고…… 하지만 이대로 모든 것을 덮어 두고 있다면, 아버지께 그건 안 되는 일일 것 같아서, 그래서…… 왜냐면, 너는 아버지의 자식이니까, 남을 원망하는 게 부모를 원망하는 것보다는 네게 그래도…… 편한 일일지도 모른다는 생각이…… 큰어머니가 어찌했든 그분은 남이니까…… 나이가 들어 보니 큰어머니의 심정이 이해가 되기도 했어. 하란아……."

천천히 고개를 들어 바라본 테이블 위엔 좀 전에 주인 여자가 가져다 놓은 콩나물국이 냄비에서 식고 있다. 창밖에는 어느새 일몰이 깔리는지 붉은 기운을 담은 하늘이 그 키를 낮추고 아래로 떨어지고 있다. 하란이 고개를 들자 말을 멈춘 지선우 선생의 고개가 대신 아래로 숙여지더니 양복 안주머니에서 무엇인가를 꺼내 하란의 앞으로 밀었다. 하란은 흐트러진 머리를 귀 뒤로 넘기며 자신의 앞에 놓여 있는 흰색 봉투를 바라보다가 시선을 지선우 선생에게로 옮겼다. 무엇이냐고 묻고 있는 표정을 그는 힘들게 말로 받아낸다.

"많이 조심스러웠어. 하지만…… 내 마음이니까……."

흰색 봉투엔 효명여중 주소가 인쇄되어 있었다.

"혹시 네게 더 상처가 되면 어쩌나, 많이 생각했어."

"이게 뭐냐고요?"

순간적으로 내뱉은 하란의 고함 소리에 창밖의 노을이 후드득하고 떨어지는 것 같다. 엷은 어둠이 형광등을 켜 놓은 방 안에서 주춤거리며 멈춰 선다. 지선우 선생의 표정이 곤혹스럽게 일그러지고 있다.

"하란아."

붉게 충혈된 하란의 눈이 꿰뚫을 듯 자신을 쏘아보는 걸 지선우 선생이 그대로 받으며 그녀를 불렀다.

"어머니가 쓰러지셨다는 것 …… 몰랐어. 내 죄의식 때문이 아니야. 아버님께 학비를 받았다는 부담감도 아니야. 다만…… 내게 아버지 같은 분이 사랑한 분인데…… 그리고 너는 내 오랜……. 1만분의 1도 못 되겠지만 자식 된 마음으로…… 그러니…… 받아 줘. 이 나이까지 살면서 처음으로 나를 위해 쓰는 거

274

야. 그러려고 갖고 있었던 거고."

"그러니까, 이게, 돈이군요. 그런가요?"

목소리를 누가 억지로 누르는 듯 울퉁불퉁한 자갈길을 달리는 바퀴 같은 소리가 나온다. 침을 삼키려고 해도 바싹 마른 입 안에선 한 방울의 침도 만들어지지 않는다.

"제발, 오해하지 말고…… 하란이 너와 어머니는 아버님이 세상에서 누구보다도 사랑한 사람들이야. 나 역시도 그분께 사랑받은 사람이고. 그 사랑을 정말 조금이라도…… 많이 늦었겠지만…… 제발, 제발, 안 된다고 하지 마. 네가 그러면 나는……."

"선생님이 만약에 부채감을 느끼시는 거라면, 그건 아버지와 선생님의 문제지 거기에 저와 엄마가 개입될 수는 없는 일이에요. 제게 전해지지 못한 그 무엇도 선생님 잘못이라고 할 수 없고요. 불가항력이었다는 것……, 알 수 있어요. 제가 아버지의 마음을 알게 된 것만으로도 선생님의 역할은 충분했어요. 그런데 선생님이 왜요? 왜 선생님이 제게 돈을 주려고 하세요? 오빠 언니들이라는 사람들도 남처럼 대하는 제게, 선생님이 왜요?"

"그건……, 그건 말이다 하란아. 낮달이 떠 있는 하늘을 지우고 싶지 않기…… 때문에……."

"그게…… 무슨?"

무슨 뜻이냐고 물으려다 하란은 일어났다. 갑자기 벌떡 일어난 지선우 선생이 카운터를 향해 걸어가고 있었기 때문이었다. 꽤 많은 양의 맥주를 마신 것에 비해선 그의 걸음걸이는 곧았고 뒤를 보이고 있는 어깨 또한 한쪽으로의 기움도 없이 반듯했다. 테이블 위에는 그가 준 봉투가 그대로 놓여 있었다. 하란은 핸드백을 어깨에 멘 다음 봉투를 손에 들고 그의 뒤를 따라 나갔다. 언제 불렀는지 식당 앞에는 택시 한 대가 라이트를 환하게 밝힌 채 서 있었다.

"화장실 가면서 주인한테 부탁했었어. 이 시간쯤 서울 갈 택시를 좀 대기시켜 달라고."

"아직 시간이 이른데 고속버스로 갈래요. 그리고 이거⋯⋯."

하란이 봉투를 내밀자 지선우 선생이 잠시 그녀를 바라보더니 말없이 받는다.

"그럼 선생님, 안녕히 계세요."

인사를 하느라 고개를 숙이는데 지선우 선생의 손이 하란의 핸드백을 당겼다. 그리고 지퍼를 열고 봉투를 넣는 게 보인다. 하란은 무의식적으로 핸드백 끈을 잡아당겼다.

"하란아, 선생님 마음이야."

"싫대도요. 선생님은 마음이시라지만 전 그런 선생님 마음이 납득이 가질 않아요. 납득할 수 없는 호의를 받고 나면 제가 후회할 것 같아서 그래요. 선생님껜 감사해요. 그것으로 충분하다고요."

"세상이 납득할 수 있는 일만 일어나는 게 아냐."

"납득할 수 없다는 건 분명 어딘가 잘못된 걸 거예요."

"정말 그렇게 생각하니? 납득한다는 게 뭔데? 순리, 도덕성, 질서, 뭐 그런 것에 어긋나지 않는 거?"

"그래요."

"살다 보면 말이다, 납득할 수 없는 진실이란 것도 있어. 오히려 그것이 더 큰 마음일 수도 있고. 납득한다는 게 잣대에 충실한 거라면 납득할 수 없다는 건 잣대를 뛰어넘는 그 무엇일 수도 있어. 그렇지 않을까?"

"잣대란 가장 보편적이고 균형 잡힌 시각이에요. 그걸 벗어난다는 건 너무 무겁거나 너무 깊은 상처를 싸안는 것이라고요."

모처럼 싸울 상대를 만난 듯 하란은 지지 않고 말을 되받았다. 핸드백이 어깨에서 흘러내려 바닥으로 떨어진다. 지선우 선생이 허리를 굽혀 바닥으로 떨어진 하란의 핸드백을 주워 먼지를 털며 하란을 바라보았다.

"자, 조심해서 가. 선생님 또 연락할게. 잘 지내야 해. 기사님, 부탁드립니다."

지선우 선생이 열어 주는 택시 뒤칸에 떠밀리듯 들어가 하란은 밖을 보았다. 미소와 울음이 섞인 표정으로 하란을 잠시 바라보던 그가 택시 기사에게 몇 장의 지폐를 주며 천천히 가라고 말하는 게 들린다. 택시는 어두운 길을 달리기 시작한다. 하란은 눈을 감았다. 오늘, 도대체, 무슨 일이 있었나. 세상엔 납득할 수 있는 일만 일어나는 게 아니라던 지선우 선생의 목소리가 캄캄한 고속도로를 계속 따라오고 있다.

현관에 열쇠를 집어넣는데 핸드폰 벨이 울린다. 하란은 열쇠를 돌리면서 한 손으로 핸드폰을 열었다. 사람들의 말소리와 음악 소리가 섞인 소음이 먼저 흘러나온다. 하란은 수화기를 귀에 바싹 댔다.

"어디니?"

목소리를 가리는 긴 한숨 소리가 상당히 취한 지선우 선생을 보고 있는 듯하다.

"방금 도착했어요. 선생님은? 아직 바깥인 것 같은데요."

수화기를 어깨와 턱 사이에 끼운 채로 핸드백을 정리하기 위해 지퍼를 열자 반으로 접힌 봉투가 보인다. 하란은 봉투를 꺼냈다. 입구를 스카치테이프로 밀봉해 놓은 봉투를 보자 다시 가슴이 막혀 온다. 손톱으로 끝 부분을 일으키자 테이프가 얌전하게 뜯긴다.

"응, 한잔 더 하고 있었어. 이제 너 도착한 걸 알았으니 기숙사로 들어가야지."

"늦었어요. 술 그만······."

말이 중간에서 끊어졌다. 얼어붙은 물기둥처럼 그 자리에서 꼼짝도 할 수 없다. 몸은 차갑게 굳는데 머리카락은 한 올 한 올 장작불로 타오르는 열기에 쌓여 눈앞엔 연기만 자욱한 벌판이 펼쳐지고 있는 것 같다. 하란은 자신이 들고 있는 수표를 다시 한 번 들여다보았다. 그리고 가슴에 안은 채 바닥으로 주저앉았다. 무슨 말이라도 해야 하는데 말문이 막힌 입에선 몰아쉬는 숨소리만 터져 나올 뿐 한마디도 뱉어지지 않는다.

"하란아, 건강이 많이 안 좋아 보였어. 병원에 꼭 가 봐. 아플까

봐……, 여기서 네가 더 힘들어질까 봐……, 걱정이 많이 돼. 잘
자라."

"선생님."

다급한 마음에 지선우 선생을 불러 놓고도 하란은 더 이상 말을
잇지 못하고 쪼그리고 앉은 무릎에 얼굴을 묻었다. 정말 고맙습니
다, 라는 말이 혀 안에서 울컥이며 새어 나오고 있었지만 웬일인
지 도무지 소리로 만들어지지가 않는다. 하란은 얼굴을 들고 주먹
으로 가슴을 때렸다. 가슴뼈에 주먹이 부딪히는 소리가 닫힌 목소
리를 뚫기라도 하는 양 텅텅 하고 울린다.

"힘들게 말하려고 하지 마. 다, 듣고…… 있어. 그래, 다 들을
수 있어 하란아. 어서 자렴."

전화가 끊기는 소리가 들린다. 하란은 아무 소리도 들리지 않는
핸드폰을 바라보았다. 바보같이 한마디도 못하다니. 살아오는 동
안 누군가가 베푸는 사소한 배려에도 반드시 감사의 표시를 했었
다. 오죽하면 친구들로부터 지나치게 경우가 발라 정이 가지 않는
다는 말까지 들었던 자신이었다. 그랬었는데, 이렇게 감당이 안
되는 고마움도 있구나. 답례를 할 수 있는 고마움이란 차라리 얼
마나 간단하고 명쾌한가. 말로든 물질이든 갚을 수 있다는 게 상
식적이고 의례적인 교환의 의미가 있는 거라면, 그 무엇도 할 수
없는 이런 전폭적인 배려는 무어라 말해야 좋은가. 어머니를 아버
지가 사랑한 분이라고 말하던 지선우 선생의 목소리가 다시 들려
오는 것 같다. 세상에서 어머니를 그렇게 명명해 준 최초의 사람

이었다. 그렇게 인정해 준 최초의 목소리였다. 어머니 살아생전에 누군가가 그렇게 말해 줄 사람이 있다면, 그렇다면 어머니와 아버지의 사랑의 정표로 그들의 삶에 편입된 내 삶도 어쩌면 견디기가 수월하리라. 안타깝도록 바라 온 자신의 기도에 대한 첫 응답이었다. 지선우, 그가 누구이기에 내 기도에 응답하는가. 하란은 수표를 손에 쥔 채 하염없이 앉아 있었다. 끝도 없는 다리 하나가 눈앞에 보이고 있다. 그러자 왈칵 울음이 쏟아진다.

비가 온다. 하란은 눈을 뜬 채로 가만히 누워 빗소리를 듣는다. 좁은 창마저 커튼으로 가린 실내는 오전인데도 어둡다. 과일 트럭이 골목을 지나가는지 마이크를 통해 갖가지 과일 이름이 빗발을 뚫고 들려온다. 누군가 계단을 내려가는 슬리퍼 소리가 들린다. 우산을 받치고 서서 비닐봉지에 원하는 과일을 담고 있을 여자들의 모습이 떠오른다. 덤으로 얹어 주는 한두 개에 여자들은 빠른 속도로 한 개쯤 더 얹곤 화사하게 웃을 것이다. 종아리에 닿는 빗방울이 그녀들의 웃음에 더욱 싱그럽게 부서지리라. 깨끗하게 씻어서 먹여야 할 남편과 자식이 있는 여자들의 시간은 그래서 늘 팽팽하게 서 있다. 하란은 일어나서 책장 근처에 세워 둔 촛대에 불을 붙였다. 첫 작품집이 나왔던 출판사에서 머리 얹은 기념이라며 사 준 촛대였다. 신주로 만들어진 그것은 자코메티 조각처럼 뼈만 남은 여자의 나신이었는데 그 가는 몸피에도 가슴에 구멍이 뚫어져 있었다. 밖으로 드러나는 몸집을 줄여 가슴에 세상을 담는 하늘을 키우라는 뜻이라던 편집실 직원들의 설명을 들으면서 하란은 그때 고개를 저었었다. '뼈만 남은 가슴에 풍요로운 하늘이라니, 뼈를 뚫는 외로움을 표상한 걸 거야.' 아마 그렇게 말했던 것 같다. 불을 붙이자 여자가 들고 있는 접은 모양의 우산에서 파문처럼 촛불이 반경을 넓히며 타오른다. 그러자 그 모습이 붉은 번개가 내리치는 하늘 아래 서 있는 한 그루 나무 같다. 걸음을 옮길 때마다 바닥이 나무의 뿌리가 엉킨 모양으로 불빛을 따라 출렁인다. 하란은 태초의 엉킨 지점을 찾는 심정으로 가만가만 불빛 가장자리부터 조심해서 걸었다. 가장자리를 돌아 싱크대 쪽으로 가서 커피 물을 얹고 오른쪽으로 반 바퀴를 돌아 한동안 멈춰 있었던 시디플레이어에 트리움비라트의 목소리를 집어넣었다. 'For you!' 절규도 아니요 내장을 녹이는 애끓는 비탄도 아닌, 먼 곳에 있는 또 하나의 가슴을 끌어와 자신의 가슴에 맞붙여 놓은 것 같은 선율이 촛불이 켜진 실내에 흘러넘친다. 달빛을 닮은 목소리, 고요함을 고요함이게 하고 외로움을 진정 외로움이게 하는 그 목소리 속에서 하란은 커피를 마신다. 비록 서러움뿐인 이름으로 생의 절반을 허공 속을 헤맨다 해도 트리움비라트의 목소리는 슬픔을 흔들어 적막한 평화라는 이율배반적인 감정으로 그녀를 한 계단 들어 올려주곤 했다.

촛불 가까이 가자 따스한 기운이 전해져 온다. 지난 크리스마스 때 후배 선영이 사다 준 초였다. 쇼핑백에서 갖가지 색깔의 초를 쏟아 놓던 그녀에게 하란이 놀란 눈으로 이게 다 무엇이냐고 묻자 언제나처럼 한 옥타브 높은 음성으로 그녀는 재잘거렸다.

　―일곱 색깔 무지개유. 열두 개를 사서 십이지신상처럼 선배 주위에 둘러놓으려다 기가 너무 세지면 사랑 운도 막혀 버릴까 봐, 일곱 번 생각해도 괜찮은 남자 있으면 시집이나 가라고 발밑에 무지개를 미리 깔아 놓은 거유.

　―왜 하필 일곱 번이야?

　―선배는 칠십 번도 더 미적거릴 사람 아니유? 그래서 내가 딱 십분의 일로 잘랐지.

　―넌 애 아빠를 몇 번 생각하고 결정했는데?

　―나요? 그야 제로 번이지. 첫눈에 퍽!

　주먹으로 자기 눈을 때리는 시늉을 하며 선영은 싱그럽게 웃었다. 초등학교에 다니는 아이를 가졌어도 삶의 무게가 도무지 느껴지지 않는 선영을 보며 하란은 저토록 가볍게 팔랑거릴 수 있는 웃음을 지켜 준 선영의 남편이 궁금하고도 고마웠다. 자신이 쏟아 놓은 일곱 개의 초에 전부 불을 붙인 뒤 선영은 어린아이처럼 손뼉을 치며 좋아했다.

　―선배, 청사초롱 불 밝힌 첫날밤 같지 않아요? 여고 때 난 그런 꿈을 꿨어요. 나중에 시집가면 첫날밤에 백 개의 촛불을 켜 놓고 백 가지 소망을 말한 뒤 백 개의 약속을 하고 백 번쯤 입 맞추고 백 일 동안 잘 거라고.

　하란은 그렇게 했냐고 묻지 않았다. 대신 선영을 바라보았다. 쌍꺼풀이 없어도 커다란 그녀의 눈망울이 촉촉이 젖고 있는 게 보였다. 하란은 얼른 고개를 돌리곤 일어나서 촛불 사이를 걸었다. 선영이 말한 백! 꽉 들어찬 숫자였다. 헐겁지 않은, 아니 헐거울 수가 없는, 완벽한 수문장이 지키는 그런 삶을 상혁도 약속했었다.

　너무나 당연하게도, 어쩌면 무모하다고도 할 수 있겠지만 하란은 상혁과 만나 오던 7년이란 세월 동안 단 한 번도 그와의 이별을 생각지 못했다. 지독한 모순일 수 있겠지만 사랑이 두 번 세 번 반복할 수 있는 거라고 마음의 끈을 늦출 수만 있었더라도 어쩌면 그가 이끄는 대로 그의 아내가 될 수도 있었지 않을까. 그의 아버지의 시퍼런 서슬도 세월 따라, 그리고 아이가 태어나면 물살에 깎인 바위처럼 무뎌지겠지, 그런 믿음을 가질 수도 있었을 것이다. 하지만 흠집 난 도자기를 아슬아슬한 마음으로 바라보듯 상처받은 마음을 싸매고 아무 일도 없었던 것처럼 그를 사랑하는 것은 불가능했다. 하란의 결별 선언에 미친 사람처럼 날뛰던 그의 분노, 그의 눈물, 그의 호소……
　―칠십 년이 흘러도 내가 널 잊을 수 있을 것 같니?
　뚝뚝 피 흘리는 목소리를 남기고 상혁은 미국 달라스행 비행기에 올랐다.
　―아니, 칠백 년이 지나도 날 잊지 말라고 헤어지자는 거야. 어떤 이유에서든 우리 사랑이 훼손되는 건 싫어. 나의 출생은 역사야. 지워지지도 변하지도 않는다고. 이만큼 훼손된 것도 죽고 싶을 만큼 억울해. 우리가 결혼하면, 그래, 당신 아버지 주문대로 혼

주석에 엄마를 앉게 하지도 못하고, 그렇게 결혼을 하면, 난 평생 불행할 거야. 날 낳아 준 엄마를 인정 못하는 시집에 내가 뭘 할 수 있는데? 그리고 은총을 베푼 듯할 당신 부모님을 내가 용서할 것 같아? 그럼 당신은? 당신은 그런 나를 바라보고 계속 행복할 수 있을까? 서로 사랑했던 기억마저 버리고 싶어질 거라고. 난 그게 무서워. 차라리 헤어지고 평생 당신 기억으로 살 거야.

그때만큼 누군가를 향하여 고함을 질러 본 기억이 없다. 두 손과 두 발을 있는 대로 벌벌 떨며 내장이 쏟아지도록 울어 본 적도 없다.

—하란아.

찢어진 바람이 뒤척이는 아픈 목소리로 상혁이 그녀를 불렀을 때 하란은 실성한 사람처럼 중얼거렸다.

—당신 잃고 싶지 않아. 훼손되지 않기 위해서, 당신에게 영원히 목에 걸린 이름이고 싶어서, 꿈에서라도 당신 주인이고 싶어서…… 나한테도 당신이 그런 사람이게 놔두고 싶어서, 영원히 내 사랑이고 싶어서…… 우린 떨어져 있는 거야. 더 이상 훼손되면 죽을 것 같아서, 정말 죽을 만큼 아파서…… 평생 피 토하며 당신 그리워한대도 당신이 내 곁에서 변해 가는 모습 보는 것보다는 수월할 것 같아서…….엄마가 느낄 모멸감보다는 내가 괴로운 게 나아서…….

와락 껴안는 상혁의 품에서 공수 받는 무당처럼 자꾸 중얼거리는 하란의 입을 그가 손으로 막았다.

―누가 변한다고 그랬어? 그래, 설령 세월 따라 변할 수 있다 쳐. 그리고 아버지가 부리는 게 횡포라고 치자고. 그래서 우리 사랑이 조금은 훼손되었다고 한대도 그거 견디고 함께 있는 게 사랑 아니야? 넌 나 없이 살 수 있니? 나는 지금도 이렇게 죽을 것 같은데.

하란은 고개를 저었다.

―엄마를 인정하지 않는 조건으로 결혼할 자신이 나는…… 없어. 그건 근본에 대한 부정이니까. 나 자신의 허물을 탓하는 거라면 머리를 쥐어뜯겨도 나, 상혁 씨 놓지 않아. 세상에는 참 많은 모양의 삶이 있는데…… 우리 엄마 같은 삶, 결국 당신, 나를 사랑한다는 당신조차도 부끄러움으로 인정하고야 만, 하지만…… 난 그럴 수 없어.

―바보야, 내가 부끄러워서가 아니야. 아버지가 저리도 완강하게 조건으로 내미니까 그냥 받아들이는 척하자는 거야. 일단 그렇게라도 결혼하고 그리고 엄마한테는 우리가 잘하면 되잖아?

상혁은 그걸 몰랐다. 살아 숨쉬고 있는 사람을 세상에 없는 사람으로 만들어 놓고 앞으로 잘해 줄 일이 과연 있기나 한 건지. 그때 왜 추락이란 단어가 떠올랐을까? 상혁의 품에서 풀려나 허방을 딛는 듯 허적이는 발걸음으로 돌아오며 하란은 계속 추락, 이라고 되뇌었다. 그를 따라가다 목적지 바로 앞에서 절벽을 만났고 하란은 상혁을 두고 홀로 뛰어내렸다. 오열 속에서 끝없이 메아리로 퍼지던 상혁의 목소리가 추락하는 속도보다 더 길게 이어지고

있었다. 바위에 부딪힐 때마다 살이 깨지는 아픔 속에서도 귀에
들리는 그의 목소리가 있어 하란은 의식을 놓지 않을 수 있었다.
그렇게 살아왔다.

　오후부터 천둥 번개가 요란하게 하늘을 들었다 놓았다 하더니
빗줄기가 더 세어지고 있다. 좁은 창을 통해서도 하늘에 금이 가
며 검푸른 절벽을 만드는 번개의 번쩍임은 여지없이 침범한다. 텔
레비전을 틀자 이번 집중호우가 장마로 이어질 거라는 기상 캐스
터의 안내가 흘러나온다. 하란은 반복되어 나타나는 자막을 보다
가 전화 수화기를 들었다. 대구 경북 지역에 호우경보가 발표되어
있었다. 비 때문인지 신호음이 가다가는 저절로 몇 번이나 끊겼다
겨우 이어지는가 싶더니 숨이 찬 듯한 진도 할머니의 목소리가 흘
러나온다.
　"여보세요…… 아, 그만 울어! 여지껏 살면서 이만한 비 첨 봤
어? 여보세요?"
　"할머니, 저예요. 근데 엄마 지금 우세요?"
　"으응, 아냐. 거기도 비 많이 오지?"
　한풀 누그러진 진도 할머니의 목소리에 어머니의 울음소리가
채 묻히지 못하고 새어 나온다. 하란은 어머니의 울음이 그대로
박혀 오는 가슴을 한 손으로 눌렀다.
　"비 때문에 아파트가 잠기면 몸을 마음대로 움직이지 못하니 꼭
대기로 피난도 못 가고 죽게 생겼다고 니 엄마, 저런다. 그나저나

이런 비는 나도 첨 보는 것 같아. 잠시도 뜸하지 않고 계속 저렇게 퍼부으니. 서울 너 사는 데는 괜찮냐?"

어머니가 무서운 건 비가 아닐 것이다. 건강한 세상과 건강한 사람을 못 따라가는 자신의 굳은 반쪽 수족. 두려움, 비참함, 딸에 대한 미안함……, 그 모든 것들을 비 탓으로 돌리고 있는 것이다.

"네, 엄마 좀 바꿔 주세요."

"그래, 네가 뭐라고 말 좀 혀. 날씨가 궂으니 맴도 약해지는 모양인게 벼. 늙고 병들면 다 그러니 네가 이해하고."

잠시 후 울음이 그대로 배어 있는 어머니 목소리가 들린다. 하란은 최대한 목소리를 밝게 꾸며 어린아이를 달래는 듯한 말투로 어머니를 불렀다.

"우리 엄마 비 많이 와서 겁이 났어?"

"하란아…… 이제 엄마가 병신이 되서…… 모든 게…… 무섭다. 옴짝달싹할 수가 없으니…… 비도 무섭고 천둥도 무섭고 나 버릴까 봐…… 사람들도 무섭고……."

하란의 목소리를 듣자 설움이 더해진 어머니는 말을 제대로 잇지도 못할 만큼 울음을 감추지 못한다. 어머니가 무서운 건 비가 아닐 것이다.

"엄마, 겁내지 말아요. 그 아파트에 한두 해 살았어? 지대가 높아서 끄떡없어. 그리고 누가 엄마를 버린다고 그래? 내가? 진도 할머니가? 엄마랑 그렇게 정이 들었는데 진도 할머니가 가실 것 같아? 아마 가시라고 해도 안 간다고 우기실걸?"

"그래도……."

"아, 장난으로 한 말 가지고 딸 걱정하게 그러고 있어? 하도 겁내길래 재미있어서 해 본 말이구먼."

옆에서 진도 할머니의 고함치는 소리가 들려온다.

"형님 걸핏하면 그러잖아요. 나는 갈 테니 딸하고 살라고. 한두 번이라야 농담으로 듣지."

"가긴 내가 어딜 가? 갈 데는 있고? 간다면 불안해하는 그 모습이 나는 보기 좋아서……."

"세상에 보기 좋은 모습이 없어서 병신이 자기 버릴까 봐 겁내는 모습이 좋다고 그래요?"

"그려, 나는 그려. 여태껏정 누가 날 붙들어 본 적이 없어서 그 뭣이냐, 내 치마 꼬리 잡고 늘어지는 자네를 보면 이게 사는 거구나 싶었당께. 다른 사람 쓴다고 할까 봐 속으론 내가 더 동동거려."

하란은 수화기를 통해 들려오는 두 사람의 말싸움을 가만히 듣고 있었다. 외로움이란 때론 상대를 할퀴는 수단이 되기도 한다. 내 눈앞이 막막해서 허우적거리다 보면 방향을 찾지 못한 그 손길에 상대는 맞고 넘어질 수도 있는 것이다. 지금 어머니와 진도 할머니는 그렇게 자신의 막막함만 바라보며 그 속에 갇혀 있다. 서로의 손길에 맞고 넘어지는 소리에 자신이 혼자 있지 않음을 확인받고 싶어 하는 몸짓만이 이 폭우를 견뎌 내게 하는 것이리라. 하란은 어머니가 다시 자신을 부를 때까지 수화기를 들고 있었다. 잠시 뜸하던 하늘에선 다시 번개가 시퍼렇게 방바닥을 가르더니 곧이어 천둥소리가 귀를 때린다. 하란은 자꾸 몸이 오그라드는 걸 느끼며 침대 쪽으로 기어가 베개를 끌어안았다. 어머니만 무서운 게 아니라 이런 날은 나도 무섭다고, 그런데 말할 사람이 없다고, 누군가 문 두드리고 찾아와 준다면 도둑이라도 그 가슴에 안겨 맘 껏 떨어 보고 싶다고, 그 사람이 등을 쓸어 주며 달래 준다면 무조 건 고개를 끄덕이며 편한 숨을 쉬어 보고 싶다고, 그녀야말로 어 머니에게 칭얼거리고 싶다. 진도 할머니와 주고받던 말에서 비로 소 안심이 됐는지 하란을 부르는 어머니의 말소리가 들려온다.

"하란아, 깜빡 네 전화를 들고 있다는 걸 잊었구나. 거기도 비 많이 오지?"

"아니, 여긴…… 내리다 말다 해."

대답은 그렇게 했지만 빗줄기는 그 속도와 굵기를 조금도 늦추 지 않고 퍼붓고 있다. 번개가 번쩍거리며 바닥을 가를 때마다 하 란은 그 자리를 비켜 구석으로 몸을 숨겼다. 등에 닿는 벽의 촉감 을 느끼자 이제는 더 숨을 곳도 없다는 무서움이 와락 덮쳐 온다.

"이럴 때일수록 나가지 말고 잘 챙겨 먹어야 해. 엄마는 진도 할 머니라도 있지만 넌 혼자 있는데……, 어린 너 듣는 줄도 모르고 내가 주책을 부렸구나. 미안하다. 네 속 뒤집으려고 한 게 아닌 데…… 내가 지금 누구 덕에 사는데…… 이러고 사니 나도 예전 의 내가 아닌 것 같아서 속이 상한다. 안 들은 걸로 하렴."

"괜찮아, 엄마. 몸은 어때요? 비가 오니까 많이 무거울 텐 데……."

"무겁지. 요 작은 몸도 반이 마비되니까 그쪽이 천근이나 되는 것처럼 무거워 한 번 일어나려면 하늘을 이고 있는 것 같아. 화창하면 그나마 좀 덜하고."

그럴 것이다. 죽은 사람이 무거운 건 경직된 몸 때문이라고 어디선가 들었던 것 같다. 절반이 죽은 것과 같은 자신의 몸을 나머지 절반으로 지탱해 내고 있는 어머니가 얼마나 무거움에 짓눌리고 있을 건지는 충분히 짐작되고도 남았다. 하란은 그런 어머니가 안쓰럽고 가여워 부드럽게 불렀다.

"엄마, 아무 걱정 하지 마. 내가 있잖아. 집에서라도 손잡이 잡고 일어나는 연습 부지런히 하고, 알았지? 그리고 이번 비는 장마로 이어진대. 느긋하게 마음먹어요. 진도 할머니 좀 바꿔 주세요."

곧이어 '하란이가 형님 바꿔 달래' 하는 어머니 목소리와 함께 수화기가 건네지는 느낌이 전해진다.

"공연히 걱정만 하게 했지 우리가?"

맘에 걸렸는지 수화기를 받자마자 진도 할머니의 풀죽은 음성이 들려온다.

"아니에요. 할머니, 엄마가 몸이 불편하니 많이 예민하실 거예요. 할머니가 이해하세요. 장난으로 가신다고 하는 걸 엄마도 알지만 불안하지 않겠어요? 부탁드릴게요, 제가 할머니한테도 잘할게요."

"내가 가긴 어딜 가? 알았어. 맘 상하지 말고 여긴 걱정 마. 나도 이젠 친동기간 같아서 어디 가라고 해도 못 가. 양로원을 가더라도 같이 가자고 약속했구먼."

"네?"

무심코 나온 듯한 진도 할머니의 양로원이란 소리에 하란은 수화기를 더욱 귀에 바짝댔다. 옆에서 진도 할머니의 말을 막는 듯한 어머니의 다급한 몸짓이 흡사 화면처럼 눈앞에 보이는 것 같다.

"할머니, 양로원이라뇨?"

"아, 아니야. 우리끼리 그냥 이 말 저 말 하다가 나온 소리여. 노인네들끼리 있다 보면 별말을 다하니까."

"그래도 그렇죠, 어떻게 양로원 생각을 하고 그러세요?"

"양로원이 어때서? 거기도 사람 사는 곳인데."

하란의 음성이 날카롭게 서는 걸 느끼자 진도 할머니도 기세를 낮추지 않고 아예 판을 벌릴 것처럼 길게 말을 잇는다.

"하란이 너도 잘 생각해 봐. 언제까지 네 엄마 수발을 할 거냐? 나는 남인데도 네 돈 받는 게 이렇게 안쓰러운데 저러고 있는 네 엄마는 그 심정이 오죽하겠어? 들어갈 때 기부금이나 좀 내면, 뭐 없으면 안 내도 상관없겠지만, 우리같이 늙고 병든 사람 받아 주는 데도 많다더라. 거기 가면 외롭지도 않고 아프면 병원도 데려다 주고……, 뭣보다 혼자 죽을 염려는 없으니 그것도 안심이고. 나 전에 일하던 집 주인 조카도 홀로 된 자기 아버지를 그런 데에 모셨는데 오히려 표정도 밝아지고 잘 지낸대. 자식이 여럿 있는 사람도 거기 많대."

"그래서요? 엄마한테 거기 가자고 하셨어요?"

목소리가 부들부들 떨려 와 하란은 손바닥으로 목을 감싸 안았다. 수화기를 통해 어머니의 흐느낌이 간헐적으로 들려온다. 하란에게 들리게 하지 않으려고 숨죽여 우는 그 울음이 진도 할머니의 말이 끊기자 빈 공간을 타고 그대로 귀에 들리고 있다.

"그려, 내가 가자고 했어. 아들이 여럿 있는 사람들도 온다는데 딸 하나밖에 없는 네 엄마나 자식 없는 나나 이렇게 돈 축내 가며 살 게 뭐 있냐고. 안 할 말로 모르겠다. 저러고 있다가도 네 엄마가 낫기만 한다면야. 하지만 중풍은 나을 병이 아니여. 네 아버지도 그 병 앓다가 끝내 세상 버렸담서? 너 그 감당을 어떻게 다 할 거냐? 나 월급 주고 나면 너 살기도 빠듯할 텐데, 어디 한두 푼 가지고 될 병이냔 말이야. 차라리 이 집 전세금 빼서 들어갈 때 기부나 하고 네가 자주 들여다보는 게 사람 사는 모양새여. 너 거울 좀 봐라. 네 얼굴빛이 그게 산 사람 빛깔이여? 너 그렇게 있는 골병 없는 골병 들어 놓고 나중에 네 엄마 세상 뜨게 되면 누가 있어 너에게 따뜻한 말 한마디라도 해 줄 거냐? 네 몸 덜컥 아프기라도 하면 물 한 잔 떠 줄 사람도 없는 거여. 네 엄마는 그래도 네가 있고 또 죽은 오빠라도 그 자식들이 있어 고모라고 가끔 들여다보기라도 하니 여직 저러고 버틸 수 있지. 넌 네 엄마보다도 더 사고무친인 거란 말이여. 여기 오는 네 외사촌들? 그 사람들도 네 엄마 살아 있을 때 네가 그나마 사촌인 거여. 더욱이 물고 빨고 하는 제 형제 있고 갸들은 엄마 쪽 사촌들도 수두룩하담서 달랑 혼자인 너 돌아볼 줄 알어? 모르겠다, 네가 갸들만큼 잘살어 아무런 부담 느낄 필요도 없담서 또 몰라, 네가 암말 안 해도 이런저런 부담이 느껴지면 저절로 남 되는 거여. 사촌이란 원래 제 형제 옷 사 줄 돈은 있어도 사촌 쌀 사 줄 돈은 없다고 할 만큼 먼 거여. 한 다리 건너 천 리라는 말도 몰라? 너 곧 쉰 된다. 폭포 물살보다 더 빠른 게 여자 나이 드는 거여."

"할머니, 제발, 제발요."

울음이 터져 하란은 말을 잇지를 못했다. 양로원, 양로원이라니, 어머니가 그런 생각을 하고 있었다니……, 살아오는 동안 한 번도 자신과 연관 지어 생각해 본 적 없는 단어였고 장소였다. 가끔 텔레비전에서나 볼 수 있었던 풍경 속의 무표정한 얼굴들이 어머니의 얼굴과 겹쳐 떠오른다. 햇살 바른 양지쪽에 모여 앉아 양로원으로 들어오는 입구를 향하여 자식들이 올까 기대를 버리지 못한 노인들의 자갈 같은 눈동자들, 클로즈업되는 그들의 쓸쓸한 눈빛을 보며 언젠가 하란은 물기 빠진 자갈 같다고 생각했었다. 그런데 그런 곳엘 가겠다니, 어머니가, 내 어머니가 말이다. 하란은 진도 할머니에게서 수화기를 뺏은 듯한 어머니의 기척을 느끼면서도 그대로 수화기를 내려놓고 말았다. 자갈 같은 눈동자들이 수백 수천 개 사방에서 노려보고 있는 것 같다.

전화를 끊고도 하란은 구석에서 한참이나 쪼그리고 앉아 있었다. 상처를 많이 받은 사람일수록 매사에 겁이 많은 법이다. 누군가 다가서면 열 배는 뒤로 물러나고 붙잡은 사람은 떠날까 봐 미리 안절부절, 그러면서도 매 순간 상대의 감정을 확인받고 싶어 스스로도 억지인 줄 알지만 마음에도 없는 말을 화살처럼 날린다. 어머니와 진도 할머니만 해도 그랬다. 그러면서 견디고 있는 것이다. 그 좁은 아파트에서, 폭우에 갇혀.

어디에 갇히는 건 비단 사람만이 아니리라. 열어 봐 줄 그 무엇이 없다면 기억인들 갇혔다고 아니할 수 있으리. 무심히 던져 놓은 갖가지 사물들과 그 안에 부유하고 있는 공기와 먼지까지도 여는 손길이 없다면 검게 죽어 가는 그림자와 무엇이 다르겠는가. 하란은 일어나서 전등을 켜고 서랍 밑 칸에 넣어 둔 나무 상자를 꺼냈다. 상혁의 모든 것이 그 안에 있다. 만나고 첫 번째 생일 날 받은 자개가 박힌 보석함, 232통의 편지와 언약식 때 친구들 앞에서 끼워 준 반지, 그 자리엔 대학 동창인 은미와 주향이, 그리고 재윤이와 상혁의 친구들 종훈, 남기, 상욱이 함께 있었다. 때마침 첫눈이 대구에서는 드물게 폭설로 내리던 날이었다. 언약식 장소였던 카페 '판타지'는 눈으로 만든 동굴처럼 온통 흰빛으로 장식되어 천장에 켜져 있던 색색의 전구가 동굴 속에서 바라보는 별빛 같았다. 그날, 상혁과 내가 서로의 손가락에 반지를 끼워 주던 날, '영원히 사랑할게. 죽은 후에도 널 사랑할게.' 상혁은 말했었다. 눈에 덮여 서로의 눈빛 말고는 아무것도 보이지 않던 날, 차가운 기온에 날아가던 입김도 하늘에서 금방 눈이 되어 머리를 덮던 날, 우린 친구들과 눈 내리는 대구 거리를 웃음소리로 채우며 걷고 또 걸었다. 그때 우리의 웃음이 판타지였던가. 꿈 깨면 지워지는 환상곡이었을까? 카페 판타지는 지금도 동성로 거리에 있을까? 상혁과 헤어진 후 하란은 의식적으로 그 근처엔 한 번도 가지 않았다.

다시 상자 속을 들여다본다. 하늘색 나비가 촘촘히 박힌 머리핀, 금박 실이 들어간 머플러, 함께 떠난 바다에서 주워 온 소라껍질, 대학 졸업 때 걸어 준 작은 진주가 매달린 목걸이와 사루비아 핸드백……. 하나하나 꺼내는 동안 상혁의 얼굴이 점점 다가오고 있다. 하란은 반지를 끼고 목걸이를 건 다음 머리핀을 꽂았다. 그리고 목에 머플러를 두르고 편지를 가슴에 안았다. 텍사스 주 댈러스 시티라는 영자가 거울 속으로 비쳐 보인다. 천천히 편지의 속지를 꺼내는 그녀의 손이 하얀 낮달처럼 불빛에 묻히자 곧이어 하란아, 내 하란아, 로 시작되는 상혁의 글씨가 드러난다. 하란이 대구를 떠나오고 2년 뒤 어머니 집으로 온 편지였다. 그 뒤 바로 어머니가 아파트로 이사했기 때문에 상혁의 마지막 편지이기도 했다.

하란아, 오늘도 난 포트워스 국제공항을 찾았다. 한국에서 죽을 곳을 찾아 떠나온 이곳에 처음 도착했을 때 내가 맨 처음 들은 것은 제클린의 'Oh! No'라는 외침이었다. 물론 환청이었겠지만 사랑하는 남편 케네디의 죽음 앞에서 오열하던 그 목소리가 내겐 분명히 들리고 있었다. 내가 죽으면 너도 그렇게 외치며 내 시신에 네 얼굴을 묻을까? 죽은 후에도 널 사랑한다는 내 말에 죽은 후에도 날 믿겠다고 넌 대답했었는데…….

포트워스 국제공항은 세계 제2위의 거대한 공항이야. 뉴욕의 맨해튼

섬보다도 넓은 면적이라고 한다. 하루 종일 서성거려도 누구 하나 나에게 불편한 시선을 보내지 않는 이곳을 나는 댈러스 시내에서 17마일을 달려오곤 한다. 올 때마다 내 무의식은 서울행 티켓을 예매하고 비행기 트랩을 오르는 나를 보게 한다. 하지만 번번이 네가 둘러놓은 벽 앞에서 주춤거리며 깨어나는 건 너의 상처를, 너의 분노를, 무엇보다도 우리 사랑했던 기억을 보존시키려는 너를, 내가 너무도 잘 알고 있기 때문이다.

세상에는 함께 있으며 소모되는 것으로 충분한 사랑과 별리를 선택하면서까지 보존시키고픈 사랑이 있다는 너의 말을 오래 생각했다. '훼손'이란 단어에 머리카락 한 올까지 벌벌 떨며 아프게 울부짖던 너를 보며 내가 너에게 얼마나 귀한 존재인지, 얼마나 큰 사랑을 너에게 받고 있는지 느낄 수 있었다. 너를 붙잡는 데만 정신이 팔려 있었던 나에 비하면 넌 참으로 크고 깊은 영혼을 가졌다는 것도 깨달았다. 그 무엇으로도 훼손되지 않는, 되어서는 안 되는 원형의 사랑을 하란아, 네가 가르쳐 줬어. 하지만 슬프다. 그리고 이 보고픔을 어떻게 다스려야 할지 난 아직도 모르겠다.

나는 아무하고도 말을 하지 않는다. 아니 할 수가 없다. 입술을 떼는 그 순간 튀어나올 네 이름을 나는 누구하고도 나누고 싶지 않기 때문이다. 내 생에서 오로지 나한테만 허락된 이름, 내 것인 너는 내 안에 늘 섬처럼 떠 있다.

나는 요즘 혼자 있어. 형님이 원룸을 얻어 내 독립을 지원해 줬기 때문이야. 원룸 키를 넘겨주며 훌쩍이는 형수 곁에서 형님은 말없이 내

어깨를 으스러지게 끌어안곤 무엇을 안다는 건지 안다, 라는 말만 되풀이했어. 혼자 있으니까 그래도 숨쉬기가 조금은 수월하다. 누구와도 공유하지 않는 공기 속에서 나는 널 꺼내 놓고, 너를 보고, 너랑 말을 하며 너를 안고 잠든다.

보고 싶다, 하란아. 애간장이 녹는다, 라는 말을 정말 몸으로 마음으로 실감하고 있어. 넌 어떻게 지내는지, 늘 잘 체하고 어지럼증에다 감기 박사인 너는 내 체온 없이 어떻게 버텨 가고 있는 건지, 정말 나 없이도 살고는 있는 거니? 살아지니?

하란은 편지를 덮으며 중얼거렸다. 살고 있어. 살아 내고 있어. 사람처럼 독한 존재는 없나 봐. 숨쉬고 나이 들어 가고 가끔 이렇게 가슴의 빗장 열어 당신 불러내고 그러고는 더 깊이 파묻고. 그때 혼주석에 어머니를 못 앉게 한 당신 아버지 요구만 끝까지 물리쳐 줬다면 난 지옥이라도 당신 손, 놓지 않았을 거야. 하지만 그렇게 하자는 당신 말에 우리가 함께 있으면 서로를 잃어버리는 앞날의 풍경을 난 보고 말았어. 알아, 다급해서 한 말이었다는 걸. 하지만 난 그 말에서 당신의 무의식 속에 잠재해 있는 세상과 일치하는 잣대를 보았어. 결혼해 사는 동안 당신 가슴속 깊숙이 숨어 있는 그 잣대가 나오지 않으리라는 보장을 그래서 확신할 수 없었다면 이런 날, 이해해 줄래? 가장 기본이 부정되는 결혼을 위하여 사랑한 날들까지 훼손될지도 모른다는 게 무서웠어. 인생에서 가장 아름다웠던 날들이 송두리째 날아가 버리는 걸 당신 곁에서 본다면, 당신 또한 내 곁에서 변질된 자신을 발견하게 된다면……, 살아낼 수 있었을까? 하찮은 사물이라 할지라도 우리는 그것이 놓여 있는 배경을 무시할 수 없는데, 하물며 사람인 내가 어머니라는 배경을 지운다는 건 안 되는 거잖아? 어머니, 내게 눈물뿐인 어머니일지라도 난 그녀를 어머니라는 이름으로 당당하게 세워야 할 자식이야. 어머니의 사랑을 나만은 인정하고 나로 인해 그녀가 세상 속에서도 아름다울 수 있도록 가장 따뜻한 손으로 다독거려 줘야 하는 딸인 나를, 당신은 이해하겠지?

문화원 건물이 보인다. 조경이 잘된 아파트 단지 내에 2층짜리 건물로 서 있는 문화원 앞에는 서너 대의 차가 주차해 있을 뿐 얕은 동산을 낀 잔디밭 너머의 아파트 소란과는 동떨어진 고요함이 깔려 있다. 집에서 멀지 않은 곳이라 차를 두고 걸어서 오는 동안 하란은 몇 번이고 멈춰서 숨을 가라앉혀야 했다. 집 앞 슈퍼와 은행 외에는 일체 외출을 하지 않고 집안에만 갇혀 있었던 게 문제였다. 개방된 곳에서의 낯설음은 생각보다 지독했다. 시선이 불안정하게 흔들렸고 두 다리는 미로를 헤매는 것처럼 자꾸 허적거렸다. 자신과는 무관하게 마주 오는 사람들이 불편했으며 오랜만에 개인 하늘도 너무 밝았다.

어제 송파문화원장을 맡고 있는 소설가 유진수로부터 소설 창작 강의를 맡아 달라는 전화를 받고 무슨 마음에서 그렇게 흔쾌히 하겠다고 했는지 하란은 자신도 알지 못할 일이었다. 무너진 갱

속에 갇혀 있는 사람이 바깥에서 비추는 불빛을 본 순간 같았다. 장마는 지루하게 계속되고 있었고 집 안은 눅눅했으며 하루 종일 노트북과 침대를 오가다 보면 골목 안 상점들의 불은 꺼져 있었다. 새벽엔 쓸쓸한 악몽에 식은땀을 흘렸으며 낮에는 감옥에 갇힌 수인처럼 담장 밖의 세상과는 격리되어 있었다. 어머니와 통화할 때만 대본을 외우듯 친절과 상냥한 목소리를 의식적으로, 그것도 겨우 흉내 냈을 뿐이다. 스스로 밀폐시킨 유배 같은 시간이 흐르는 소리도 내지 않고 사라져 가도 하란은 무심한 눈길 한번 주지 않았다. 창으로 들어오는 공기한테조차도 침해받고 싶지 않았다. 건드리면 그대로 미쳐 버릴 것 같은 포화 상태의 외로움, 어두워지면 불을 켜고 아침이 오면 불을 끄며 하루가 가고 있음을 인식했을 뿐이다.

"역시, 정확한 시간에 오셨네요. 이제 장마가 끝날 모양이에요."

입구에서 안내를 받아 문화원장실 문을 열고 들어가자 맞은편 책상에 앉아 있던 유 원장이 자리에서 일어나 앞으로 걸어 나오며 하란을 반겼다. 바깥이 훤하게 내다보이는 통유리 창가에 보낸 사람 이름이 써진 리본을 매단 각종 화분들이 깨끗이 손질되어 늘어서 있는 게 보인다.

"출근하면 저것들 손질하는 걸로 일과를 시작해요. 하루만 봐주지 않아도 금새 삐치거든. 지 작가도 꽃 좋아하나 봐요. 눈을 못 떼네."

화분 쪽을 물끄러미 바라보고 있는 하란의 맞은편 소파에 앉으며 유 원장의 시선이 자식을 바라보듯 부드럽게 창을 향한다.

"살아 있는 것만큼 경이로운 건 없어요. 또 살아 있는 것만큼 사랑을 요구하는 것들도 없고. 꽃들을 가꾸다 보면 관심 가져 주고 예뻐해 주는 것이 얼마나 싱싱한 삶을 살게 하는지, 많이 배워요. 아, 미스 리, 인사드려요. 이분이 소설가 지하란 선생님이야."

차를 가져온 아가씨를 향하여 유 원장이 하란을 소개하자 찻잔을 쟁반에 받쳐 든 채로 아가씨가 꾸벅 인사를 한다.

"이민경입니다. 많이 가르쳐 주세요. 선생님, 뵙게 돼서 정말 좋아요."

"여기 문화원 직원인데 소설가 지망생이에요. 지 작가 열렬 팬이기도 하고. 지 작가가 강의 맡기로 했다는 소식을 듣고 내내 들떠 있는 중이에요."

유 원장의 말을 들으며 하란은 이민경이라고 자신을 소개한 아가씨를 바라보았다. 볼우물이 깊게 패인 통통한 얼굴이 사람을 편안하게 하는 인상이다. 무어라 답례 말을 해 줘야겠는데 의례적인 인사치레가 될 것 같아 하란은 시선을 유 원장에게로 돌렸다. 민경이 나가자 유 원장이 책상 위에 놓여 있던 서류를 가져다 테이블에 놓으며 말을 이었다.

"일주일에 한 번, 두 시간 강의예요. 수강생은 현재 사십여 명인데 송파구에 거주하는 주부가 대부분이죠. 물론 문학을 지망하는 아가씨, 학생도 있어요. 근데 정말 의외였어요. 워낙 바깥엔 나오지 않는 분으로 소문이 나서……."

"거절할 줄 아셨나 보죠?"

하란의 말에 대답 대신 찻잔을 들며 유 원장이 큰 소리로 웃는다.

"그래요. 이번엔 무슨 복인지 강사 섭외가 이상하리만큼 잘됐어요. 시 창작반도 괴물이라고 소문난 김민재 시인이 웬일로 덜컥 맡아 주겠다 하질 않나……, 사실 작년부터 수강생들이 두 분을 모셔 달라고 여러 번 제의를 해 왔거든요. 그런데 지하란 선생이나 김민재 선생이나 두 분 다 소문난 방콕이니 어디 엄두가 나야지, 수강생들한테 문화원 측에서 애쓰고 있다는 표시나 하려고 연락을 드려 봤는데……, 정말 고마워요. 문화원장 체면 세워 줘서."

"제가 감사하죠. 송파구에 살면서도 찾아뵙지도 못했는데 이렇게 불러 주시니까요."

"원, 천만에. 아 참. 김민재 시인은 아시는 분인가요? 오실 때가 됐는데……."

손목시계를 보던 유 원장의 시선이 잠시 문 쪽을 향했다가 다시 하란에게로 건너온다.

"아니요, 한 번도 뵌 적이 없는데요."

"그러실 거예요. 두 분 다 문단에 거의 얼굴을 안 비치는 분들이니……, 아마 지 작가랑 연배도 비슷할 거예요. 어디, 강의 시간표는 어떻게 되나?"

유 원장은 테이블 위에 놓여 있던 서류를 뒤적거리더니 손바닥으로 자기 이마를 가볍게 치는 시늉을 하며 다시 하란을 보았다.

"두 분 시간표가 쌍둥이네요. 수요일 오후 두 시부터 네 시까지.

이러다 시 창작반과 소설 창작반 열기로 문화원이 펄펄 끓는 게 아닌가 모르겠네. 지금도 이상하게 서로 견제하고 그러거든요. 같은 문학인데, 지 작가도 아시겠지만 시와 소설은 기질 면에서 많이 다른 것 같아요."

"산문과 운문의 차이겠죠. 엮어 내는 것과 단숨에 쏟아 내는 것의 차이일 수도 있겠고요."

결명자를 진하게 끓여 꿀을 타 온 차는 뭐라 말할 수 없이 깊은 맛을 자아내고 있었다. 어머니는 결명자가 눈을 밝게 하고 변비가 안 생기게 한다며 물처럼 끓여서 마시곤 했다. 지금도 하란의 냉장고에는 어머니가 깨끗이 씻어 볶아 준 결명자가 들어 있다. 어디 결명자뿐인가. 고춧가루와 깨 볶은 것, 무청을 말려 삶아준 것까지 어머니가 쓰러지기 전 하란의 냉장고는 칸칸이 어머니의 손길로 푸짐했었다. 봉지에 넣을 때도 일일이 봉지를 흐르는 물에 씻어 말린 다음에야 넣을 만큼 유난스러웠던 어머니를 떠올리자 하란은 다시 가슴이 묵직하게 가라앉는 걸 느끼곤 자리에서 일어났다.

"그럼 개강할 때 뵐게요."

"가시게요? 그래요. 지 작가님, 수고 좀 해 주세요. 부탁드립니다."

원장실을 나오자 밖에 있던 민경이 자리에서 일어나며 환하게 웃는다.

"이제 개강하면 일주일에 한 번은 선생님 뵐 수 있는 거죠?"

고개를 끄덕이며 돌아서려는데 민경이 와, 하며 손뼉을 치는 시늉을 했다. 하란은 저절로 웃음이 나왔다. 아직 세상에 동의하지도, 반대의 깃발을 든 적도 없이, 그저 자신의 존재함만으로도 충분한, 무구한 영혼을 보고 있는 기쁨이 잠시 찾아온 것 같다.

"어, 선생님도 웃으시네요? 이뻐요, 선생님."

당돌하다고 해야 할까, 구김살이 없다고 해야 할까? 어이없는 눈빛으로 민경을 바라보다 문화원을 나오는데 바깥의 햇살을 뚫고 불쑥 입구에서 한 남자가 걸어 들어오고 있다.

세계명작 60선 요약 원고가 거의 끝나 가고 있다. 초등학교 5, 6학년이 읽을 정도의 수준으로 편당 120매 선으로 요약해 달라는 '해와 달' 출판사의 의뢰를 받은 것은 두 달 전이었다. 요약을 제대로 하기 위해선 전편을 꼼꼼히 읽고 줄거리를 꿰고 있어야 하는 수고로움이 있었지만, 유행처럼 번지고 있는 논술의 필독서로 출판된다는 책임감에 지난 한 달은 다 알고 있는 구구단을 다시 왼다는 심정으로 열심히 읽었다. 건강하고 바른 심성을 가진 사람의 늙는 속도가 그렇지 않은 사람에 비해 더디듯이 명작 속의 세계는 시간에 따르는 가치관의 변화에도 불구하고 여전히 강한 흡입력이 있었다. 결말은 아름다웠으며 반드시 고통이라는 통과의례가 읽는 사람의 간장을 졸였다. 선하고 약한 자의 승리는 곧 자신의 승리로 이어져 꿈과 희망을 선물했고 사람들은 다시 버텨 낼 용기를 충전할 수 있었다. 적어도 하란의 연배까지는 그랬다. 하지만

303

흥부의 선하기만한 심성이 비판의 초점이 되고 놀부의 인색함이 삶의 유능함으로 재조명되는 이때 인어 공주의 자기희생적인 사랑이 아이들에겐 어떻게 읽힐까? 사랑하는 왕자를 살리기 위해 자신은 거품으로 사라지는, 그런 마음을 알 수 있을까? 하란은 자신이 두드린 거품이라는 글자가 모니터에 떠오르자 양손을 책상 위에 올리고 한참을 바라보았다. 갑자기 전신의 뼈가 쑤시는 것처럼 마디마디 아파 온다. 인어 공주의 육신이 해체되어 형체를 알 수 없는 거품이 될 때도 뼈와 살이 녹는 아픔이 있었을 것이다. 이걸 과연 아이들이 받아들일 수 있을까? 하란이 느끼기에 인어 공주는 진실한 사랑에 대한 가장 고전적인 비유로 성공하고 있는 작품이라고 할 수 있었다. 상대를 위해서, 아니 상대를 살리기 위해서 내가 죽는 것. 죽으면서도 행복한 것, 거품이란 풀어지면 아무것도 아닌 무형이다. 너의 행복을 위해서 내가 아무것도 아닌 것으로 돌아갈 수 있는 것. 이럴 수만 있다면 사랑만큼 끔찍하도록 사람을 위대하게 하는 것은 없으리라.

희생이란 무엇일까? 국어사전에는 남이나 어떤 일을 위하여 제 몸과 재물 따위를 바치는 거라고 나와 있다. 그런데 만약에 당사자가 스스로 희생하고 있음을 인식하며 행하는 것이라면? 그건 이미 희생이라고 할 수 없다. 희생이란 본인이 의식 못하는 가운데 행한 일이 남들에겐 숭고함으로 느껴져 그것을 기리는 말로 붙여 줄 때 참다운 의미가 있는 것이지, 자신이 자각하며 행하는 행위라면 이미 그것은 희생의 진정성에서 멀어진다. 사랑하는 상대에 대한 헌신, 부모가 자식을 위해, 자식이 부모를 위해, 혹은 친구, 넓게는 국가와 인류를 위해 혼신의 힘을 다하는 것도 본인이 그것을 알고 행하는 것이라면 희생이라는 미명의 허울을 쓴 자기 위안일 뿐이며 선함을 가장한 자기 편안 추구라는 극도의 이기성에 다름 아니다. 결국 당사자의 뜻과는 별개로 제 삼자가 그 마음을 기리는 말이 희생인 것이다. 물거품으로 죽어 간 인어 공주의 사랑이 희생으로 읽히는 건 인어 공주야말로 자신의 행위가 오로지 기쁨이고 무의식 속에서 기꺼이 행한 결과물이었기 때문일 것이다. 희생이라는 찬사에 인어 공주는 동의할까? 자신에겐 기쁨이 남들에겐 희생으로 말해진다는 데 오히려 고개를 저을지 모른다. 인어 공주 이야기가 아름다운 건 여기에 이유가 있다. 자신은 전혀 인식할 수 없는, 죽음조차 사랑하는 왕자에 대한 기쁜 헌신으로 받아들여지는 것. 억지로 애쓰는 것이 아니라 저절로 되는 것. 모든 수고가 행복, 그 자체인 것.

하란은 노트북을 덮고 책상에 머리를 묻었다. 이것이었나? 상혁을 떠나보낸 것도, 어머니에 대한 끝도 없는 최선도, 결국은 나 자신 감정상의 안온을 위한 것이었나? 상처 받기 싫어서, 후회하기 싫어서, 괴롭고 힘든 걸 석고상처럼 묵묵히 하고 있었나. 나는, 행복하지 않았고 감사한 마음은 더더욱 없었으며 순간순간 지구 밖으로 날아가고 싶었다. 주어진 의무이기에 수행했을 뿐—그것도 나중에 후회하게 될까 봐, 후회하며 땅을 칠 내 모습이 무서워서—짐을 나눠 가질 사람이 없다고 홀로 있는 시간 내내 손톱으로 벽을 긁으며 울었다.

　진숙과 진영 자매에 대한 서운함도 내게 주어진 짐을 내 마음만큼 나눠 주지 않는다는 이기적인 의타심에서 비롯된 건 아닌지, 내가 원하는 방식이 아니라 해서 이미 충분히 베풀어 준 그들의 정조차 내 기억에서 삭제시켜 놓고 더 많은, 더 뜨거운, 더 살가운, 혈육의 정까지 내놓으라고 투정 부리고 있는 건 아닌지…….
따져 보지 않아도 그들은 현명하게 자신들의 마음을 나눠 줬었다. 더도 덜도 아닌 사촌만큼의 거리에서, 사촌이란 촌수에 맞는 정을. 그런데 나는 왜 친형제 같은 정을 주지 않냐고 목 타 했다. 아프면 제일 먼저 전화해서 와 달라고 할 수 있고 서러울 때 무작정 찾아가 그들이 펴 주는 이불에 드러누울 수 있으며, 살면서 분하거나 억울한 일 당할 때 전후 설명 없이도 내 편이 되어 달라고 마음속으로 소리쳐 애원했다. 그것은 남이 말해 주기도 전에 나 자신 어머니에게 희생하고 있다는 자각이 먼저 든 때문일 것이다. 내가 어머니에게 하는 것을 희생이라고 생각했으므로 외로움도 서러움도 그 부피가 끝간 데 없이 커졌을 것이다. 희생이 아니고 기꺼운 마음으로 행하는 도리일 뿐이었다면 나 좀 돌아봐 달라고 그렇게 마음으로 울부짖었을까?

　가슴이 먹먹해지며 목 뒷부분이 화끈거린다. 하란은 자동차 키를 들고 급하게 현관을 나섰다. 어머니가 쓰러진 후 가리지 않고 글감을 맡아 하루에도 이 일 저 일을 동시에 써 내려가다 보면 온몸의 물기가 다 빠져나가 살갗을 만지면 그대로 재가 될 것 같은 탈진 상태가 오곤 했다. 건조해. 죽을 만큼 건조해. 목소리로 만들어지지 않은 말이 목구멍에 덕지덕지 붙어 입 안이 쓰라리다.

　머리도 식힐 겸 한강 쪽으로 차를 몰아가다 신호등 앞에서 하란은 핸드폰 폴더를 열었다. 오후 5시. 연수원 오늘 일정은 끝났을 시간이다. 신호음이 가자마자 지선우 선생의 목소리가 들려온다. 청주에 다녀온 그날 이후 첫 통화다.

　"선생님."

　"응, 하란이구나. 잘 지냈어?"

　"네, 저기……."

　말을 하고 싶었다. 선생님 주신 돈으로 백지장같이 하얗게 탈색되어 가던 핏줄에 다시 붉은 피가 흐르고 있다고. 하지만 목을 손으로 틀어막는 것처럼 다시 아무 말도 나오지 않는다. 그가 먼저 말을 꺼내 준다면 그나마 대답은 할 수 있을 것 같은데 지선우 선생도 거기에 대해선 말이 없다. 대신 병원에는 갔었냐고 묻는 질문이 들린다.

　"네, 위궤양이 심하다고……, 계속 치료를 받아야 한다고……."

　"학교 때도 약했는데 어머니 병나시고 신경 쓸 일이 많아서 더할 거야. 조심해야지. 네가 없으면 세상엔 아무도 없는 거야, 알지?"

　"연수 받는 거 피곤하진 않으세요?"

　"아니, 재밌어. 기숙사 생활도 신선하고. 무엇보다…… 하란이하고 가까이 있다고 생각하니 아주 좋은데? 한 시간 반 거리니까."

하란은 갑자기 숨이 안으로 들이마셔지는 걸 느끼며 둔치 쪽으로 내려가는 방향으로 핸들을 꺾었다. 그러자 갑자기 누군가가 백호짜리 수채화 액자를 눈앞에 들이미는 것처럼 탁 트인 풍경이 펼쳐진다. 정박 중이던 유람선이 서서히 후진을 하며 여의도를 향하여 떠날 채비를 하는 게 보인다. 다음에 서울 가면 꼭 유람선을 타보자던 어머니는 결국 유람선도 못 타 보고 쓰러졌다. 유람선에서 바라본 한강을 동시로 써 보고 싶다던 어머니였다.

—드라이브하면 되지 꼭 배를 타야 해요?

촌스럽다고 핀잔주는 하란에게 어머니는 웃지도 않고 대답했다.

—시멘트 위를 달리며 바라보는 것과 물살의 질감을 느끼며 바라보는 건 다른 거야. 시멘트가 만날 수 없는 사람이라면 물은 언제고 만날 수 있을 것 같은 사람 같다고나 할까?

—누구? 또 아버지 얘기예요?

—꼭 사람만이겠니? 꿈이나 추억, 시간 같은 거 모두 다…….

생각이 어머니를 향하자 하란은 다시 양로원이란 단어가 떠올라 순간적으로 진저리가 쳐진다. 감정의 질감이 사라진 자갈 같은 눈빛들, 신음이 입술 밖으로 새어 나오고 있다. 한 손으로 입술을 틀어막는데 하란의 침묵이 끝나기를 기다리던 지선우 선생의 목소리가 들린다.

"하란아, 하란아?"

"네."

"지금 어디 아픈 게 아냐? 선생님 그렇게 느껴지는데?"

"아니에요. 아프지 않아요."

"아니야, 너 편치 않아. 선생님 이번 토요일에 서울 갈까? 만날 수 있겠니?"

한 번 안으로 몰아쉬어지기 시작한 숨이 좀처럼 밖으로 품어 내지지가 않는다. 하란은 주먹을 쥐고 가슴을 두드렸다. 조금씩 강물 위로 떨어지고 있는 노을이 벌써 꼬리만 보이며 떠나가고 있는 유람선을 붉게 덮고 있다.

"만날 수 있겠니?"

다시 지선우 선생의 목소리가 들린다. 하란은 있는 힘을 다해 입속의 물기를 모아 삼켰다. 그러자 조금씩 숨이 내쉬어진다.

"오세요, 선생님."

"정말이지? 그래, 갈게."

"출발할 때 전화 주시면 터미널로 제가 나갈게요. 선생님."

"번거롭지 않겠어?"

"번거롭긴요. 기쁜 일이죠."

"하란아."

"네?"

"선생님은……, 네가…… 많이 보고 싶다."

"……선생님, 저 문화원에 소설 창작 강의 나가기로 했어요. 다음 개강 때부터."

할 말은 못하고 엉뚱한 말이 튀어나온다. 꼭 해야 할 말과 안 해도 무방한 말이 제 순서를 찾지 못하고 있다. 깊은 생각은 때론 반응을 깊이 숨기기도 한다. 어떻게 한다 해도 그 감동을 그대로 고스란히 전할 방법이 미약하기 때문일 것이다.

"어! 그래? 잘됐구나. 그렇게 한 번씩 나가 사람들도 만나고 해야지 너무 집 안에만 있는 것 같았어. 다른 강좌도 더러 있겠네?"

"문학 쪽에는 시 창작, 수필 창작이 더 있고요, 도예 반, 수지침 반, 무용 반 등 셀 수 없이 많아요."

"그렇겠지. 시와 수필을 맡게 되는 강사들은 아는 분들이니? 같은 문단에 있으면 서로 볼 기회가 많은 텐데."

"보통은 그렇죠. 하지만 모르는 분들이더라고요. 문단도 여러 갈래로 나눠져 있고……, 분야도 다르니까요."

"그래, 그럴 수도 있겠구나. 나도 서울에 산다면 하란이한테 소설 창작 좀 배우고 싶은데……. 문학이 결국 삶의 본령인 것 같애. 우리가 일기를 쓰는 것도 우선 자신의 내면을 서술하는 것 아니겠어?"

"일기 쓰세요?"

"응, 고등학교 때부터 써 온 게 습관이 됐네."

"충실한 습작 기간을 보내셨네요."

"하하…… 그렇게 되는 거야? 거기엔 요정 같은 한 작은 아이에 대한 이야기도 많아. 그 아일 처음 보고 내가 받은 충격? 단어 사용이 좀 그런가? 아무튼 뭐라 규정지을 수 없는 그런 이야기……."

"동화 같겠어요, 선생님."

"동화?"

짧게 반문하는 지선우 선생의 목소리가 순간적으로 거기에서 잠시 끊겼다가 다시 들려왔다.

"그래, 어쩌면 동화가 맞겠구나. 맞아, 동화여야 아름답겠구나."

"아뇨, 허구의 아름다움은 진짜 아름다운 게 아닐지도 몰라요. 소설이 그렇고 드라마가 그렇듯 말예요. 진짜 아름다움은 실재한 그 무엇에 있어요. 선생님이 쓰고 계신 건 일기니까 동화처럼 아름다운 실재한 그 어떤 이야기겠지요."

일기를 쓰지 않았더라면 어쩌면 자신도 다른 삶을 살게 됐을 거라고 하란은 생각했다. 어릴 때부터 혼자 있는 시간이 많았던 하란에겐 일기 쓰는 시간이 가장 평화로웠던 순간이었다. 일기장엔 아버지와 한집에 살지 못하는 것에 대한 의혹에서부터 상혁을 만나고 그와 사귀는 동안 수만 개 전구로 반짝였던 행복감, 결혼 말이 나고 상혁을 떠나보내는 과정에서 눈앞에 떠 있던 벼랑과 검은 파도, 그가 떠난 후 불씨 하나 없던 캄캄한 절망까지, 때론 풀어지고 때론 바위처럼 뭉친 말들로 가득했다. 그것을 엮고 잘라 내고 문지르면서 글이라는 걸 쓰게 됐다. 어머니가 쓰러진 뒤엔 온통 가득 찬 고아 의식으로 일기는 원망과 하소연의 나열로 이어졌다.

"하란아?"

일기라는 말에 사로잡혀 있는 하란에게 자신을 부르는 지선우 선생의 목소리가 들린다.

"네?"

"선생님은…… 문화원 강의를 계기로 네가 밝아지고 행복해졌으면 좋겠다."

"그런 의미, 전 없어요, 선생님. 다만…… 글만 쓰다 보니 너무 사람 냄새를 못 맡고 사는 것 같아서……, 친구나 지인들도 있지만 그들에겐 신경을 써 줘야 한다는 관계로서의 부담감도 있고……. 하지만 강의는 시간만 충실하면 그것으로 끝나니까 편할 것 같아서 하겠다고 한 거예요. 지금은 사적으로 누군가와 얽힐 여력도 마음도 없거든요. 친구조차도 필요 없을 때가 있다는 것, 선생님 아세요?"

"많이 힘들 때……겠지. 나도 옛날에 그런 때가…… 있었어."

"……."

"어디, 밖이니?"

"네, 한강에 왔어요. 사람들이 많아요. 운동하는 사람, 연인들, 가족……. 장마 끝이어서인지 물은 아직 맑지 않고요. 제 유일한 산책 코스거든요, 여기는."

"그래? 하란이가 늘 가는 곳이면 선생님도 가 보고 싶구나. 이번에 서울 가면 같이 가 보자. 우리 하란이가 보는 풍경은 나도 기억해 놓고 싶으니까. 어때?"

"저 여기서 많은 시간을 보냈어요. 외로울 때도 오고 울고 싶을 때도 오고 글이 안 써질 때도 오곤 했어요. 그리고 이유도 모른 채 마음이 간절해질 때, 왜 선생님은 그럴 때 없으세요? 그럴 때 여기 오면 마음이 편안해지곤 했어요. 선생님과 같이 오면 참 좋겠네요."

"진짜 그렇게 생각하니?"

"그럼요. 대신 제가 여기 모시고 오면 선생님도 어떤 대가를 제게 지불해야 해요."

언제 이렇게 허물이 없어졌나. 하란은 자신이 하고 있는 말과 말투가 갑자기 낯설어져 괜히 손바닥으로 얼굴을 만진다. 이렇게 편안하게 누구랑 말해 본 기억이 좀처럼 생각나지 않는다. 아무도 편안하지 않았고 그런만큼 사람들과 나누게 되는 거의 모든 대화는 예, 아니오, 라는 단답형의 수준에서 크게 벗어나지 못했다.

"대가라…… 좋아, 말만 하세요. 백조같이 예쁜 제자가 요구하는 거라면 못 내놓을 게 없지. 자, 말해 봐."

"라이브."

"라이브? 뭘?"

지선우 선생의 목소리가 바싹 다가앉는 것처럼 가깝게 들린다.

"노래 말예요. 선생님, 옛날에 노래 많이 불러 주셨잖아요. 저희들 산만하거나 졸면요. '봄 처녀' 해 주세요. 꽃다발 가슴에 안고, 그 부분이 선생님은 참 독특했거든요. 그동안에도 가끔 선생님 노래 생각하곤 했어요. 저."

"그걸 기억하고 있구나, 하란이가. 그게 벌써 언젠데……."

"해 주실 거죠?"

"좋아, 하루 종일이라도 할게. 하란을 위한 독창회. 해, 할 거야."

하란은 주차시킨 뒤 계속 켜 놓았던 시동을 껐다. 시동을 끄자 바깥의 소란과는 다른 세상인 적막한 공간이 떠오르는 것 같다. 적막하다는 생각이 들자 다시 마음이 가라앉는다.

"선생님."

"응?"

다음 말을 준비하고 있는 하란의 입속이 붉은 꽃잎이 쌓이는 것처럼 확확거린다. 차 안의 공기가 나오지 못한 말들로 부풀어 오른다. 하란은 꽃잎 속의 수액을 빨아들이듯 깊게 숨을 들이마셨다.

"고……맙습니다. 여러 가지로."

"……그런 말, 안 해도 돼. 아니, 하지 마. 너를 만나서 내가 얼마나, 얼마나 기쁜데……. 강의 준비 잘하고, 약 잘 챙겨 먹어야 한다. 토요일에 만나자, 알았지?"

일몰이 깔리고 있는 한강은 아름답다. 어린아이 속살 같은 노을이 한 층씩 내려앉는 강물엔 초여름 바람이 한 겹씩 조용히 노을을 덮어 간다. 노을이 덮이고 있는 강물 위를 이제 어둠이 걸으리라. 지극히 느리고 평화롭게 강가를 거닐고 있는 저 사람들은 차 안에 들어찬 이 적요를 알 수 없을 것이다. 건강한 사람이 어쩌다 예방주사를 맞으러 병원에 들렀을 때, 대기실에 가득 찬 환자들을 보고 당황하듯이 사람들은 그 상황에 내가 있지 않으면 사실상 짐작도 불가능하다. 그러므로 누군가에게 나를 들여다봐 달라고, 속옷을 적시는 이 무서운 꿈을 깨워 달라고, 바람만 매서운 산꼭대기에서 내려갈 길을 몰라 떨고 서 있는 나에게 손전등을 들고 찾아와 달라고, 얼음이 탑을 쌓는 춥기만 한 시간에 따뜻한 손으로 등을 덮어 달라고 목을 놓아 부르는 건, 슬픈 억지가 아닐 수 없다.

슬픈 억지. 하란은 종이컵에 남은 커피를 마저 마셨다. 억지를 부려 보기나 했었나. 입술은 벽을 깨물고 있는 것보다도 더 굳게 닫았었고 눈빛은 소경보다도 더 멀고 아득했다. 추운 만큼, 외로운 만큼, 무서운 만큼, 덜덜 떨리는 요를 만들고, 이불을 만들었으며 베게를 만들어 얼음이 되어 갔다. 아침이면 얼음 덩어리로 누워 있는 작은 물체, 팔을 뻗으면 얼음 금 가는 소리로 귀가 얼얼했으며 일어나 앉으면 반 토막으로 갈라진 얼음이 툭, 하고 침대에서 굴러 떨어졌다. 스스로에게 부리는 억지는 그렇게 참혹하고도 엄격했다.

세계명작 요약이 끝났다. 이제 원고를 넘기면 소설가 지하란이 엄중 선정한 어쩌고 하는 문구를 앞세워 서점의 어린이 도서 코너를 당분간 채울 것이다. 저녁에는 문화원 새 강사진을 초대하는 유 원장과의 회식 자리가 약속되어 있다. 거절하려고도 했었지만 명분이 없었다. 강의를 맡지 않을 거면 몰라도 맡기로 한 이상 명분 없는 돌출 행위는 스스로가 삐딱선을 타고 있음을 자인하는 결과만 초래할 것이었다. 회식은 오후 6시. 시간은 충분했다. 아침에 끓여 놓은 죽을 먹고 샤워를 하고 천천히 걸어가면 되리라. 노트북을 덮고 일어서는데 전화벨이 울린다. 새벽에 잠이 깨어 책상에 앉으면서 전화 코드를 빼놓지 않은 게 생각난다. 아마 새벽이니까 전화 올 데가 없을 거라는 무의식이 작용했는지도 모른다. 수화기를 들자 어머니 목소리가 들려왔다. 밝게 상기된 목소리다. 하란은 가슴을 쓸어내리며 의자에 도로 앉았다. 전날 진도 할머니에게 양로원 말을 들은 이후 하란은 의식적으로 어머니에게 전화를 하지 않았다. 또 무슨 말을 듣게 될지 엄두가 나지 않아서였다. 전화를 끊을 때 어머니의 울음소리가 들린 게 늘 마음에 걸렸지만 그날 이후 만성 체증처럼 가슴을 짓누르는 양로원이란 단어에 하란은 시달리고 있는 중이었다.

"일하는데 전화한 거 아니야?"

"아니, 방금 끝냈어. 엄마, 목소리가 밝네?"

"그래? 오전에 진영이가 왔다 갔어. 전복을 사다가 죽을 끓이고 사골은 국 끓여 먹으라고 냉동실에 넣어 두고, 포도며 복숭아며 잔뜩 사 가지고 와선 여태 있다 이제 막 갔어."

"그래요? 고맙네."

"그렇지? 네가 알아야 할 것 같아서 전화한 거야. 엄마한테 고맙게 하는 사람들은 곧 너한테 하는 것과 같으니까……. 정말 고모한테, 그것도 제 아버지가 살아 있는 것도 아니고 옛날에 세상 떴는데, 그 아버지 혈육인 고모한테 걔들만큼 하는 애들은 세상천지에 없다. 생각할수록 고마워서……. 이 고마움을 너도 잊으면 안 된다. 너한테도 세상에서 제일 가까운 혈육이니까……."

"알고 있어. 엄마한테 잘하는 것, 고맙게 생각하고 있어."

하지만 엄마, 이젠 나한테 잘하는 사람이 필요해요. 박카스 한 병이라도 내게 사 주는 사람, 내 안부를 걱정하고 나를 측은히 여겨 줄 사람 말이야. 엄마한테는 내가 잘하면 돼. 엄마는 내가 있지만 나는, 나는 아무도 없잖아? 엄마한테 뭘 이고 지고 다녀가는 동안 나한테 잘 있냐는 전화 한 통이라도 해 준다면, 아마 나는 세상이 무지개로 보일 만큼 위안을 얻을 거야. 엄마한테 잘하는 거? 물론 고맙지. 세상에 그런 조카들 없다는 건 나도 너무 잘 알아. 하지만 그건 대신 느끼는 고마움이야. 고맙게 생각해야 한다는 것과 직접 고마움을 느끼는 것은 사실 엄청나게 달라. 엄마한테 고맙게 했으므로 딸인 내가 당연히 고마움을 느껴야 한다는 건 일종의 책임이고 자식 된 도리지. 내게 따스한 사람, 날 걱정하고 나를 궁금해하며 내 편안에 작은 도움이라도 되고자 애쓰는 사람이 내겐 진짜 고마운 사람이란 말이야. 내뱉을 수 없는 말들이 모여지고 있는 심장이 다시 쿵쿵거리며 손이 떨려 왔다.

"어디 아픈 덴 없니? 엄마가 이러고 있으니…… 입으로만 걱정이다. 사방에서 도움만 받고, 은혜도 못 갚고 죽을 걸 생각하면…… 저승 문이라도 제대로 열어 줄지. 진영이한테 고맙다고 전화라도 해 줘. 제때 표현하지 않고 속으로만 쌓아 놓으면 나중엔 무뎌져서 고마운 게 당연한 게 돼 버릴 수도 있어. 그게 얼마나 무서운 거냐? 염치없어진다는 게. 사람이 고마운 걸 모르면 안 된다. 알았지? 잘 챙겨 먹고 아프지 않게 조심해라."

"알았어, 고맙다고 전할게."

통화를 끝내고 하란은 진영의 집 전화번호를 누르다가 수화기를 놓았다. '언니, 엄마한테 갔었다며? 고마워.' 속으로 삼킨 말이

공복의 위장으로 들어가자 쥐어짜는 통증이 그 말을 받아 토막토막 끊으며 배 속 깊숙이 파묻었다.

　회식 자리엔 대략 20여 명의 강사들이 참석한 것 같았다. 낯모르는 사람들 무리에서 하란이 끝자리로 가 앉자 가운데 있던 유 원장이 먼저 손을 들어 아는 체를 하며 일어섰다.

　"지 선생님, 문학 쪽은 이쪽 자리예요. 여러분, 소설가 지하란 선생입니다."

　엉겁결에 일어서 문학 쪽 강사들이 있는 곳으로 자리를 옮기는데 사람들이 너도나도 목례를 하며 길을 터 주었다. 그들 사이를 비켜 자리를 옮기면서 하란은 다시 불편해지는 자신을 억지로 얼굴에 미소를 띠는 것으로 대신한다.

　"자 자, 서로 인사들이나 하시죠. 이제 문화원에서 자주 마주치게 될 분들이니. 그리고 많이 드십시오. 오늘은 제가 원도 한도 없이 쏘겠습니다."

　유 원장이 자리에 앉자 갑자기 소란스러워지며 자리가 들썩인다. 하란은 앞에 놓인 물컵을 들어 물을 마셨다. 하란이 오기 전 미리 낯을 익혔는지 문학 파트 쪽도 서로 조용히 무슨 말인가를 주고받고 있다. 50대로 보이는 여인이 하란을 향해 사람 좋은 웃음을 짓는다.

　"지하란 선생, 나 윤근영이에요. 반가워요. 지 선생 작품은 나도 두어 권 읽었는데……."

윤근영이라면, 현재 한국에서 가장 잘 나간다는 수필가였다. 다작을 하기로도 유명했지만 사회에 무슨 일이 터질 때마다 그 부분에 대한 정확한 비판의 글로 신문 오피니언 란에서 자주 만났던 기억이 난다. 하란은 그녀를 향해 몸을 일으키며 인사를 했다.

"오늘 와서야 들었어요. 지 선생이 강의를 맡는다는 걸. 실제로 보니 더 참하네? 영락없는 작가 스타일이야. 어디, 집이 가까워요?"

"네, 선생님."

"참, 아직들 모르죠? 여긴 동화 구연가 정명숙 선생이고, 맞은편 계신 분은, 나도 조금 전에야 인사했지만 김민재 시인, 그 옆이…… 저분은 아시겠네? 평론하시는 구자형 선생. 다들 같은 구에 살면서도 이런 기회가 있어야 만나니 글 쓰는 사람들이 나부터도 좀 그렇죠?"

윤근영 선생의 소개에 따라 서로의 목례가 오갔다. 유 원장이 일일이 한 사람씩과 악수를 하며 잔에 맥주를 채워 주고 있는 모습이 보였다.

"서로 얘기들 좀 하시죠. 문학 하는 사람들은 자기하고만 얘기를 주고받는 경향들이 짙어서 그런지 이 자리만 조용하네. 자, 김민재 시인, 한잔 받으세요."

유 원장의 몸집을 피해 하란은 상체를 왼편으로 조금 젖히면서 무심코 김민재를 바라보았다. 맞은편에서 술을 따르는 유 원장이 편하게끔 그는 반쯤 일어난 자세로 공손하게 술을 받고 있다. 그가 술을 받는 동안 이미 잔을 비운 구자형이 유 원장이 자리를 뜨자 다시 김민재에게 술잔을 돌린다. 이번에는 김민재가 환하게 웃으며 술잔을 받는 게 보인다. 묘하게 주위에 반짝이는 가루를 날리는 듯한 웃음이라고 생각하며 하란도 잔을 들었다. 저런 미소를 지닌 사람을 본 적이 있다. 여고 때 지선우 선생이 처음 부임하던 날, 소나기를 꽃가루로 바꾸며 그는 하란의 교실로 들어섰었다. 생각해 보니 내일이 토요일이다. 점심시간에 지선우 선생은 내일 표를 예약했다고 전화로 알려 왔다. 4시 40분이 도착 시간이라던 그의 목소리가 파랗게 들떠 있었음을 기억하자 하란은 자신도 파란 물속에 잠기는 것 같은 순간적인 환상을 느낀다.

2차로 단란주점이 예약되어 있다는 유 원장의 말에 사람들이 머뭇거리면서도 한쪽으로 몰려 나가자 하란은 그들에게서 처져서 집 쪽으로 걸었다. 더위가 빨리 온다는 기상청의 예보는 정확했다. 바람 한 점 없이 어둠이 내린 거리가 살갗을 벗길 듯 내리쬐는 조명등 아래 눅눅한 몸을 드러내고 있다. 에어컨을 틀어 놓았는지 입구의 유리문이 닫힌 대형 문구점 앞에서 하란은 잠시 걸음을 멈추고 안을 들여다보았다. 강의 준비를 하려면 노트가 필요할 것 같아서였다. 빨간색 볼펜도 떨어진 게 생각난다. 하지만 그런 것들쯤이야 집 앞 작은 문방구에도 있을 터였다. 문구점을 막 지나치는데 회식에 가며 진동으로 해 놓은 핸드폰이 가방에서 울리는 기척이 들리다가 멈춘다. 하란이 가방 지퍼를 열고 찾아낸 핸드폰에는 두 개의 부재중 통화가 남겨져 있었다. 낯선 번호였다.

〈2권에 계속〉